本书获
2021 年贵州省出版传媒事业发展专项资金资助
贵州出版集团有限公司出版专项资金资助

《中国少数民族文学纵览丛书》
编委会

主　编　白庚胜　叶　梅
副主编　胡廷夺　石一宁　赵晏彪

成　员（按姓氏笔画）

马绍玺　王　刚　王　海　王丽璇　王淑英　文　智
巴·苏和　孔海蓉　石一宁　石彦伟　龙　珊　叶　梅
田美丽　白庚胜　白崇人　刘　成　刘永松　安殿荣
许　聪　杜　李　李小平　李小燕　李江山　李楚叶
杨玉梅　杨正辉　杨成星　吴玉杰　吴志强　吴道毅
何少林　宋家宏　张柱林　阿索拉毅　昂　晋　昂自明
罗洪忠　孟豫筑　赵　旭　赵兴红　赵伯仁　赵晏彪
胡　嘉　胡廷夺　柏　桦　侯德忠　姚　琛　贺　颖
袁智中　莫永忠　莫景春　徐　霞　郭堂亮　黄　玲
阎丽杰　覃　奕　普布昌居　禄　桑　蔡秀清　黎弘毅
魏清光

审　稿　白庚胜　叶　梅　石一宁　赵晏彪　杨玉梅
　　　　　白崇人　赵兴红　安殿荣　贺　颖

特约审稿　苍　铭

出版项目负责人　李江山

白庚胜 叶梅 主编

中国少数民族文学纵览丛书
ZHONGGUO SHAOSHU MINZU WENXUE ZONGLAN CONGSHU

瑶族文学

莫永忠 编著

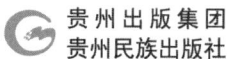

贵州出版集团
贵州民族出版社

图书在版编目（CIP）数据

瑶族文学 / 莫永忠编著. -- 贵阳：贵州民族出版社，2024.12. -- (中国少数民族文学纵览丛书 / 白庚胜，叶梅主编). -- ISBN 978-7-5412-2780-6

Ⅰ. I207.951

中国国家版本馆 CIP 数据核字第 20247X92E3 号

中国少数民族文学纵览丛书
瑶族文学
YAOZU WENXUE

莫永忠　编著

出版发行：贵州民族出版社
地　　址：贵州省贵阳市观山湖区会展东路贵州出版集团大楼
印　　刷：贵阳精彩数字印刷有限公司
版　　次：2024 年 12 月第 1 版
印　　次：2024 年 12 月第 1 次印刷
开　　本：787 mm × 1092 mm　1/16
印　　张：16.5
字　　数：230 千字
书　　号：ISBN 978-7-5412-2780-6
定　　价：120.00 元

流芳天雨（代序）

白庚胜

有人说，少数民族文学是中国文学汪洋大海的一域；有人说，中国语言艺术的百花园少不了少数民族文学的精彩纷呈。但是，如果没有航船的引渡，大海将永远只能是一片蓝色的模糊；假使不借助脚力去踏青，百花园注定永远只会是一方浪漫的朦胧。而这，对惯于仰观天文、俯察鸟兽虫迹以探究奥秘的人们来说，白帆、绿岛、微澜、巨浪、飞鸟、潜鱼又有何意义？对乐于赏心色香、悦目形姿、陶醉于自然美的人们而言，曲枝、虬蔓、金蕊、银瓣、蝶舞、蜂鸣，又怎么能够让人心领神会？

多年来从事少数民族文学工作的经验告诉我们：在感动于少数民族文学的博大、浩瀚、辽远的同时，我们需要阅读的航标、审美的罗盘、创意的灯塔，告诉人们什么是源、什么是流，什么是宗、什么是派，什么是经典、什么是大家，而不是迷失于海屿般的芜杂、海风般的无定、海浪般的紊乱。我们必须去褒贬，有所坚持，有所引领，有所鉴赏，有所批评，不可任毒草恶花混迹于精神园地，导致国色天香得不到彰显。同时，我们也亟须回应处于知识爆炸、高速运转、快节奏工作生活背景下的一般爱好者渴望得到细读、静读、精读后依循少数民族文学"导游图"按图索骥的期待，使其华彩能有精彩的瞬间呈现，使它的传播、普及、共享更为简便、快捷。

怀着这样的初衷，我们于2019年开始创意组织编写一套

《中国少数民族文学纵览丛书》，期待着轻松、精准把握少数民族文学之精彩成为可能。在得到贵州出版集团、贵州民族出版社的鼎力支持后，我们便致力于为此制订科学的方案，确定可行的路线图，组织强有力的工作班子及写作队伍，用较短的时间，便有了初步的收获，并渐入佳境，现已迈入鸣金收兵的阶段，即将了却我们的一段情缘。

这套丛书不单纯追求学术著作的严谨、沉稳，也不单纯追求文学赏析的自由、灵动，而是试图将二者结合起来，使轻松阅读与学术精深相融合，以优美的文笔诠释文学经纬。在这些文字之中，渗透着许多文学工作者的责任、使命、担当，更有许多专家学者的智慧与心血，以及各民族乃至整个中华文学的自觉、自信。这套丛书通过理性的遴选、精准的点评、清晰的梳理、明丽的表达，基本展示了我国少数民族文学的本真而不是虚像，深化了对各自所具有的社会历史作用、文学价值和意义的认识，对共同肩负的文化审美责任、义务、权利作再审视，所唤起的是为丰富世界文学画廊而努力的无限激情，为祖国、为人类进步事业而不断奋斗的强大力量。

如果说，所期许的确立作者以各民族权威专家为优先、文体以文化散文为要、文风以春秋笔法为范、内容以文学为主以相关历史文化为辅、对象以作家作品为核心兼顾口头文学、时间以现当代为重等目标在最终成果中得到体现，那么，我们所祈愿的寓知识性、可读性于一体的想法就如愿以偿。这足以令业内外、国内外读者一睹中国少数民族文学基本风貌、成就、方向为快，让他们在阅读中有本可依、有迹可循、有秘可探、有美可赏、有知可求、有真可鉴、有实可得。若果真如此，那么，我们将足以自慰，并对于启动这项旨在展示精彩、促进理解、扩大交流、实现共享、推动发展的工作感到无怨无悔。

需要衷心感谢的是，我们团队的精诚团结、无私奉献；所要期待的是，亲爱的读者们能一书在手即全局在胸。衷心祝愿中华民族大家庭繁荣昌盛、文学之树长青。

目 录

绪　言 …………………………………… 001

旷古传奇的神话 …………………………… 003
  开辟天地 ………………………………… 003
  世界起源 ………………………………… 005
  繁衍人类 ………………………………… 007
  日月服膺于人 …………………………… 013
  感谢自然恩泽 …………………………… 015

经典神圣的长诗 …………………………… 019
  口传史诗《密洛陀》…………………… 019
  口传史诗《盘王大歌》………………… 023
  叙事长诗《甘基王》…………………… 025
  抒情长诗《桑妹与西郎》……………… 030

动人心魄的歌谣 …………………………… 033
  源远流长淌古歌 ………………………… 033
  喜庆场合吟彩话 ………………………… 036
  刺绣驱兽歌为乐 ………………………… 037
  婚丧嫁娶好唱歌 ………………………… 041
  苦乐生活且为歌 ………………………… 049
  谜歌谚谣藏智慧 ………………………… 054
  爱到深处唱情歌 ………………………… 063
  如鼓如号赞革命 ………………………… 073
  歌仙诗王展风采 ………………………… 083

迁徙路上的信歌 …………………………… 101

迁徙信歌 ·········· 102

　　查亲信歌 ·········· 104

　　求援信歌 ·········· 107

　　婚恋信歌 ·········· 109

生动传奇的传说 ·········· 114

　　英雄人物的颂扬 ·········· 114

　　革命斗争的史迹 ·········· 117

　　山川景物的释说 ·········· 121

　　奇风异俗的由来 ·········· 123

纷繁灿烂的故事 ·········· 127

　　阶级压迫的抗争 ·········· 127

　　扬善抑恶的智慧 ·········· 129

　　诙谐轶趣的智斗 ·········· 131

　　揶揄逗趣的笑话 ·········· 134

　　童话寓言的智慧 ·········· 136

群星璀璨作家谱 ·········· 139

　　状元诗人：梁嵩 ·········· 140

　　平民诗人：赵坤元 ·········· 142

　　红色传奇：蓝启渲 ·········· 144

　　瑶山颂歌：莫义明 ·········· 146

　　瑶族肥沃土壤深耕者：蓝怀昌 ·········· 152

　　通俗文学的高峰：李波 ·········· 156

　　庄重文文学奖得主：蓝汉东 ·········· 160

　　颇富地域特色的小说创作：裴志勇 ·········· 165

　　酒歌铿锵吟风情：唐玉文 ·········· 167

　　时代风云笔下涌：唐克雪 ·········· 172

民族土壤长出的诗树：唐德亮 ………………………………… 176

第九届"骏马奖"诗人：黄爱平 ………………………………… 180

复杂人性的深度挖掘和探讨：光盘 ……………………………… 183

特色鲜明的女诗人：唐小桃 ……………………………………… 186

饱含激情的哲思诗人：帕男 ……………………………………… 192

沉郁的归隐者：陈茂智 …………………………………………… 196

科普作家：欧阳临安 ……………………………………………… 198

清新隽永奏喜乐：盘春华 ………………………………………… 200

身份焦虑者的内心突围：冯昱 …………………………………… 203

暖色调的脐带之思：李万辉 ……………………………………… 206

温婉清丽著华文：林虹 …………………………………………… 211

留住乡愁：房春桥 ………………………………………………… 214

文学路上苦行僧：莫永忠 ………………………………………… 216

瑶族的神秘之光：瑶鹰 …………………………………………… 221

拥抱快乐的童心：梁安早 ………………………………………… 223

寓言以及行走中的凝思：纪尘 …………………………………… 224

荒诞中的温情叙事：钟二毛 ……………………………………… 229

深埋心底的故乡与生命哲思：杨剑华 …………………………… 233

日常生活的诗意提升：罗晓玲 …………………………………… 234

紧扣时代脉搏的深沉书写：寒云 ………………………………… 239

晴耕雨读闲作文：韦克友 ………………………………………… 240

儿童文学作家：盘晓昱 …………………………………………… 242

乡土的回馈：甘应鑫 ……………………………………………… 244

大山诉不尽的故事：陈雪梅 ……………………………………… 247

后　记 …………………………………………………………… 249

绪 言

瑶族是一个历史悠久的民族，千百年来，奋斗不止。据2020年第七次全国人口普查数据显示，瑶族人口总数为3 309 341人。瑶族主要分布在广西、湖南、广东、云南、贵州、江西等省（自治区），其分布呈现出大分散、小聚居的特点。在漫长的历史发展进程中，瑶族人民用自己的勤劳和智慧创造了绚丽多彩的民族文化。

瑶族古代文学以口头创作的民间文学为主体。有学者根据其内容的核心指向将瑶族古代民间文学划分为前、后两段。前段主要以渔猎农牧歌谣、神话传说等形式来反映人与自然环境的关系，彼此间有着转换消长及平衡互益的过程。比如，口传史诗《密洛陀》《盘王大歌》中关于人类起源与民族迁徙的记述……或对人类起源流变的记述，或对祭祀信仰的表达，在对自然环境的认知中所诱发出的想象虚构，艺术地展现了远古先民的生活环境与生存智慧。后段主要以故事传说、戏曲歌谣等形式来反映人与社会形态的冲突，并转化为一种普泛化的社会情态或定向性的集体意识，成为瑶族文学长期以来反复呈现的叙事主题。比如，人物传说、史事传说及歌谣中对先人与英雄的颂扬和唱赞，寄托了瑶族人民美好而强烈的愿望；对暴虐统治者和封建卫道士的愤怒与批判，则道出了广大基层民众不堪忍辱的抗争激情。瑶族民间文学自产生之日起就不是单一的艺术门类，往往与歌、舞、乐等融为一体，且多为大型的歌舞辞，无论是"还盘王愿"仪式中对舞蹈与歌唱的糅合，还是生产劳动歌对劳动、游艺、歌唱的聚汇，瑶族民间文学的存在往往离不开民俗和歌舞等载体。

瑶族作家文学的前身——瑶族文人文学，目前发现了两位有作品传世的瑶族文人，即唐末至五代十国时期的状元诗人梁嵩及清代的平民诗人赵坤元。瑶族作家，从20世纪前期的蓝启渲到20世纪中期的蓝怀昌，这一批作家对瑶族口头文学的抢救以及民间书面文学的补救作出了重要贡献。他们的个人创作也深受民间文学的熏陶，他们吸纳了民间文学的营养，但在一定程度上也受到了民间文学形式的制约。在20世纪50年代的唐玉文、唐克雪、唐德亮这一代人身上，民间文学的影响逐渐变弱，创作个性逐渐加强。到20世纪60年代黄爱平、光盘这一代，他们曾有意识地摆脱瑶族民间文学的影响，主动融入先锋文学，从先锋文学里汲取养分，从世界文学里吸取先进的创作理念，并且取得了不俗的成就。他们起初的创作有意摈弃民族身份遗留的痕迹，再后来，又有意无意地回归本民族文化，从本民族文化里汲取养分，使得自己的创作更加博大厚重。

综观瑶族作家文学，无论是莫义明、蓝怀昌、蓝汉东等老一辈作家，还是蓝启渲等作家，都怀揣着对祖国和人民深沉而强烈的大爱至情，勇于担当历史使命与时代责任，始终与祖国同行、与人民同心，并将人民作为创作的中心。

旷古传奇的神话

瑶族的远古文学中，神话比重较大，内容也较丰富。如开天辟地神话《密洛陀》①，洪水遗民、再造人类神话《伏羲兄妹》，图腾崇拜神话《盘王的传说》等都有一定的影响。这些神话传说故事反映了瑶族先民与洪水、干旱斗争，与鸟兽共同生活的原始风貌。很难说这些神话故事在远古时代就形成今天这样完整的样子，但它们大抵反映了远古人群的氏族和部落的生活和思想。瑶族的神话是其处于氏族和部落时期的产物，它原先没有任何阶级痕迹，但在长期流传中也带上某些阶级社会的投影。

开辟天地

瑶族由于对天地万物等自然现象认识的局限性，于是产生了幻想，用虚构的方式来解释他们无法解释的自然现象，也用传说来叙说本民族历史发展的进程。开天辟地神话《密洛陀》就反映了瑶族先民对万物起源、人类起源的认识。

《密洛陀》中关于开辟天地的内容如下：

阳风和阴风吹着，吹得天地卷成团。天地间有一面铜鼓，铜鼓中睡着一个女人，女人四周有九个大神护卫。铜鼓由九十九条金龙

---

① 蓝怀昌，蓝书京，蒙通顺：《密洛陀》，中国民间文艺出版社，1988年。

托起，有九十九只凤凰伴舞。经过九千九百年，那沉睡的女人在宇宙破裂的霹雳声中醒了过来。她就是万物之母——密洛陀。

她站在裂缝处，用肩把"上边"撑起成了天，把"下边"踩下成了地。她用左耳环造了太阳，用右耳环造了月亮，脱下彩裙抛上天空变成彩云，把珍珠串撒向天空成了星星。

盘古，又称盘古氏、混沌氏，是中国传说中开辟天地、创造人类世界的始祖。广西壮族自治区贺州市富川瑶族自治县新华乡至今保存着一座有几百年历史的盘古庙，并吸引着桂粤湘三省（区）的瑶族人民前来烧香膜拜。瑶族信仰盘古，他们视其为始祖，也是开天辟地的大神。如流传于湖南省宁远县的《盘古开天地》中提道：

远古时候，盘古出世时是在一个山洞里，他眼前一团漆黑。盘古挥动自己的双臂，用力向上一撑，整个山洞就变成了上下两半边。盘古大王指定头顶上的一边叫作天，脚踩的一边就是地。有了天和地，却不见光明。盘古用右手抓起一团泥巴向天上掷去，便是现在的太阳（俗称日头）。白天日头光亮，晚上还是没有光亮，盘古用左手抓起一团泥巴，同样向天上掷去，便成了月亮。盘古又向空中吐了一口口水，便成了星星。盘古看到地上无山无水，又无高山平地，便拿起一把斧子到处劈砍，用斧头平的一头劈下去是平原，用斧头尖锐的一头劈下去是山沟、河流。有了平地有了山，有了河流有了水，盘古就安稳地活在世上了。

现在，瑶族民间还流传这样一首歌谣："盘古开天又辟地，又制青山又造田；先赐瑶人十二姓，后赐百姓造朝堂。"

由于瑶族的原始社会比较漫长，盘古神话到了瑶族民间遇上了适宜于神话生长的肥沃土壤，所以盘古神话变得更为根深叶茂。瑶族人民在信仰和流传盘古神话的过程中，根据本民族以及地域的需求，对盘古神话有所保留和创新，这使得盘古神话更为广大瑶族同胞接受和信仰。

广西南丹地区的瑶族也有开辟天地的神话。在瑶族民间流传的券牒①中，也有盘古王开天地的事迹记载。瑶族民间崇拜的盘古，不仅是创世之神，也是瑶族的庇佑神，众多的歌谣颂扬了盘古造火、造衣衫、造犁耙、造织布机、种五谷和苎麻的劳动业绩。

广西壮族自治区全州县东山瑶族乡的瑶族视盘古王的生辰为一大盛事。一年一度"庆盘王"活动由每户轮流坐庄主持，以庙田收获及各户分纳款项为费用，该地区瑶族人民举行盛会，祈祷盘古王降恩赐福。此外，广西壮族自治区全州县东山瑶族乡还传说九月初九为"中王盘古"的生日，十月十六为"下王盘古"的生日，庆贺的仪式也很隆重。而湖南《盘王大歌》的下集《盘古歌》具体叙述了三个盘古的不同诞辰和不同形象。瑶族流传的盘古形象，无论是神还是人，均为民间所创。三个盘古实为开辟天地的盘古的化身。道教所指的"三皇"，有天皇、地皇、人皇，瑶族袭用之而新创三个盘古王，反映出瑶族神话与道教文化相互融合的现象。

世界起源

云南省麻栗坡县的瑶族也有关于世界起源的传说，他们认为宇宙原本是无边无际的、空空荡荡的，什么都没有。不知是什么时候，东方飘来一朵云，伴随着阵阵雷声，乌云化成雨水，雨水滴到最后只剩下一团黑黑的东西，这东西时而拉长，时而缩短，在空中翻滚飘荡。

原来，这是一朵不寻常的乌云，它又经过了几万年的孕育，生下世间第一个男人石加。石加出世后，没有伙伴，他孤独极了。当他在空中飘来飘去时，身边出现一朵美丽的云彩多情地缠在他身上。不久，石加竟从胳肢窝生下两个儿子，大儿子取名"玉皇帝"，二儿子取名"盘古皇"。娃娃见风长，两个儿子出世没多久就都长得和父

---

① 券牒：瑶族广泛流传的一种民间历史文献。

亲一样高大了。他们虽然是吃同一位母亲的奶长大的，可是性格一个像狗，一个像猫。玉皇帝贪玩，整天在外面游荡，石加稍不注意，他便驾着白云飞走了。

石加拿一个鸡蛋给盘古皇，说："我生你们一场，没有什么留给你们，你们拿这个鸡蛋创世界吧！创了世界万物后，每年上缴一点税给我就行了。"盘古皇接过鸡蛋，按照父亲的指点把鸡蛋立在冰柱上，一刀劈成两半。说来也怪，拳头大小的鸡蛋一分开就迅速长大，一眨眼竟然大得看不到边际，一边上升，一边下沉。盘古皇分了天地，哥哥回来了，他见盘古皇造了天地，就要和弟弟争天地。盘古皇老实，天、地任由哥哥选择，玉皇帝有心计，他对盘古皇说："长兄在上应要天，弟弟在下应要地，我在天管天，供给你雨水，你在地治地，每年上一点税给我，我再交给父亲。"

盘古皇经过一万八千年的艰苦创业，造出了一块比天大十几倍的地，玉皇帝只顾享乐忘了造天，等他看到地比天大时才慌了神，连忙用手把地搓拢，才使地出现了山脉。玉皇帝把地搓拢后，盘古皇不再造地了，他围绕着地球走了一圈，看天是蓝的，只有几朵白云，地是黄的，尽是沙漠。他喘一口气，地上的尘土就漫天飞舞，把天空污染得一片混沌，分不清天地。他一咬牙，把左眼取下来做成太阳，把右眼取下来做成月亮，拔下牙齿舂碎撒向天空变成星星，取下睫毛撒向大地变成树林、草木，取下肝脏丢在地上就成了湖泊、海洋，取下肠子丢在地上就成了江河，抽出筋络变成小溪……当把全身都取空后他就死了，他的白骨变成了岩石，身上的肉变成了万物生灵。

盘古皇虽然死了，但是他的灵魂不死，他总是惦记着他的世界，为了完成父亲交给他的创世使命，他把自己在阴间生的儿子附在凤凰体内，托凤凰生下了盘王（也称盘皇），让他来管人间，又派达发曼（瑶族神话中的女神）来帮盘王造人。盘王头如米箩那般大，两只耳朵垂到肩膀上，风吹来还一扇一扇的，他长得有芭蕉树那么高，吼一声天地都要动起来。达发曼驾着云朵，在紫薇山上扯来树叶，用一把剪子剪成男人，照着自己的样子剪成女人。

繁衍人类

在湖南、广东、广西、云南、贵州等省（自治区）的瑶族聚居区，伏羲神话广泛流传。各地的神话故事主要以叙述洪水遗民、再造人类为内容，但篇名不尽相同，如《人是怎样来的》《伏羲兄妹》《兄妹成亲》《伏羲兄妹造百姓》《姜发果》《张乐国》《巴孔与雷公》《达兰和几来（雷公）》《张天师和雷王》《淹天底》《洪水的故事》等。

在神话《伏羲兄妹》[①]里，姜发果（或张乐国）因为要猎取雷公肉而与雷公争斗（人们想象雷公是天上的鸟），反映了瑶族先民漫长的渔猎生活，也显示了神话的久远。

流传于湖南省江华瑶族自治县有关"伏羲兄妹"的神话故事是这样的，古时有个英雄，名叫姜发果，他在世上什么事情都做过，什么东西都吃过，只是雷公肉还未吃到，于是他想捉雷公来吃。但雷公住在天上，谁不孝顺父母他才下来劈谁。姜发果就定下计策，用籼米粑粑做成粪便的样子逼他娘吃，雷公知道了马上下来劈姜发果。经过一场搏斗，姜发果把雷公捉住并关进铁笼里，叫子女伏羲兄妹看守，自己准备去挑盐来腌制雷公肉。临走时，他还吩咐伏羲兄妹不要给雷公喝水。但伏羲兄妹看守时，雷公苦苦哀求给点水喝，他们心软下来就给了雷公一瓢水。雷公喝了水，冲出铁笼，决意要回天上发起洪水淹死姜发果。姜发果在回归路上见天昏地暗，知道事情不妙，但还未想出对策，洪水已经涌来了。他撑开伞，立刻将伞倒置于地面，坐到伞上，随着水位涨到了南天门，他也来到了南

[①] 农学冠，黄日贵，苏胜兴：《瑶族文学史（修订本）》，广西民族出版社，2001年。

天门,雷公见姜发果找上门来,慌慌忙忙退了水。水退得很快,姜发果随伞落在树上被挂住。雷公又放出十二个太阳来晒,姜发果被晒死了,身上的油渗透到树枝、树干上,这棵树变成了松树。雷公为感激伏羲兄妹的救命之恩,赠给他们一颗牙,叫他们种在后园里。他们种下不久,这颗牙就发芽、牵藤,结出小船样的大瓜来。洪水来时,他们跳进瓜里,随洪水漂流了七天七夜才落到地上。见四处已无人烟,他们去找水喝,乌龟精劝他们结婚繁衍人类,妹妹听了发怒,拿起石头把乌龟精砸成八块就走了。但当他们又来找水时,水全干了。他们把碎成八块的乌龟精拼凑在一起,乌龟精又复活了,它仍然劝他们兄妹结婚。妹妹提出结婚要满足三个条件:一是隔河点香,香烟相会;二是隔河种竹,竹尾相交;三是高山滚磨,滚到一起。伏羲在乌龟精的帮助下实现了这三条,兄妹终于成了婚。婚后生下一个冬瓜,他们便把冬瓜剖开撒籽,撒在高山的成瑶族人,撒在平地的成汉族人。

一般来说,神话传说开始是比较单纯的,流传越久远就越趋于繁杂,故事结构越完整,人物形象越鲜明,但也引起了内容的变异。目前流传的《伏羲兄妹》神话有人物形象鲜明、故事结构完整、情节曲折等艺术特色。

《伏羲兄妹》神话传说对瑶族文化产生了深刻的影响。瑶族先民和他们的后代都很敬重伏羲,普遍设立"伏羲庙",把伏羲当作自己最早的祖先。

瑶族中还流传着《日月成婚》的神话。相传,很早的时候,接连下了很多天暴雨,除了高高的瑶山,大地全被洪水淹没了,生活在大地上的人也全被洪水淹死了。

住在天上的太阳和月亮是两个好心肠的光明之神。眼看着大地上的人类遭到毁灭,他们心里十分难过。太阳紧锁双眉,说:"唉!难道一个人也不剩了吗?"月亮流着眼泪道:"谁知道呢?反正我看不到一个人影了。"太阳说:"我俩天天住在高空,离地面太远了。

我们都下凡去，到瑶山去看个究竟吧！"月亮表示赞成。

他们把各自的躯壳和一份光辉仍然留在天空，把灵光变成了一对非常漂亮的年轻人。太阳变成了一个身材高大的好后生，月亮变成了一个杏眼蛾眉的俏姑娘。两人乘云驾雾，从天空降到瑶山上。他们找遍山头，硬是没有发现一个人。

月亮呜呜地啼哭起来，一颗颗泪珠滴落在罗衫襟上，说道："多聪明多高尚的人类啊，如今完了！"太阳紧锁着双眉，沉思了一会儿说："事到如今，光哭没用，倒不如想个办法，叫人类再生！"月亮说："人类都绝种了，哪能再生啊？"太阳一把拉住月亮的手，笑道："月妹，咱俩配成对，来繁衍人类吧！"月亮一听，白玉似的圆脸蛋"唰"地一下红了，脑袋耷拉下来，轻声回答道："这怎么行？"太阳说："这有什么不行的呢！"月亮抬起头来，看着太阳，为难地说："太阳哥，你又不是不知道，天神是不会允许我们婚配的。要是天神听说我俩有荒唐行为，传开了，星星姐妹准会笑掉牙，天王准会惩罚我们的。"太阳说："这怎么是荒唐行为呢？这是为了人类再生，给天下做好事嘛！"月亮说："管它好事歹事，反正我不干！"说着，就要抽回双手，可是被太阳拉住不放。月亮想，太阳的性子憨厚、沉着，要是同他赛跑，他的个子大、手脚笨，自己身子单、动作灵活，输的准是他。便道："这样吧，我们绕着山峰跑圈子，你若能把我追上，我就和你配成对！"太阳高兴极了，松了手，说："要得！"

瑶山主峰，屹立苍穹。赛跑开始了，月亮沿着半山腰奔跑，快步如飞，云雾没有她轻盈，春燕没有她敏捷。太阳使尽浑身力气跑得汗如雨下，却怎么也追不上月亮，只听见月亮在前面发出一阵阵咯咯的笑声。正当太阳心急如焚的时候，路边一只大乌龟伸出脑袋，叫道："太阳，太阳，为什么不转身在半路截住月亮？"太阳一听，觉得有理，立即转过身子往回跑，正与月亮碰了个对面。太阳一把抓住了月亮的手，笑道："追上了，追上了！"月亮见太阳耍巧，噘着嘴说:"这不算追上!你倒是要说清,是谁给你出的歪主意?"这时,乌龟爬到了他们身旁,回答道:"月姑娘,是我出的主意,我也是一片好心啊!"月亮生气道:"谁叫你多管闲事!"月亮一气之下伸出脚一踩,将乌龟的壳踩成了四块。太阳责怪道:"嗨,月妹,看你的脾气有多大哟!"太阳并不因为月亮生气而灰心,他照样对她亲热,要求和她成婚繁衍人类。月亮不好直言拒绝,只好婉言道:"还不知道我俩有缘分没有哩!"太阳说:"那就来占卜吧!"月亮提出占卜的办法:"这样吧,我们把一副石磨分头各背一扇,登上两座山峰,再同时把两扇石磨往山下滚,要是它们合拢了,那就表明我们有缘分,我俩就成婚!"太阳说:"要得!"

  瑶山上有一副现成的石磨,原是神仙磨药用的。太阳和月亮将它掰开,各背一扇,分别登上两个山头。月亮站在东山,眉开眼笑,心情轻松,因为她断定两扇石磨怎么也不会合拢。太阳登上西山,将磨盘搁在地上,朝它跪拜,祈求它成全好事。月亮说:"滚吧!"一声呼喊,两扇石磨同时往山下滚去。太阳和月亮忙着下山查看。月亮身轻腿快,抢先到了山下,她一见到磨盘,不禁一惊,多奇怪哟,两扇磨盘竟合拢了!这时,月亮姑娘心里甜蜜蜜的。但当她想到这事恐会惹起是非时,心里又生起疑虑来。这时,太阳跑来了,远远问道:"月妹,磨盘合拢了没有?"月亮还想哄骗太阳,便利索地将两扇磨盘一掰,回答道:"还差点儿哩!"太阳跑近一看,双眉一锁,"嗨"地长叹一声。他沉住气,细细思量,觉得和月亮结为夫妻是理所当然的好事,不成功不能罢休,就说:"月妹,人是活的,磨盘是死的,它们合不拢,怎么能表明我们有没有缘分?你的话不足为凭!"月亮一想,得另想法子为难太阳。就说道:"太阳哥,你的话有理,我们就换个法儿占卜吧!我们再爬上两座山峰,面对面梳头发,梳子往前挥,要是两人的头发飞快地生长,又一丝一丝连接起来,那就真正说明我们有缘,我一定嫁给你!"憨厚的太阳只好又依从月亮的摆布。

瑶山上有座梳妆台，原是仙女梳妆打扮的地方，那里竖着石镜，搁着玉梳。太阳和月亮一同到了梳妆台前，各抓一把梳子，登上两座对峙的山峰，两人便在山顶上面对面地梳起头发来。说来也怪，两把梳子每往额前梳一下，两人的头发就向对方山头长一尺，梳着梳着，两人的头发便在半空中对接起来了，那接口连一点痕迹都没有。月亮见此情况，不知说啥好。太阳呢，高兴得一边呼唤月亮的名字，一边朝对面山上跑去。月亮见太阳要追她，便想溜走。但太阳拽住了接连的黑发，她寸步难移。太阳走近了，对她说："月妹，这下你不好说什么了吧！"说着，他解下系在自己身上的玉佩，双手捧给月亮。他是要按照人类的习俗来订婚呢！这时，月亮含情脉脉地看着太阳，半响，痛苦地对太阳说："太阳哥，我多想成全好事啊，可我受不了众神的耻笑；我多想和你结发到老，可我受不了天王的惩罚。我……我不能接你的玉佩！"太阳说："难道真的会招来耻笑和惩罚吗？我们最亲爱的朋友要算星星七姐妹了，你就去问问她们再回答我吧！"月亮流着泪点点头，割断连接的黑发，上天去了。

七姐妹就是天上常聚在一起的七颗星星。她们成天被关在天宫闺阁里织布绣花，只有晚上才步出闺阁，露露身子。月亮乘云直上，和七姐妹见了面，吞吞吐吐地将自己的心事说了一遍。姐妹们一听，脸蛋羞得比月亮还红哩！大姐沉思片刻，说道："既然是为了天下人类再生，我看可以成婚。"众姐妹频频点头，同意大姐的意见。月亮见姐妹们这般助兴，喜出望外，说道："姐妹们如此助我当然好，可是天王是反对自作主张找婚配的，要是天王晓得了，那怎么得了啊？"二姐思索一会儿，说道："我有一个主意，不知道大家赞成不？待月妹和太阳哥成婚时，我们七姐妹把织好的五彩云锦一匹又一匹铺在瑶山上，任凭他们怎样生活天王也不会知道！"众姐妹一听，一齐拍手叫好。月亮也就定了心，告别了七姐妹。

正当太阳心焦如灼的时候，月亮回来了。太阳向月亮问道：

"七姐妹是怎么说的？"月亮满怀喜悦，却故意噘着嘴说："别提了，她们听我一说，又是讥笑，又是白眼，都不理我了呢！"太阳心里像被泼了一桶冷水，着急地问："那怎么办？"月亮一本正经地说："太阳哥，死心了吧！"太阳一听，急得像个孩子似的号哭起来。月亮从他的悲啼声中感觉到他对人类和自己真诚的爱，便扑到太阳怀里，伸手给太阳拭去脸上的泪水，安慰道："太阳哥，你真傻！"并从太阳手中接过玉佩。两人决定成婚了。

成婚那天，七姐妹悄悄地把一匹匹五彩云锦铺满瑶山上空，太阳和月亮在瑶山上成了婚。婚后，他们在山上建起了木屋，造起了竹楼，架起了锅灶，升起了炊烟。

过了些日子，月亮怀孕了。太阳是一个温顺的丈夫，日夜守候在怀孕的妻子身边。

一天黎明，只见数不清的喜鹊聚集在瑶山上，在五彩云锦下来回飞翔，唱着欢乐的歌。这时月亮躺在竹楼里，感到身子有些不舒服，便对床前的太阳说："喜鹊叫，喜事到，我一定是要生娃娃了。"太阳说："是呀，我俩很快就会有孩子抱了。"谁知他们都没有猜对。月亮的确分娩了，但她生下的不是一个娃娃，而是一个大冬瓜！月亮一看，大吃一惊，继而呜呜啼哭起来，她边哭边叫太阳把冬瓜埋起来，以免再看到它令人伤心。太阳抱起冬瓜说："不管怎样，我倒要看看它里面是什么东西！"说着，便操起菜刀将冬瓜劈成了两半。里面并没有出现什么奇迹，瓜腔里只是一粒粒黄色的种子，跟平常那种冬瓜籽一模一样。月亮很懊丧，一气之下将冬瓜籽一把把抓起来，往山前屋后撒去。他们想，已经毁灭的人类不能再生了。他们在失望中相拥痛哭，昏昏睡去。

第二天黎明，数不清的喜鹊重新聚集到瑶山上，在五彩云锦下盘旋，仍旧唱着欢乐的歌。喜鹊的歌唱把竹楼上的一对夫妻吵醒了。太阳和月亮带着烦躁的心情走出门来。但是他们的愁容很快变成了笑脸，因为他们看到了全新的景象：山前屋后，凡是他们撒过冬瓜籽的地方，都竖起了一座座竹楼，升起了一缕缕炊烟，还有一个个人儿穿着五彩云霞锦衣正在地里播撒五谷、栽培幼林。太阳和月亮一看，全明白了：那些撒到地里的冬瓜籽原来就是再生人类的第一代。太阳和月亮高兴地看着自己的孩子们，并给他们起了个名字叫"瑶人"。

当太阳和月亮离开自己的躯壳来到大地时，在躯壳里留下的那一份光辉这时已经快要放射完了，他们没有忘记普照天地的责任，于是他们决定重返天空。为了让儿女们知道自己的来历，他们在返回天空之前把儿女们叫到眼前，给他们从头到尾地讲了这个故事。讲罢，太阳和月亮就返回天上去了。

瑶族神话《水仙姑的传说》流传于广东省连南瑶族自治县油岭一带。相传远古时代，天空很矮，世上的人类沿着大树可爬到天上去玩。那时水仙姑管天水，玉帝管天神，水仙姑放水到人间供世人吃用和种庄稼。一天，水仙姑刚打开天塘的出水口，地上一个青年爬树上天来玩，两人相互爱慕对起歌来。水仙姑忘记关水口，直到太阳落山才发觉地下被大水淹没。青年回不了家，就跟着水仙姑走，他们在门外听见玉帝正厉声训斥水仙姑的父母。水仙姑拉着青年的手转头逃跑，他俩逃到月宫里的桂花树下谈情说爱。水仙姑的父母想念女儿，在桂花树下找到他俩，转忧为喜，要青年带水仙姑下凡，并送谷种和芝麻种给他们到地上撒。他俩照办，撒一把种子吐一泡口水，青年撒的谷种变成男人，撒的芝麻种变成各种各样雄性动物；水仙姑撒的谷种变成女人，撒的芝麻种变成各种各样雌性动物。大地上的一切生命都恢复了。他俩上天向玉帝请求宽恕过错。玉帝原谅了他俩，但怕地上的人再找麻烦，把天升得老高。

日月服膺于人

关于射日月的神话传说，如流传于广西南丹的《格怀射日月》、流传于巴马的《太阳和月亮的故事》、流传于田东的《勒光射太阳》及流传于桂北的《雅拉射月亮》等。这些神话中，《格怀射日月》[①]较为完整、生动。天上老大扛着九千九百八十斤的九齿铁耙来到人间耕地，不久，老大被老鹰抓上天去了，铁耙还在田里闪闪发亮。卜洛陀见到这把铁耙就拿去炼成九个太阳、九个月亮照人间。但是太阳太多了，晒得地干石化，人们头上燃烧起火，眼睛睁不开，只好白天躲进岩洞，夜晚才出来干活。人们央求强壮勇敢的射箭能手格怀去射死多余的八个太阳和八个月亮。格怀告别了乡亲和妻子后匆匆上路。他去了三年，爬过三万座高山，走过三万块平原，穿过三万片森林，蹚过三万条大河，打死三万条毒蛇，杀死三万只猛兽，爬上东方最高的山峰，在那里历经三年，打下了七个太阳和七个月亮，还有两个太阳两个月亮很久很久也不敢露头。天黑沉沉的，格怀等得也很焦急。这时，有只公鸡跑来和格怀讲话："如果你给我一碗酒、一把米、一个头冠，我就请太阳和月亮升起来！"格怀答应了，公鸡吃饱了，喝醉了，戴上了鸡冠，于是对着东方啼了三声，两个太阳升了起来，格怀射落了一个；到了晚上，两个月亮升起来了，格怀又射落了一个。从此，白天一个太阳晒庄稼，夜晚一个月光照峒场，格怀高高兴兴回家了。这则神话通过朴素的叙述，歌颂了古人在与大自然斗争中坚韧不拔、顽强战斗的崇高精神，表现了古人征服自然的强烈愿望。神话里，格怀已是一个"完人"型的英雄。他为了造福人类，辞别了乡亲和妻子，经过三年的奔波劳碌，在公鸡的帮助下，终于完成了射日月的重任。他是瑶族先民征服旱魔的英雄的化身。

这篇作品中，格怀射日月和让公鸡唤来日月可能是远古原有的故事情节。卜洛陀拿天神遗下的九齿铁耙铸成日月则是手工业生产发展之后才加以补充完善的。至于神话中使用"九千""三万"这些

[①] 黄书光，刘保元，农学冠等：《瑶族文学史》，广西人民出版社，1988年。

数字，无疑是些虚数，并且是进到文明时代之后人们加上去的。因为在部落社会里，数学的发展特别落后，人们的计数和数字仍然处于萌芽状态，一般只计十以内的数。十以上的数就一概称为"多"或"很多"了。但从整个神话来看，故事的最初结构是叙述一位男性的英雄，他接受了大家的请求去为民除害。

《雅拉射月亮》说：古时天空只有太阳，没有月亮和星星，夜晚很黑。突然有一天出现一个月亮，发出灼热的光，把田里的禾苗晒得枯焦，人们被晒得睡不着觉。尼娥让青年丈夫雅拉射下月亮救大家。雅拉爬上屋后高山，弯弓搭箭向月亮射去，箭射到半空落下。忽然身后的大石块像门一样打开，一位白胡子老人从里面走出，教他射杀虎鹿，制虎尾弓、虎筋弦、鹿角箭，可以射下月亮。雅拉回家与妻子尼娥商量，用妻子的长发织网，三十天织成大网，拿到南山去锁住老虎，用铁针刺瞎虎眼，斧头劈碎虎脑。用同样方法到北山捉回高鹿。雅拉吃完虎肉鹿肉，增添千斤气力，拿虎尾做弓，虎筋做弦，鹿角做箭，登上高山顶。他拉弓搭箭，射中月亮，火星散布在天空成了星星。鹿角箭碰着月亮弹回落在手里。他一连射了一百次，把月亮的棱角射掉了，满天散布着星星。可是灼热的光仍炙烤着大地，禾苗仍枯焦，人脸仍瘦黄。尼娥将她织的一幅家庭装饰锦给雅拉绑在鹿角箭头上，射上月亮，遮住月亮的光。月亮不再灼热，发出清凉的白光。雅拉在山顶上望着月亮笑。突然锦上的人和动物活动起来，向尼娥招手，尼娥飞上天。雅拉正着急，尼娥放下一条长辫，垂下山头。雅拉抓住长辫爬上月亮。他俩一个在桂花树下织锦，一个在草地上看护白羊白兔。

感谢自然恩泽

神话《谷子的传说》叙述：在遥远的古代，瑶山的谷子和现在不同。那时，一穗稻上颗颗谷粒结得有葫芦那么大，打开谷壳，里面的米光是一颗就有几两重。在那个时候，谷子不需要人们播种，春末夏初，秧苗就会从田里生长出来，到处都是绿油油的。秋天到了，这些谷子成熟了，就会顺着大路小路滚到瑶寨每家每户的粮仓中。瑶山到了谷子熟透的时候，家家户户都把粮仓打扫得干干净净，迎接谷子滚进家来。只要用谷子装满粮仓，一年就不愁吃了。因为那时，年年秋后谷子自己滚进家门来，瑶寨每家每户的日子过得很美满。时间一年又一年地过去，人们也用不着劳动就能够吃上香喷喷的米饭。这样，日子久了，有的妇女就懒起来了，她们天天躲在家里梳妆打扮，活计也不做。

有一年秋天，有一个懒妇人，天大亮了，她才起床，躲在家里梳头。已经成熟了的谷子滚到这个懒惰成性的妇女家门口，见大门紧闭着，便敲门唤屋里的人："大嫂，快快开门来，让我进到你的家里去！"谷子唤了很久，懒妇人听见了也懒得去开门。

谷子再三地敲门，再三地喊叫。可是这个妇人听到喊声不仅不肯去开门，还非常不耐烦地说："我正在梳妆打扮，手不得闲，你老是来我家吵什么？"说着，怒气冲冲地抡起一根竹扁担往门外扔了出去。

谷子站在门口，见扁担打来，赶忙躲开才没有被打着。它又惊又气，被吓跑了。它见人间不再要它，一气之下便跑上天去不再回来了。

谷子上了天，地上再也没有谷子了。从此，瑶山人民没有大米饭吃，日子越过越困难。瑶家都很奇怪：为什么往年谷子在田里长得很好，成熟后都自动滚到家里来，这两年谷子也不见长了？有的说："一定是我们吃饭忘了献饭祭谷娘（谷神），叫谷魂，得罪了天神，天神不保佑瑶家了！"有的说："谷子不见了，快请魔公替谷子念经叫谷魂，把谷子请回来！"大家七嘴八舌地说着。懒妇人听了，知道自己闯下了大祸，于是把扔扁担打谷子的事如实地告诉了瑶山的人。大家听了都很气愤，痛骂她懒得连门都不想开，还用扁担打谷子，这下得罪了谷娘，使得瑶家饿饭。为了让瑶家吃得上饭，大家在一起合计，要懒妇人找一个人到天庭求天神给些谷种，带回人间来撒播。

这一下，懒妇人着急了，走遍瑶山各寨，四处求人，拜托人家去天上找天神要谷种。她东求西找，没有一个愿意去。她没办法，只好苦苦求情于瑶族祭寨神向社王央告。社王看到瑶家生活确实困难，于是命麻雀飞到天上去找谷娘，求她给些谷种带回人间。麻雀满口答应了。它飞到天上见到了谷神，述说了瑶家因没有谷种不得温饱的情景。谷神听后很同情，就把谷种给了麻雀。但在路上，麻雀贪嘴就把谷种一颗一颗地吃完了。麻雀没脸回来就飞走了。瑶家久等不见麻雀飞回来，只好又去求社王。社王令小猫上天去求谷神。小猫满口答应了，一连跑了几天几夜，过了一条大河，走到天上。谷神给了它谷种，它便匆匆忙忙地往回赶。来到大河边，小猫见大浪滔滔，它这才想起谷种怎样才能带过河。小猫在河边转来转去，想不出一个好的办法，只好用两只前爪捧着谷种过河。哪知，它走到河中水深处，心里一慌，爪子抓不稳，将谷种全部掉落在河里随水漂走了。小猫没法，只得快快不乐地返回瑶山，见了社王，将丢谷种的原委说了一遍。社王又派狗去取谷种，并告诉狗过河时要将谷种驮在背上。狗在路上跑了几天几夜，过了一条大河，来到了天上。狗在谷神处取得谷种，便急忙赶回来了。在过河时，它把谷种驮在背上，游到河中间水深处时，水没湿了身子，狗把身子一抖，驮在背上的谷种被抖落在河里随水漂走了。狗看着谷种没法捞起，只得返回瑶山告诉了社王。社王又叫老鼠去天上取谷种，叮嘱老鼠将谷种用嘴衔着带回来。老鼠一连跑了几天，过了一条大河，来到天上。谷神给了一穗谷子，老鼠用嘴衔着，从天上回到人间。它走到了大河边便向河里游去，游到河中间，忽然天刮大风，老鼠衔得不牢，一不注意，谷穗被风吹到河里去了。老鼠泅到岸上大哭起来。河里一只蚂蟥听见老鼠呜呜地哭，爬上岸来问老鼠："老鼠呵，你哭得这么伤心，究竟为了什么事呀？"

老鼠抽噎着喃喃地说："瑶家托我到谷神那里取回的谷种在过河时不小心被风刮到河里去了。蚂蟥呵，请求你帮助我下河去把它捞起来吧，不然瑶家没谷种种，就没饭吃了。"

蚂蟥听了很同情老鼠，便立即爬回河里去找谷种。它在河底找到了谷穗，然后衔上河岸来。老鼠见了谷穗很高兴，非常感激蚂蟥。老鼠怕把谷种再丢失，就把谷子咬碎，把它吞到肚里去了。老鼠回到瑶山，张开嘴巴，把肚里的谷种从口中吐出来交给了社王。但是，谷子已被老鼠咬碎，谷种变小了，人们把这咬碎的谷种种在田里，长出来的也都是小谷子。

瑶家又存了谷种很高兴，要报答老鼠和蚂蟥。可想来想去，没什么现成的东西好犒劳酬谢。最后社王跟瑶家人商量后，说："老鼠呀，你辛苦了，现在没有什么好报答你的，日后把谷种种下去，到八月份谷子熟的时候，你可以吃一些，粮仓里的谷子也可以吃一些。你就到田洞里去等着吧！"社王转过身来，又对蚂蟥说："蚂蟥呀，你也辛苦了，多亏你帮老鼠从河里捞回谷种，现在没有什么能报答你的，以后我们牵牛下田，你可以咬我们的腿和牛腿，吸一些血！"

经典神圣的长诗

瑶族民间长诗是瑶族文学的重要构成部分，包括口传史诗、叙事长诗、抒情长诗、说理长诗等。瑶族民间长诗既有着其他兄弟民族民间长诗的共性特征，又有着瑶族自己独有的民族风格与艺术特色，承载着瑶族人民的生产生活和精神世界。

口传史诗《密洛陀》

史诗《密洛陀》是瑶族关于创世的古歌，流传于广西的都安、大化、巴马和东兰、田东、凌云等地。每逢阴历五月二十九祝著节或婚丧礼仪的时候，这些地方的瑶族人民就聚在一起唱整首《密洛陀》或其中的部分内容，表示对祖先的怀念和对祖先"制定俗规"的遵行。《密洛陀》的内容非常丰富，它是瑶族先民解释天地万物起源的"百科全书"，瑶族人民称其为"杂密"，有"万事之本"的意思。

流传于各地的《密洛陀》古歌不尽相同。其内容可分为两部分，第一部分（前25章）叙唱的是母系氏族社会的原始生活。风造了密洛陀，女神由风造成。密洛陀又靠风造了天和地，但天黑沉沉的，密洛陀造了太阳和月亮。太阳、月亮太孤单，密洛陀又造了云彩伴太阳，造星星伴月亮。地上太寂寞，她又造了十二个男神和十二个女神。男神和女神相互婚配，生下的不是人类，而是石头、泥块。密洛陀为了创造人类,带着十二个男神和十二个女神离开了元些雅些,到洛立堞防居住。第二部分(后9章)叙唱原始社会末期生产有了分工,私有制开始出现,阶级的产生有了胚胎。

《密洛陀》内容丰富,通过歌颂创世母神密洛陀这个光辉形象,表达了布努瑶族征服、改造大自然的愿望,同时也赞扬着这个民族战胜困难、战胜强暴、勇敢坚韧的战斗精神。密洛陀是这个民族的典型化身,代表着整个布努瑶族的民族精神。

该诗认为,密洛陀是人类的母神,宇宙万物由她创造,理所当然地也由她主宰。宇宙是宽大无比的,但宇宙是密洛陀用风创造出来的。太阳、月亮高悬天空,对人们施展它们的淫威,是密洛陀派她的儿子们把太阳、月亮射杀。凶猪、妖猴、魔虎肆虐残暴,是密洛陀派她的儿子们去铲除。大自然感受到压力,只能甘心拜倒在密洛陀跟前受人类驱使。这充分表现了瑶族顽强的战斗精神和压倒一切的气概。

史诗还总结了瑶族惨遭迫害的教训,告诉人们如何认识社会上各式各样阴险毒辣的坏人,也教给了人们做人的道德伦理规范,如:

> 我们的母亲密洛陀创造了天,
> 我们的母亲密洛陀创造了地,
> 可灾难却不断降临到布努头上,
> 命运却安排我们面向死神!
> ……
> 我们要像始母密洛陀那样历尽艰险,
> 我们要像始祖洛西那样勇敢取胜!
> 谁要欺负我们必然遭到抵抗,
> 谁要歧视我们必然遭到报应!
> ……
> 历史的恶人实在愚蠢,

忠于民族的英雄会勇敢献身!
布努人没有被斩尽杀绝,
布努人会繁衍后代子孙!
悲难的历史一代传一代,
祖辈们的深仇我们永远记在心!
有母亲密洛陀的精神指引,
我们会从暗夜走向黎明!①

这是一个民族对社会不公的愤懑,对历史罪恶的控诉,同时也对光明前途充满了信心。然而,他们的反抗不是复仇主义,请看:

我们是密洛陀的子孙,
哪能任官府随意宰杀!
哪能容山主随心捉拿!
人类应该相互友爱,
民族间不该互相枪杀!②

勤劳,是瑶族的美德。在《密洛陀》中,有这样的诗句,密洛陀曾说:

勤劳,山上的石头会变牛羊,
勤劳,树上的叶子会变衣衫,
勤劳,林间的花朵也会开放,
勤劳,河中的清流也会发亮。③

密洛陀的精神在瑶族的日常生活中可以说无处不在,只要提到密洛陀,她的精神仿佛就在身边,人们就有勇气,奋斗也有目标。

---

① 蓝怀昌,蓝书京,蒙通顺:《密洛陀》,中国民间文艺出版社,1988年。
② 蓝怀昌,蓝书京,蒙通顺:《密洛陀》,中国民间文艺出版社,1988年。
③ 蓝怀昌,蓝书京,蒙通顺:《密洛陀》,中国民间文艺出版社,1988年。

连男女谈情说爱时也要她来帮助。下面,用另外一首《撒旺》(情歌)来举例:

> 密洛陀给我们创造天空,
> 密洛陀给我们创造大地。
> 大地宽得我们走不完,
> 天空高得我们望不尽,
> 只要我俩打同年,
> 就会和天地一样稳定。
> 太阳是密洛陀用金子做的,
> 那是你的一颗心;
> 月亮是密洛陀用银子做的,
> 那是我的一颗心。
> 只要我们两颗心连成一颗心,
> 我俩的爱情一定到百年。
> 我翻过千重山,
> 攀过千重岸,
> 千条水,
> 万座山,
> 一条金带连起来,
> 密洛陀的精灵牵动我的心,
> 特地叫我到你这里来。[1]

可见,在瑶族的精神世界里,他们离不开密洛陀。《密洛陀》就是把他们连接起来的纽带。瑶族从分散的个体集中团结起来,坚硬像铁,刚强像山,任何力量都不能使他们屈服,任何力量也不能战胜他们!他们的人口虽少,但他们最终生存了下来,繁衍了下去。

---

[1] 蓝怀昌,蓝书京,蒙通顺:《密洛陀》,中国民间文艺出版社,1988年。

这不能不归功于史诗《密洛陀》给这个民族的凝聚力。

瑶族的民间史诗《密洛陀》及其分支歌的最显著特点就是讲究对偶、对仗。瑶族史诗中的对偶不但贯穿全篇，为了对偶甚至把具有四个音节的人名、地名、物名进行分说。诗的第一句用第一、第二个音节，第二句诗用第三、第四个音节，如"洛陀洛西"是始母名字，"洛立堞防"是她住所的名字，该诗在运用上把它分开：

洛陀在洛立高兴，
洛西在堞防欢心。①

再如"雅友雅耶""阿亨阿独"是两个人名，该诗为了对偶而在诗句中把它分开运用：

雅友去买树种，
雅耶去取竹秧。
阿亨去移岭，
阿独去造山。②

这种对偶形式主要为了易记和易传，它构成了瑶族古诗歌的重要特点。

口传史诗《盘王大歌》

《盘王大歌》亦称《盘王歌》《盘古书》《盘王大歌书》《大路歌》，它是瑶族民间歌谣的代表作，是瑶族的另一部"百科全书"，累计有10000多行。凡是崇拜盘王的瑶族聚居区，都有《盘王大歌》流传。

从产生到现在这样的规模，《盘王大歌》经历了一个不断补充和丰富的过程，它是瑶族人民智慧的结晶，不愧为瑶族传统文学艺

---

① 蓝怀昌，蓝书京，蒙通顺：《密洛陀》，中国民间文艺出版社，1988年。
② 蓝怀昌，蓝书京，蒙通顺：《密洛陀》，中国民间文艺出版社，1988年。

术的一座宝库。

《盘王大歌》是瑶族保存得最为完整的一部古典歌谣集成。流传至今的，主要有二十四路、三十六段汉文手抄本。二十四路：起声唱、付灵圣、龙围宅、见怪、歌春、歌酒、对歌、歌花、歌果、歌茶、歌妹、歌二娘、歌新、歌苧、正月正、鹧鸪游、官前（人）、班靛（定亲酒）、愁为落、李条青、请书、歌叹、歌忆、歌散。三十六段：起声唱、初入席、隔席唱、轮娘唱、日出早、日正中、日斜斜、日落西、日落岗、日过岗、夜黄昏、夜深深、天上星、大星上（出）、月亮亮、天大旱、见大怪、天地动、天暗乌、雷落地、葫芦晓、造天地、连州歌、游乐歌（请三娘）、桃源洞、闾山学堂、造寺、歌字、邓古歌、何物歌、彭祖、郎老了、放猎狗、双杯酒（又名家先歌）、亚六歌、完合歌，其中穿插七任曲。

从目前已搜集到的资料来看，湖南省江永县搜到的《盘王歌》手抄本是最早的，是南宋咸淳元年（1265年）的。它与瑶族另一份历史文献《评皇券牒》是同一时期的产物，仅晚于《评皇券牒》五年。

到了唐代，由于唐高祖、唐太宗崇奉道教，民间尊道之风甚盛。瑶族在南迁过程中吸收融会了其他民族民间的道经，"时节祠盘瓠"有了歌舞长鼓，祭祀仪式得到进一步的发展。宋代以后，道教传入瑶族聚居区，道教祭祀仪式与瑶族传统祭祀盘王世俗仪式互相融合，丰富了祭祀盘王的仪式。如今，祭盘王发展成为包括几十支舞蹈、叙唱几万行盘王歌的庞大仪式。

《桃源峒歌》是《盘王大歌》中的一段。瑶族先民居于沅江和资江的下游，地平物丰。"峒"原指四面环山之盆地，但又不限于具体某地，现泛指瑶族先民曾居住的桃源这片土地上，是祖居地的象征符号。

生活在这样的仙境里，人们怡然自得，如：

郎在桃源八百岁，家住桃源八百秋；
桃源歌堂四季唱，一年四季心不忧。
桃源有林又有田，快乐歌词万万千；
答谢歌堂年年有，一年四季唱不完。①

因为一年四季有唱不完的快乐歌曲，所以人们没有忧虑且健康长寿。歌词还叙述了瑶族先民离开桃源远走他乡的原因。

火烧桃源拦江岭，烧来烧去到沙洲；
桃江两岸都烧尽，烧到江边火才收。
火烧桃源四边岭，烧来又到江步村；
手拿一根黄糖蔗，桃源峒口两断分。②

这里的"两断分"，就是"背井离乡""各分东西"的意思。歌词中的"火"是一切封建势力的象征。大火烧桃源，并非真正的自然灾害，而是指封建王朝的压迫。

叙事长诗《甘基王》

在粤北瑶族山区，流传着"甘基王"的古老传说和叙事诗。传说瑶山有个弓箭手叫谈花单，皇帝包麦六召他进宫当将军。十多年后，谈花单回瑶山探望妻子，在溪边遇见一个十五六岁的英俊少年。那少年用箭射鱼百发百中，谈花单感到十分惊奇，少年挑战似的打赌能否射中他的坐骑的腿。少年果真射中马腿，谈花单从马上摔落下来，非常恼怒，于是把那少年捆在一块大石上便回家。谈花单见到妻子时说出了刚才发生的事，妻子说那少年便是他的儿子，谈花单赶忙来到溪边，见儿子已被十二个太阳晒成灰了。谈花单一气之

---

① 黄书光，刘保元，农学冠等：《瑶族文学史》，广西人民出版社，1988年。
② 黄书光，刘保元，农学冠等：《瑶族文学史》，广西人民出版社，1988年。

下把十二个太阳统统射落,天地顿时一片漆黑。后来,他用一种草药救活了一个太阳,放回天空。此后瑶族人民把这种草药叫作"救日草"或"太阳草"。那少年被晒死后化为精气又回到母亲体内。母亲怀胎三年后生下一只蟾蜍,取名"甘基"。他经常在屋前的水塘跳上跳下。有一年,莫理国派兵入侵包麦六管辖的领土,包麦六派谈花单去抵抗也不奏效,皇帝万分焦急,于是贴出告示招贤御敌,并许诺谁能打败莫理国就把三公主嫁给他。谈花单几次用兵失败,就请假回家散心,妻子告诉他又生了个儿子,他很高兴,但一见儿子长相很丑陋,他又气又恨,抽刀便向甘基砍去。甘基机灵地从桌边跳到桌上,三拜父亲:"阿爸,你不要杀害我,我有本事打败莫理国,娶回三公主!你带我去见皇帝吧!"谈花单觉得这儿子很怪,便硬着头皮带着他到皇宫并向皇帝讲明来意,皇帝见到甘基这副模样,禁不住大笑起来。甘基觉得自己受到了侮辱,便决心要与皇帝进行兵马比武。皇帝招来九千兵勇,个个举刀举矛,密密麻麻,好不威风。甘基跃身腾空,在兵勇的矛头上跳来跳去,丝毫不伤一点皮肉,接着"呱呱呱"大叫几声,天上就下了暴雨和冰雹,吓得兵勇四处逃散。皇帝见甘基非凡,下令让他带兵攻打莫理国,甘基只带三十九个兵勇就出发了。甘基一路打一路追,莫理国兵勇赶忙退守海岛本土,他们以为甘基过不了大海,但哪知甘基坐着山芋叶飘过了大海,登上了莫理国本土。莫理国兵勇见只有甘基一人,便纷纷用长矛追杀他。甘基纵身跳上大树高枝,"呱呱呱"大叫起来,顿时天暗雨暴,淹得莫理国兵勇无法睡觉,无法打仗。后来甘基跑到火塘里含起一团火炭,跳进皇宫放火,莫理国的皇帝和兵勇全被烧死。甘基胜利而归,包麦六企图反悔,不嫁三公主。但三公主对甘基很崇敬,便私会甘基,见甘基脱掉蟾蜍衣,变成英俊的少年,三公主十分惊喜,于是转告父皇。皇帝不信,直到亲眼见到甘基脱下了蟾衣,甘基说蟾蜍衣是天赐宝衣,有法术,能呼风唤雨。贪心的皇帝脱下了龙袍,穿上蟾蜍衣,变成了癞蛤蟆;甘基穿上龙袍当上皇帝，与三公主成亲，过上了幸福的生活。大家称他为甘基王。

叙事长诗《甘基王》共八章七百五十四行，情节与散文体传说没有多大差异，但由于叙事诗在表达方式上更带有感情色彩，故叙事诗艺术上所体现的原始思维具有互渗意识，如在人与蟾蜍，甘基与谈花单，生与死，灵与肉，古与今的对立范畴中都具有鲜明的民族主体性。叙事诗开头就亮出了谈花单的英雄形象：

七岁左手能拔铜弩，
八岁右手能拿铁箭；
在森林里追逐黄猄，
在高空中射落飞雁。①

这英雄表面上是谈花单的个体，而内涵却是瑶族先民的群体和整体。谈花单的高超本领显示了瑶族人民的自豪感和自信心。谈花单是一个好猎手，故皇帝包麦六召他进了皇府殿，如：

包麦六拿出珍藏的兵符，
亲自放在谈花单的手中。②

从此，谈花单当了皇帝的将军，捍卫皇宫，保卫着"六个省"的地方。

长诗叙述谈花单思乡心切，如：

离厩的黄牛想着厩，
出窝的燕子想着窝；
失群的斑鸠想找伴，
离乡的人啊想回家。③

---

① 农学冠，黄日贵，苏胜兴：《瑶族文学史（修订本）》，广西民族出版社，2001年。
② 农学冠，黄日贵，苏胜兴：《瑶族文学史（修订本）》，广西民族出版社，2001年。
③ 农学冠，黄日贵，苏胜兴：《瑶族文学史（修订本）》，广西民族出版社，2001年。

当他回到阔别十五年的家乡时，在寨外遇上了从未谋面的儿子。他对射鱼百发百中的少年提出了挑战：

如果你射中了我这匹马的腿，
我才算你是个真正的弩弓手！

少年一箭马腿折，将军摔得鼻青脸肿，顿时气得像头暴怒的野猪，任性地捆起那少年。那少年最后被十二个太阳晒成了灰。后来谈花单射落十二个太阳以赎虐子之罪。这个情节有远古后羿射日的影子。

第三章叙唱暴死的少年化为精气重投母胎，受孕三年后生，因貌如丑陋的蟾蜍，故名"甘基"。甘基的身世显示他并非凡夫俗子，而是具有特异功能、能成为王的奇才。果然，第四章叙唱国难当头之际，谈花单回到家乡带着儿子甘基到了皇宫，甘基明言"我是天神降生的仙子"，并以异常本领使皇帝和群臣佩服。这一情节与龙犬盘瓠在平王贴榜招贤时应招情节完全一致。

第五章叙唱甘基领兵血战敌军，并独自坐着山芋叶飘过大海，登上海岛敌国皇宫，莫理国国王召回所有兵勇围杀甘基，甘基从这棵树跳到那棵树，避敌兵砍树追杀，不断"呱呱呱"地鸣叫，老天不断倾泻暴雨。当所有的大树被砍倒，甘基便跳进敌营火塘，口含火炭把敌国的宫殿点燃。

第六章叙唱甘基胜利归来，受到群众热烈欢迎，聪明美丽的三公主也爱上了这位为民除害的英雄。但皇帝包麦六违背诺言，赶走了甘基。甘基来到河边脱衣洗澡，现出英俊小伙子的原形，三公主见了又高兴又惊奇，呆呆地盯着甘基出神。甘基唱出了心中的歌：

美丽的三公主啊，
没有太阳，月亮不会发亮；
没有溪水，鱼儿不能生存；

没有爱情，心花就会凋亡。
如果你是一只小鸟，
我愿化成一对翅膀；
如果你是天上月亮，
我愿变成一颗星，
永远陪伴在你的身旁。①

他们通过对歌，终于鼓起了拜见皇帝定终身的勇气。

第七章叙唱了包麦六拒绝三公主与甘基的婚事："如果你要和甘基成亲，除非盐生虫狗长角，咸鱼翻身归大海，公鸡下蛋母鸡啼！"甘基只好以神奇的蟾蜍衣来诱惑包麦六，结局是包麦六穿了神衣变蟾蜍，而甘基穿龙袍当了皇帝。这种易位是人民群众最公正的评判。

第八章以百姓同庆甘基和三公主美满姻缘作结。

《甘基王》折射了瑶族先民最早的狩猎生活。这不仅表现在谈花单和儿子甘基都是百发百中的弓箭手，还表现在人与太阳的关联上，太阳的光（箭）晒（射）死了谈花单的儿子，谈花单又用箭射落了十二个太阳。

《甘基王》反映了瑶族从游耕转为定耕的农耕生活。瑶族先民在两千多年的迁徙中，从黄河流域到岭南，自隋唐至明清，时间越近，定耕的瑶族民众就越多。这大体上反映出瑶族民众在长期的反压迫、反剥削的斗争中积累的经验，也是定居定耕对民族的生存发展的展现。

《甘基王》是一部展现岭南各民族文化互渗的叙事长诗。在情节和形象上它继承了瑶族盘瓠传说的文化因子，但形象上已不是原来的龙犬，而是岭南骆越民族的蟾蜍。当然，这蟾蜍也像龙犬一样充满了神性和人性，它的斗争方式则是天人感应的法术，并最终克敌制胜。

---

① 农学冠，黄日贵，苏胜兴：《瑶族文学史（修订本）》，广西民族出版社，2001年。

《甘基王》在艺术上保持了民间口语的通俗化特点,朴素自然、清新;在形式上注意韵律节奏,但又不是很拘泥于此,长短句配合得当,以适宜表达感情的起伏变化为准则,故长诗流畅而有韵味。

抒情长诗《桑妹与西郎》

《桑妹与西郎》是流传于云南省文山壮族苗族自治州的一首瑶族民间抒情长诗,由熊秀金(瑶族)翻译并与张鸿鑫、刘德荣共同整理。全诗有1400余行,七言体。

这部长诗具有深厚的民族生活气息,它所用来比喻的事和物都是瑶族人民日常生活所常见,或与他们的生活有着密切的关系,如诗中通篇比喻不离的"蓝靛[①]""靛花""割靛"等。蓝靛是这支瑶族过去的主要经济作物。诗中所描绘的许多生活场景或事物都是瑶族特有的习俗,如度界(一种传授传统文化的仪式)、扎竹针、数柳叶、对歌,以及用姜、茶、烟、钱当作订婚的聘礼等,使人读后感到亲切,如临其境。

《桑妹与西郎》的故事梗概是,古时候瑶山有户"竹瓦竹楼竹篱笆"的竹房人家,家中有个18岁的姑娘桑妹,长得清秀,"个个指头白又细,就像香草抽嫩芽"。她的歌才出众,"开口唱出千万首,画眉自愧不如她"。邻村有个20岁的小木匠,名字叫西郎,也是从小爱唱歌的小伙子,桑妹与西郎通过对歌结下了深厚的爱情。西郎爹妈带着聘礼来到桑妹家为西郎说亲,因为不是门当户对受到了桑妹父母的拒绝。桑妹心中痛苦,并与父母的嫌贫爱富的思想进行针锋相对的争辩,由于封建观念的根深蒂固,结果是"桑妹输来爹妈赢"。桑妹因此生气害了一场大病,如:

三天不喝一口水,

[①] 蓝靛:一种染料。

七天不吃一顿饭。
躺在床上迷糊糊，
整天想着心上人。①

于是桑妹的爹妈赶紧去请赛府（以迷信手段治病、择吉卜凶的人）打卦问病，赛府说桑妹得的是相思病，只有答应了桑妹与西郎的婚事桑妹的病才可愈。为了治好桑妹的病，父母便假意许婚。桑妹与西郎重相会，桑妹病除。狠心的父母见桑妹病愈，便立即悔婚，设计将西郎关进牢房。西郎受尽了折磨，桑妹得知此事，痛恨父母，并设计救出西郎，两人双双逃奔远方。正在走投无路时，天空出现一朵大红云，红云飘处红光闪，天上抛下一条红丝绳，把桑妹和西郎拉上了天庭，并给他们主婚成亲。

《桑妹与西郎》用简洁的语言把害相思病的桑妹写活了。如：

桑妹西郎成婚后，
从此生活在天庭。
夫妻恩爱赛蜜甜，
你唱我和情意深。②

对桑妹与西郎有情人终成眷属后的幸福生活，用"从此生活在天庭"来形容，但天庭实际上是人间的移位，在天庭生活的桑妹和西郎依然是地地道道的勤劳农民，这体现了瑶族先民对身为劳动人民一员的身份而自豪。如：

桑妹下地栽蓝靛，
西郎上山捕鹧鸪。
桑妹碓上舂绿谷，

---

① 农学冠，黄日贵，苏胜兴：《瑶族文学史（修订本）》，广西民族出版社，2001年。
② 农学冠，黄日贵，苏胜兴：《瑶族文学史（修订本）》，广西民族出版社，2001年。

西郎林里割柴薪。①

"绿谷"不一定是指绿色的谷物,应该是指新打下来的谷物,还带着一点儿绿意,体现了春绿谷人心情的喜悦。长诗以简朴的语言塑造了桑妹与西郎的生动形象,批判了嫌贫爱富的封建思想和封建婚姻制度,歌颂了桑妹和西郎的坚贞爱情和反抗精神。

长诗的语言浑厚朴实,勾勒人物的手段巧妙,如"看见八角唱八角,看见香瓜唱香瓜;看见山雀唱山雀,看见靛花唱靛花"。长诗只用短短四句极具口语化的诗句,就把桑妹这个出口成章的歌手的形象勾勒出来。长诗在翻译整理上也有许多可取之处,语言保持了瑶族歌曲素有的古朴风格,毫无做作;形式和内容也保持了瑶族民间叙事诗的民族情调。

---

① 农学冠,黄日贵,苏胜兴:《瑶族文学史(修订本)》,广西民族出版社,2001年。

动人心魄的歌谣

瑶族歌谣历史久远。优美的瑶族古歌《娅台和七子》与口传史诗《密洛陀》有着密切的关系，它反映的社会背景比《密洛陀》要晚得多，主题已转移到原始公社解体、阶级社会初步形成的时代上来。《鸡歌》是瑶族娱神歌中的一首。古代瑶族文学处在原始与幼稚的发展阶段，瑶族民间歌谣常常与宗教祭祀活动分不开，也常与舞蹈、音乐等艺术门类结合在一起，尚不能单独作为文学门类而独立出现，须借助于其他艺术才能反映生活或表情达意，比如丧歌，舞蹈的元素重于歌词。随着社会的发展，"饥者歌其食，劳者歌其事"，瑶族歌谣不仅反映了瑶族在不同历史时期的社会境况与民风民情，而且勾画出瑶族的民族性格与生存命运。

源远流长淌古歌

《娅台和七子》里说娅台把财产分给七个儿子，从这里能隐约看见母系氏族制衰亡、父系氏族制建立的影子。七个儿子分家，官、学、工、商、农，样样齐全，农中还有高山平地的优劣之分。这种鲜明的社会意识形态，是古歌在流传的过程中渗进了后人的观念，但不容否认，古歌还多少保留了原始社会后期社会分工已经形成的痕迹，也反映了阶级形成的萌芽形态。老七家因为皇帝逼婚而逃进深山，住山洞，种山地。为了逃避皇帝的追捕，迁徙频繁，生活很艰苦。如：

> 老七住山没有房，
> 他就住在大岩洞。
> 老七住洞没有床，
> 他就燃起火过冬。
> 老七过夜没蚊帐，
> 他用艾叶熏蚊虫。
> 老七挑水没有桶，
> 他就砍来大竹筒。①

这是原始生活的真实写照。造成这种生活，我们不排除生产力低下的因素，但主要还是由于封建统治者实行压迫政策。古歌通过皇帝逼婚这一具体事件展开老七家逃散奔走的情节，是文学表现生活的特殊手段。我们通过这种逼婚的社会现象，就能看到它曲折反映的阶级压迫的社会本质。

这支古歌告诉人们，老七是个很朴实的农民。他孝敬母亲，母亲打呵欠，他半夜也出去找烟叶来给她抽；他很善良，猴子来偷小米，他不打它，捉住它和它讲理；他很勤劳，在山上种小米，年年有好收成；他很勇敢，仗义拒绝皇帝提亲；他力气过人，射出的箭能将九丈高的红棉树折断。他身上表现了瑶族人民的崇高品质和美好愿望，而成为瑶族的祖公。

《鸡歌》借鉴公鸡司晨的故事叙唱了瑶族先民（母系氏族制）驯养家禽贡献于社会的事迹，对原始社会生活进行了美好的回忆，折射出了瑶族先民对鸟、对太阳的原发性崇拜。《鸡歌》分两部分，第一部分叙说老太婆从山上的草丛中捡来一窝蛋，孵出五只小鸡："凤凰鸡""孔雀鸡""鹧鸪鸡""土坭鸡"和"五令鸡"。前四只鸡羽

---

① 农学冠，黄日贵，苏胜兴：《瑶族文学史（修订本）》，广西民族出版社，2001年。

毛丰满时归了山（自然），只有五令鸡留在老太婆身边，美丽可爱。歌中唱道：

> 五令小鸡变大鸡，一身红毛亮熏熏；
> 头顶牡丹尾佩剑，一啼千鸟都着迷。①

第二部分叙唱老太婆把可爱的五令鸡献给皇宫作为报时工具。皇宫由于无人报时辰，"天下乱东又乱西"，耽误了大事。丞相令千总来到龙山瑶族聚居区找到了老太婆。老太婆尽管有难舍难分之情，但考虑到为了更多的人，于是明确表态："皇帝欢喜我也乐，我愿献出五令鸡！"于是就有千总"领着公鸡上荆州""进京城"之举。五令鸡到宫廷，发挥了巨大的作用，古歌末节充分展示了这种作用。如：

> 千总领鸡进京城，皇帝乐来百官喜；
> 申酉之时鸡入笼，子丑之时鸡便啼；
> 啼声犹如铜鼓响，声声报晓天下知；
> 朝廷皇帝闻鸡啼，天天准时坐早朝；
> 指挥千总闻鸡啼，早起登骑驾云梯；
> 州府县官闻鸡啼，早起律令齐统一；
> 春到百姓闻鸡啼，牵起耕牛扛起犁；
> 勤俭夫妇闻鸡啼，早早起身功夫齐；
> 男人闻鸡去耕作，女人闻鸡出罗帷；
> 新妇婶娘闻鸡啼，洗脸梳头插金钗；
> 做客之人闻鸡啼，收拾包袱各自归。②

瑶族人民的村社祭祀由"村老"主持。祭祀多以鸡、猪为贡

---

① 黄书光，刘保元，农学冠等：《瑶族文学史》，广西人民出版社，1988年。
② 黄书光，刘保元，农学冠等：《瑶族文学史》，广西人民出版社，1988年。

品。杀鸡前，先由"村老"唱歌，既叙说鸡之来由及功德，又陈述鸡之去处（供神享用），借以宽慰鸡之魂灵，让鸡顺从地走向自己的归宿。

喜庆场合吟彩话

彩话即彩头话、吉利话，是瑶族人民用赞词表达美好的祝愿。彩话主要流传于广西大瑶山地区，多见于新屋落成、结婚仪式或满月祝酒等喜庆场合。

彩话的内容和吟咏方式，视其不同的场合而异，但各自的内容和方式都是固定的。如结婚酒筵彩话：

如今你俩成亲，如今你俩成对。
种田成禾，种地成粟；
种薯薯长，种香（香草）香长；
养鸡鸡满笼，养鹅鹅满院，养鸭鸭满塘；
养猪猪满栏，养牛牛满山。
吃米米返桶，吃肉肉回坛，喝酒酒返缸；
用钱钱返柜，用银银回箱。
……
你俩老——
长过水，广过天，
热过火，响过锣，
你俩老同天富贵。[1]

又如举行入新居仪式，司仪手提一只公鸡，立于屋脊，面向大家朗诵彩话：

---

[1] 黄书光，刘保元，农学冠等：《瑶族文学史》，广西人民出版社，1988年。

雄鸡雄鸡，头戴红冠尾又长。
主人起屋千年住，千年基固万年牢。
左手开门龙开口，右手开门凤朝阳。
屋前有棵摇钱树，屋后有个聚宝盆。
五男二女，七子团圆。①

接着，司仪将公鸡抛下，然后朗诵最后两句："雄鸡落地，恭喜恭喜！"

人生的征途上有险峰、有深谷，谁都希望顺利攀登和超越，彩话反映了人们对未来的美好愿望和自信的心态。

刺绣驱兽歌为乐

瑶族祖先"好五色衣服"。所谓"五色衣服"，就是用五色线绣的衣服。瑶族妇女自古擅长挑花刺绣，她们人勤手巧，随身携带针线包，一有空闲就抓紧进行刺绣。《刺绣歌》借瑶族姑娘给情人绣衣、裤、鞋、包头巾、腰带、脚套、花巾、箭袋等物抒情，反映了瑶族姑娘在生产劳动中的美好情趣。如：

手拿花针绣玉衣，我俩情同针线密；
送给阿哥穿身上，砍地开荒添气力。

绣条宝裤亮晶晶，珍珠宝石配金银；
左边绣出石狮子，右边绣出玉麒麟。

深夜赶绣鞋一双，针路密密行对行；
哥穿新鞋把树砍，断筒拉山铁脚郎。

为哥绣条包头巾，绣成龙虎两边分；

---

① 黄书光，刘保元，农学冠等：《瑶族文学史》，广西人民出版社，1988年。

领上打个英雄结,浑身添劲力气生。

情妹挑灯绣腰带,哥扎腰带去放排;
河水流急波涛涌,哥像蛟龙浪自开。

飞针走线绣脚套,针密线紧布又牢;
哥穿脚套翻山岭,墨蚊蚂蟥不敢咬。

坐在晒棚绣花巾,一对鸳鸯绣中心;
送哥出门打工去,天天洗脸念妹情。

绣个箭袋把箭装,送哥打猎上山岗;
百里瑶山神箭手,专打虎豹和豺狼。①

歌谣通过对具体刺绣情节的描写,反映了姑娘的一片真情。

瑶族人民长期与飞禽走兽打交道,在劳动实践中,他们总结出征服野兽的经验,以保护农作物不受损害。《驱兽歌》展现了这种劳动生活的一个侧面。如:

又点火把又敲锣,齐声高唱驱兽歌;
锣声歌声阵阵起,这山唱来那山和。

阵阵锣声震山坡,猴子山猪打哆嗦;
野鸡山雀林中躲,不敢偷薯叮粟禾。

红薯芋头岭接岭,玉米高粱坡连坡;
梯田稻谷金闪闪,家家多收三五箩。②

《放猎狗》记述了瑶族古老的狩猎生活。"立横枪"的捕兽方法在瑶族群众中盛极一时。如:

---

① 农学冠,黄日贵,苏胜兴:《瑶族文学史(修订本)》,广西民族出版社,2001年。
② 农学冠,黄日贵,苏胜兴:《瑶族文学史(修订本)》,广西民族出版社,2001年。

四山岭头放猎狗，湖南江口立横枪[1]；
立枪来了羊来到，狗吠三声羊着（中）枪。
四山岭头放猎狗，猎出一双（对）斑脚羊；
斑脚羊皮好蒙鼓，打到皮穿正放娘[2]。

《挖地歌》又称《锄地歌》，流行于桂北瑶族聚居区。过去，每年春天开荒，或夏季给庄稼除草培土时，瑶族人民总是二三十户合起来进行互助，你帮我，我帮你，直到把大家的生产搞完为止。每次劳动时，人们排成一列，齐头并进。队列的一侧，有两个歌手引吭对唱，并击鼓敲锣助威。劳动的人们踏着鼓点，随声应和，猛挥锄头，你追我赶。一时，锣鼓阵阵，歌声飞扬，热闹非凡，很有气派。

《挖地歌》分为五个部分："开工歌""交情歌""中午歌""定情歌"和"收工歌"。开工歌首先传播人们要向荒山野岭进军的消息。如：

一棒鼓，一棒锣，惊动山神土地婆；
土地公公爱打鼓，土地婆婆爱打锣，
打鼓打锣闹山河。[3]

交情歌是《挖地歌》的主要内容，通过叙唱情歌来激发大家的劳动情绪。如其中一首唱道：

太阳出来晒半岩，半岩底下桂花开；
先开一朵梁山伯，后开一朵祝英台，

---

[1] 立横枪：安装有自动机关的枪。以前狩猎时，将枪放于野外，野兽触及机关，枪会自鸣击中野兽。
[2] 打到皮穿正放娘：意为敲破了羊皮蒙的鼓才与情妹分离。
[3] 农学冠，黄日贵，苏胜兴：《瑶族文学史（修订本）》，广西民族出版社，2001年。

山伯英台两朵鲜花一样开。①

中午歌是吃完午饭后唱的逗情歌。如：

昨日午时到姐家，来到姐家煮饭吃；
煮了一碗铜禾米，又煮肥肉像冬瓜。
怠慢情郎哥哥没酒喝。②

定情歌是下午唱的歌。定情后若反悔就是反情，定情歌告诫情人勿三心二意，谁先反情，谁就会受到惩罚。如：

铜打香炉锡镶边，二人同到后花园；
同到花园当天断③，当天断个六十年，哪个反情死在先。

收工歌实际是别情歌。如：

日头落岭岭落西，黄茅岭上落金鸡；
杀了金鸡饮血酒，郎往东来妹往西，两相姻缘难分离。

《挖地歌》这种击鼓唱歌进行集体劳动的生产形式，是古代社会"共耕制"的反映。

《采茶歌》是一种行业劳动歌，全歌48行，从一月唱到十二月，形式比较固定，歌中描绘了瑶族人民劳动的生动情景。如：

五月采茶茶树阴，拨开茶叶摘茶心；
手快就像鸡啄米，姑娘捧篮笑盈盈。

六月采茶艳阳天，邀妹一同进茶园；
茶园里面歌声起，歌似新茶香又甜。

---

① 农学冠，黄日贵，苏胜兴：《瑶族文学史（修订本）》，广西民族出版社，2001年。
② 农学冠，黄日贵，苏胜兴：《瑶族文学史（修订本）》，广西民族出版社，2001年。
③ 断：定情。

七月采茶绿茵茵，风吹茶叶轻盈盈；
弟①攀茶枝把茶采，片片茶叶传深情。

八月采茶绿油油，弟采茶叶托妹收；
妹今领了弟心意，煎茶和弟过中秋。

生产劳动歌的内容，大都反映与瑶族生活息息相关的生产活动，如种稻、织布、刺绣、采茶、装鸟盆、酿酒、纺麻等，生活气息浓厚。生产劳动歌既有总结农事经验的，也有抒发男女恋情的，使劳动生产充满了愉悦的气氛。

婚丧嫁娶好唱歌

反映婚姻仪式的歌叫婚俗歌。瑶族各支系的婚仪各具特色，婚仪过程一般包括"说亲""哭嫁""娶亲""贺婚""回门"等。

红堂歌是盘瑶支系的婚礼歌。婚礼仪式有"迎亲""拜堂""婚宴"三个环节。仪式中，由主家、客家分别组织歌手代表自己唱酬。当送亲队伍到家时，主家歌手唱道：

难为亲友送嫁到，送朵金花插贱堂；
淡酒粗菜桌上摆，招待不周莫传扬。

难为了，难为六亲送嫁娘；
六亲九故不辞苦，翻山踏云入贱乡。

难为了，难为六亲送到堂；
难为龙鸯②行路远，斟杯淡酒暖心房。

---

① 弟：称青年小伙为"弟"。
② 龙鸯：小伙子。

难为了，难为仙鸯①把心烦；
难为仙鸯爬山岭，送朵金花入红堂。②

客家歌手接过茶、酒后，唱道：

贺喜主，贺喜主人成贵双；
主人添福又添寿，五谷金银堆满仓。

难为了，难为厨官弄菜香；
三朝六夜不得睡，满桌佳肴情意长。

上洲买来仙桃子③，下洲买来贵仙枝④；
山珍美味摆满桌，吃了三年肚不饥。

多谢锦（姑娘、妹），多谢主家好姻缘；
今日吉星来高照，主家幸福万万年。⑤

新郎新娘拜堂时，由主家组织歌手唱拜堂歌。拜堂时，按辈排次，受拜者要给封包钱表示祝福。拜堂在夜间进行，若亲戚朋友多，则拜到天亮。歌中唱道：

一拜台上爷娘亲，不忘爷娘养育恩；
当初小小金鸡印⑥，如今长大赛金银。

二拜房族叔伯亲，下礼作揖表深情；
叔伯婶娘多照顾，侄女如今长成人。

---

① 仙鸯：姑娘。
② 农学冠，黄日贵，苏胜兴：《瑶族文学史（修订本）》，广西民族出版社，2001年。
③ 仙桃子：佳肴。
④ 贵仙枝：佳肴。
⑤ 农学冠，黄日贵，苏胜兴：《瑶族文学史（修订本）》，广西民族出版社，2001年。
⑥ 金鸡印：小孩身上的胎记。这里指小孩。

三拜房族亲兄弟，兄弟和睦话千年；
四拜外家亲大舅，大舅恩深记心间。
……
九拜众位台上亲，银烛灯火映厅堂；
爆竹声声饮美酒，鸳鸯结拜万年长。①

盘瑶支系的婚宴十分隆重，宴席少则二十多桌，多达五六十桌，当宾客入宴席，主家组织的歌手唱敬酒歌。如：

一张桌子四四方，多谢亲人到贱乡；
空会台桌无好菜，一杯淡酒敬客尝。

二杯酒来成一双，鸳鸯结伴在红堂；
亲家宾朋满堂坐，祝贺鸳鸯幸福长。

三杯酒来赞彩礼，亲家礼重情意长；
照顾不周莫见怪，先吃肉来后吃（喝）汤。
……②

从一杯酒唱到十杯酒，这支歌充分表达了主人的盛情和美好的愿望。白裤瑶支系在举行婚礼后，接着"扫洞房"。新娘来到新郎家，要吃苦麻菜、喝苦荞粥，表示婚后愿与新郎同甘共苦，艰苦创业。主人在洞房门口插上金竹刀，撒些米粒和银毫。歌手们唱道：

噢唷唷——
苦麻菜是那样苦，
新娘却吃得甜津津；
苦荞粥是那样稀，

---

① 农学冠，黄日贵，苏胜兴：《瑶族文学史（修订本）》，广西民族出版社，2001年。
② 农学冠，黄日贵，苏胜兴：《瑶族文学史（修订本）》，广西民族出版社，2001年。

新娘却一饮而尽。
新郎家不要担心了,
新郎不要介意了,
苦荞粥试出了她的心。
噢唷——
赶快扫洞房迎新人。
……①

瑶族的古代婚姻,姑娘出嫁后有不落夫家的习俗。逢年过节,家婆才去带媳妇回家,过了节女方又回娘家住。农忙时节,男方到女方家来帮工。到快生小孩时,女方家请来一位歌手,在后门设席供祭家神,诵唱欢送歌,这种歌叫送女歌。然后丈夫闭着眼睛剪断拦门的红、白、青三根彩线,带着妻子跨过一碗清水和一盏灯火从后门出走,带着简单的生产工具和生活必需品,到野外的山洞去住。送女歌有200多行,现摘录如下:

龙送鱼下海,凤送鹰上天;
离爹牵手去,别娘牵手还。
没有屋,没有房;
岩洞把身栖,高山建家园。
采朵香花给你戴,剪片红云给你穿;
早踏浓露去,夜来雾里眠。
……
上山采花把树攀,下山摘果把藤缠。
布洛西②有心,送福送禄给儿孙;
密洛陀有眼,保佑代代往下传。

---

① 农学冠,黄日贵,苏胜兴:《瑶族文学史(修订本)》,广西民族出版社,2001年。
② 布洛西:瑶族神话中的男神。

哦，去吧！
是鱼能游千里远，是燕高飞上九天。①

夫妻俩到野外的山洞里去住。生小孩满 120 天后，家公家婆才去把媳妇、孙子接回家，在回家的那一天，要请一位歌手在家门前祭家神，唱欢迎的歌，这种歌就叫迎孙歌。然后家公家婆把一个蒸笼搁在门中，由歌手把孙子从一端递过去，他们从另一端接进屋，以示脱胎换骨，消灾脱难。现摘录几段如下：

画眉叫双韵，喜鹊叫双音。
来了！来了！
祥云飘下大山顶，喜气吹进我门庭。
百兽来贺喜，百鸟来送行。
山龙拱起背，石凤笑啼鸣。
石凤送来一颗珠，山龙送来一片鳞。
贵过金，贵过银。
珠子滚下山，朝鳞飘过岭。
……
是朵丹桂②香满山，是个辣椒③红满岭。
多谢仙祖赐福禄，我家又添丁。④

中华人民共和国成立后，这种古老的婚姻习俗已成为历史，但送女歌、迎孙歌仍是瑶族的艺术珍品，并流传下来。

自称"勉""金门"或"炳多尤"的瑶族，但凡遇婚事和佳节喜事，都要设歌堂庆贺。青年男女对歌，往往通宵达旦。拦路歌和拦

---

① 农学冠，黄日贵，苏胜兴：《瑶族文学史（修订本）》，广西民族出版社，2001年。
② 丹桂：女孩。
③ 辣椒：男孩。
④ 农学冠，黄日贵，苏胜兴：《瑶族文学史（修订本）》，广西民族出版社，2001年。

门歌是村外人前来贺喜时,主人(往往由本村歌手代理)拦路拦门盘问、客人对答之歌。这种歌,有固定的,也有即兴的。固定的,一般是历史性、知识性的问答,如问物歌。即兴的,根据喜事活动的内容问答。如流传于广西富川瑶族聚居区的拦门歌,开始先是套话:

> 女:月亮刚刚挂树顶,门前吵闹是何人?
> 门前吵闹何人到?弄得我屋嗡忱忱(热热闹闹)。
> 男:月亮刚刚挂树顶,丢了碗筷就出门;
> 园里开花引蜂到,歌堂嗡嗡招客人。
> 女:月亮圆圆挂树上,可惜我村无歌堂;
> 开口抛声送给你,劝哥趁早去别方;
> 劝哥趁早去别处,免得留歌沤坏肠。
> 男:月亮圆圆挂树上,就知你村有歌堂;
> 喜事出门传千里,火烧油茶满峒香。
> 火烧油茶香满峒,妹你嘴乖难哄郎;
> 开口抛声问一句,阿妹几时做新娘?[①]

客套之后唱逗情,如:

> 女:头发不曾盖过背,口中牙齿不曾齐;
> 未曾脱壳嫩竹笋,要想架笕费心机。
> 男:堂屋椅子轮流坐,买马配鞍正当时;
> 嫩笋脱壳成竹子,春暖花开正当时。

经过一番逗情后便"请入唱":

> 请入唱,
> 歌才就是金钥匙;

---

① 农学冠,黄日贵,苏胜兴:《瑶族文学史(修订本)》,广西民族出版社,2001年。

唱开阿妹（哥）眉上锁，
唱得阿妹（哥）心如蜜。①

唱完这首拦门歌，歌堂才开始对唱各种情歌。因此，拦门歌可以说是婚姻歌堂的序曲。

丧葬歌是办丧事时所唱的歌。各地瑶族的丧葬习俗不同，丧葬歌的内容和形式也不相同。比较有代表性的作品是《砍牛送葬歌》《萨当琅》。

《砍牛送葬歌》是瑶族的挽歌。《砍牛送葬歌》包括《祭炮歌》《祭桩歌》《牵牛歌》《祭刀歌》《哭牛歌》《铜鼓歌》《送魂歌》《辞魂歌》《送葬歌》和《哭坟歌》。全歌充斥着瑶族的传统文化和道教意识。如《祭桩歌》中唱道：

圣明的拴牛桩唷，今天全靠你帮争气。
有恩德的人到阴间去了，
从此就孤苦伶仃，送几头牛同他做伴，
共同把苦难承担。
可是唷，牛也不愿到阴间受苦，
见了满山的青草它就会挣断绳。
你不要动，不要摇，把牛拴紧，
圣明的神桩唷，牛哭了你也莫动心；
神桩是粘膏树做的，
粘膏树在世上又牢又稳。
龙卷风都刮不倒唷，
它的九十九条根都有九十九尺深。
神桩是用粘膏树做的，
粘膏树在世上最坚硬，

---

① 农学冠，黄日贵，苏胜兴：《瑶族文学史（修订本）》，广西民族出版社，2001年。

大石山压不断。

……①

《萨当琅》主要流传于广西壮族自治区都安瑶族自治县自称"布努"的瑶族中。瑶语"萨当琅"的意思是"歌",实际是一篇悼词。《萨当琅》大量吸收世俗凡间的人伦道德传统文化,情感是健康的。如道公受亡人之托向后人嘱咐:

今年是什么年?
今岁是什么岁?
天不容我留在人间。
我的亲人啊,请聚集我身边,现在你们听我嘱咐。
当兄的要像个长兄,当姐的要像个长姐。
要料理好我留下的瓦屋,要修缮我留下的楼房,
要耕好我留下的田,要种好我留下的地。
莫与坏人同混,莫与恶汉相交。
宁可卖柴度日,一生莫要去赌;
宁可卖水为生,一世不要做贼。
姐妹做事要谨慎,姐妹做事要真诚。
选姑爷要看人善良,招丈夫要选人忠厚。
不干不净莫沾手,安守本分才算乖。
嫁到男家当好家,要和丈夫同甘苦。

……②

《萨当琅》在表现形式上主要特点是运用大量对偶句式和排比句式。

---

① 农学冠,黄日贵,苏胜兴:《瑶族文学史(修订本)》,广西民族出版社,2001年。
② 农学冠,黄日贵,苏胜兴:《瑶族文学史(修订本)》,广西民族出版社,2001年。

苦乐生活且为歌

在历代封建统治阶级的残酷压迫和剥削下，瑶族人民蒙受深重的苦难，苦歌便是这种疾苦的真实写照。如：

开天辟地四边茅，
先有苗瑶后有朝①。
穿了树皮和木叶，
吃了山果和草根。
经过几多苦中苦，
度过几多难上难。
天下谁人能比我？
日作夜息过平生。②

《我的房子》是一首催人泪下的生活苦歌。如：

香哩呢，香哩！
别人的牛栏，
还有木头做梁，
还有竹片做瓦。
我的房子呢，
用三条芒叶当瓦，
晴天我在屋里数天星；
雨天我在房里捞得虾。
要是刮大风呵，人哎！
我的房子没有梁，
我的房子没有顶。

---

① 朝：朝廷。
② 农学冠，黄日贵，苏胜兴：《瑶族文学史（修订本）》，广西民族出版社，2001年。

你说我怎么过日子呃，人哎！
你说我怎么过夜呃，香哩！①

此歌以对比的手法突出自家之苦的极致，语言质朴，感情凄切，感人肺腑。

瑶族人民苦难深重的原因是什么？《买牛歌》从一个侧面对诈骗和勒索的行径进行了揭露。如：

春到呃，
邀你进州②买耕牛。
买得耕牛三百头，捆到人乡水埠头。
半夜醒来春水发，水推耕牛下海心。
有钱就下海心赎，无钱春牛沉海心。③

这首歌叙述了明朝时期广西大瑶山瑶族到山外买牛被人欺凌诈骗的史实。社会的黑暗正是封建统治者腐败无能的恶果。

湖南省江永县上江圩镇的桐口、浦尾、夏湾及道县田广洞等地的瑶族妇女经常于斗牛节、吹凉节聚唱女书歌，其中，有不少是妇女遭受欺压和凌辱的苦歌。如：

瑶家女子苦难深，要说女书诉苦情。
万乡粗纸传苦歌，字字句句泪淋淋。
好心之人读三遍，向着大山喊不平。
鬼神若能捧起读，未必读了不伤心。
刀枪若能捧起读，要为女子把冤申。④

---

① 农学冠，黄日贵，苏胜兴：《瑶族文学史（修订本）》，广西民族出版社，2001年。
② 州：广西象州。
③ 农学冠，黄日贵，苏胜兴：《瑶族文学史（修订本）》，广西民族出版社，2001年。
④ 农学冠，黄日贵，苏胜兴：《瑶族文学史（修订本）》，广西民族出版社，2001年。

瑶族近现代的歌谣，反映了近现代瑶族人民的生活状况，表达了近现代瑶族人民的思想情绪。与古代歌谣相比，近现代瑶族的生活歌谣更具鲜明的阶级性。封建统治者与地主、山主、土司相互勾结，残酷镇压和盘剥瑶族劳动人民，造成了更多的悲剧。这一时期的瑶族生活歌谣充满了血和泪的控诉。

湖南省宁远县九嶷地区流传的《瑶人苦来瑶人穷》共 10 段 40 句，具体表现了瑶族人民被压在生活底层的惨状。这首歌谣首先诉说瑶族人民生活之苦楚与山主盘剥的关系。如：

瑶人苦来瑶人穷，挂起禾镰米桶空；
卖儿卖女难过日，山主逼租到年终。①

瑶族人民的体验是直接的，自己的苦和穷是山主直接造成的。于是，他们恨山主，也怨自己的生存环境。如：

瑶人苦来瑶人穷，地无半亩田无分；
雨淋日晒当牛马，一辈劳苦住山冲。②

居住深山，以求生存，这是瑶族人民应对封建统治阶级压迫政策的对策，但他们是无法提高到理性高度来认识的，只知山主是他们的仇人。他们通过对比的手法写出了两个阶级生活的鲜明对立。如：

山主餐餐鸡和肉，瑶人餐餐苦菜根；
山主穿起层层新，瑶人穿起烂布巾。③

这种直接的感知是真实的，映衬出现实的生活是极不合理的。歌谣还进一步展现了瑶族人民生活的穷苦。如：

---

① 黄书光，刘保元，农学冠等：《瑶族文学史》，广西人民出版社，1988 年。
② 黄书光，刘保元，农学冠等：《瑶族文学史》，广西人民出版社，1988 年。
③ 黄书光，刘保元，农学冠等：《瑶族文学史》，广西人民出版社，1988 年。

衣服补了千百眼，麻线补去两三斤。
天上星子朗朗稀，瑶人日日受孤凄。
三餐难见白米饭，夜晚无被盖蓑衣。
天上落雨泪涟涟，想我瑶人好可怜。
日晒雨淋当牛马，缺吃少用又无穿。
想我瑶人真正穷，一天三餐苦菜根。
葛麻藤条当腰带，芭蕉叶子当斗篷。①

瑶族人民过着牛马般的生活，在贫困中挣扎。他们在漫长的生活实践中慢慢思考，逐渐地看到了社会制度的不公平。自己的劳动成果自己不能享用，这不能不说是一种悲剧。歌谣又唱道：

高山高岭排对排，树木本是穷人栽。
年年辛苦来培育，人死没有棺材埋。
一年四季流血汗，没有一时好生活。②

歌谣如泣如诉，吐露了瑶族人民的苦情。这当中也蕴含着反抗的火种。

广西壮族自治区金秀瑶族自治县流传的《说起瑶人苦情多》有7段28句，歌谣在控诉苦之根源上明确提及了财主与官家。如：

受欺受压苦难当，又交租税交征粮；
财主官家算盘响，瑶人痛苦泪汪汪。③

又如：

住在瑶山真受气，出门一步被人欺；

---

① 黄书光，刘保元，农学冠等：《瑶族文学史》，广西人民出版社，1988年。
② 黄书光，刘保元，农学冠等：《瑶族文学史》，广西人民出版社，1988年。
③ 黄书光，刘保元，农学冠等：《瑶族文学史》，广西人民出版社，1988年。

看见财主和官佬，老远就要把头低。①

这首歌谣大致反映了国民党反动派自1940年在金秀设立"警备区署"，1942年改设"设治局"之后的阶级矛盾的情状。由于反动统治者加紧了对瑶族人民的直接统治和"同化"活动，瑶族人民更认清了反动派的狰狞面目。歌谣中所反映的问题，其实质不只是经济上的盘剥，还有政治上、人格上遭受的凌辱——"把头低"。在旧社会，瑶族人民从切身的体会中加深了对反动派的认识。流传于云南省广南县瑶族聚居区的歌谣《诉苦情》对当道的官差表达了愤恨之情。如：

官差当道百姓难，官会吃尽百姓汗；
不许百姓住平安，只许官差欺负人。②

在旧社会，瑶族人民不仅受山主之盘剥，还受官府征粮征税之压榨，更受被抓兵之苦。流传于湖南省江华瑶族自治县的《抓兵歌》，从一个侧面反映了瑶族人民生活之苦情。《抓兵歌》开头先概括了"被抓兵"所造成的灾难。如：

民国世界不太平，瑶人难躲被抓兵；
家中人散财也散，不晓哪天命归明。③

歌谣接着以"十二月调"的形式陈述了歌者离家别妻的愁苦之情，以及到了兵营完全失去人身自由和随时被打杀的遭遇。歌末叹道：

民国当兵好吃亏，三更半夜把哨吹；
若是有病床上卧，棍子打来枪杆捶。

---

① 黄书光，刘保元，农学冠等：《瑶族文学史》，广西人民出版社，1988年。
② 黄书光，刘保元，农学冠等：《瑶族文学史》，广西人民出版社，1988年。
③ 黄书光，刘保元，农学冠等：《瑶族文学史》，广西人民出版社，1988年。

民国当兵好吃亏，有病行军把炮背；
脚酸手软往下倒，倒下河中被水推。①

人命如草芥，是反动派对待劳动人民的生命的轻率态度，歌谣揭露了反动派与人民对立的本质。

谜歌谚谣藏智慧

瑶族的谜歌和谚谣表现了瑶族人民的聪明智慧，反映了瑶族人民观察事物的种种特点。瑶族民间蕴藏着丰富的谜歌和谚谣。

物谜歌。物谜歌分动物谜歌、植物谜歌、生活用具谜歌和自然现象谜歌等。

动物谜歌如：

祖公就一个，
子孙实在多；
起屋屋连屋，
不种田土不吃饭；
年头到尾酿酒喝。
(谜底：蜜蜂)②

又如：

身插八把弯剪刀，
肩扛两把大夹刀；
一个装粪黑皮箱，
不敢直冲只横跑。

---

① 黄书光，刘保元，农学冠等：《瑶族文学史》，广西人民出版社，1988年。
② 农学冠，黄日贵，苏胜兴：《瑶族文学史（修订本）》，广西民族出版社，2001年。

（谜底：螃蟹）①

对蜜蜂，谜歌概述了它的生活特征；对螃蟹，谜歌形象地勾勒出它的体态和行动特点。涉及动物的谜歌很多，有虎、蛇、猫、獭、蛙、蜘蛛、狗、蚕、燕子、鹭、螺、蜻蜓、跳蚤、鸡、鹰、苍蝇等。动物谜歌的编唱，除了增长知识，还有情感、道德观念的传递。如唱蜜蜂，除赞蜜蜂勤劳酿蜜之外，还有从社会角度控诉压迫人、剥削人的现象。如：

娘娘崽崽在一起，
住得实在挤。
劳劳碌碌苦一年，
酿缸甜酒别人的。
再苦再做也枉然，
别人得多我无几。②

谜歌借蜜蜂酿蜜而不被自己享有之事象升华到社会感情高度，对剥削制度进行了抨击。如：

阿哥身带枪，
出门去挑糖；
走到绣花楼下，
恶人把哥拍赶；
阿哥杀他一枪，
阿哥没命回家；
恶人喊爷叫娘。③

---

① 农学冠，黄日贵，苏胜兴：《瑶族文学史（修订本）》，广西民族出版社，2001年。
② 农学冠，黄日贵，苏胜兴：《瑶族文学史（修订本）》，广西民族出版社，2001年。
③ 农学冠，黄日贵，苏胜兴：《瑶族文学史（修订本）》，广西民族出版社，2001年。

蜜蜂蜇人，尾刺脱体而出，最后死亡，尾刺则留在被蜇对象的皮肤上，造成伤痛红肿。从动物谜歌的多样化可以看到瑶族民间创作的丰富智慧。

植物谜歌也很多。仅苞谷一物就有几首谜歌。

（一）

树尾开花不结果，
树腰结籽不开花；
出世就生长胡子，
脸皮打皱就回家。

（二）

生在山上叶青青，
头顶开花没籽生；
年纪轻轻出胡子，
年老牙齿才全生。

（三）

小时像棵草，
大时像竹棍；
竹上长黄瓜，
黄瓜又长毛。①

这些关于苞谷的谜歌，或具体描述苞谷的生长特征，或类比与之近似的植物，启发人的思维，开拓人的思路，对增长儿童知识很有帮助。其他植物谜歌还有：

生在青山毛尖尖，
要想打它难下拳。

---

① 农学冠，黄日贵，苏胜兴：《瑶族文学史（修订本）》，广西民族出版社，2001年。

（谜底：板栗）

生在青山叶婆娑，
带回家中受折磨；
尸水流下长沙省（市），
尸骨还在牢中坐。

（谜底：茶叶）

像个竹子滑溜溜，
卖过县城卖过州；
血浆流到长沙省（市），
骨头抛散没人收。

（谜底：甘蔗）①

生活用具谜歌。如：

小小人崽骨头多，
一身无肉皮又薄；
九冬十月丢开我，
大暑伏天要我起风波。

（谜底：纸扇）

不是你的妈，
不是你的爸；
一年三百六十天，
你得天天去看它。

（谜底：时钟）②

---

① 农学冠，黄日贵，苏胜兴：《瑶族文学史（修订本）》，广西民族出版社，2001年。
② 农学冠，黄日贵，苏胜兴：《瑶族文学史（修订本）》，广西民族出版社，2001年。

由于日常生活用具很多,这类谜歌也很丰富。像牙刷、桐油灯、春子、铁锁、脸盆、凳子、床、伞、锅、秤、火柴、电筒、酒壶、筷子、扫帚、斧头……都成为谜歌咏叹的对象。如"嘴尖尖,脸扁扁;背驼驼,尾朝天",活生生地画出了"犁"的形象。

自然界的风雨雷电、太阳月亮与瑶族人民的生产生活有着密切联系,瑶族人民对它们的特性也了如指掌。因此,瑶族人民创编的自然现象谜歌也十分生动巧妙。如:

远远看见一大片,
走近摸摸又不见;
远远看去像堆纱,
走近摸摸不见它。
(谜底:雾)

脸通红,
天蒙蒙亮就上工;
有朝一日不上工,
不是下雨就刮风。
(谜底:太阳)[①]

事谜歌。这类谜歌是就人类做某件事情而设疑造谜的。事情很平常,但谜歌却很有风趣。如:

你望我,
我望你,
你再望我扭死你。
(谜底:用毛巾洗脸)

一块彩云铺在台,

[①] 农学冠,黄日贵,苏胜兴:《瑶族文学史(修订本)》,广西民族出版社,2001年。

乌鸦张嘴彩云开；
东片西片分开了，
蜘蛛过巷合拢来。
(谜底：裁布缝衣)①

每首事谜歌完整地表现了一件事情完成的全过程。

字谜歌。早期瑶族有语言无文字。近代，瑶族借助汉字表情达意与日俱增，他们对汉字的音形意的形容更为普遍。因此，字谜歌到了近代逐渐增多。这是瑶族人民追求文化知识的进步表现，也是瑶、汉两个民族文化交流的结果。如：

一字九横六直，
多少的人不识；
有人去问孔子，
孔子猜了三日。
(谜底：晶)

一对白鸽并排飞，
一个瘦来一个肥；
一年来一次，
一月住三回。
(谜底：八)②

有些字谜歌的编唱极富艺术性，是瑶族用于学习汉字文化、表情达意的重要手段。如"渺"字，其字谜歌唱道：

"三"日离情当千日，
"目"珠望穿泪成河；

---

① 农学冠，黄日贵，苏胜兴：《瑶族文学史（修订本）》，广西民族出版社，2001年。
② 农学冠，黄日贵，苏胜兴：《瑶族文学史（修订本）》，广西民族出版社，2001年。

"少"年望仙齐共林，
"渺"茫不知在何时！①

把"渺"字拆卸开来，按每一部件的结构特征寻求相应的意义和感情，同时每个部件表意紧紧相扣，最后点明题旨，显示出编歌者构思的巧妙。

谚谣。瑶族的谚语、谚谣很多，它们是瑶族人民在长期的社会生产斗争中积累起来的智慧结晶。常见的有农业谚谣、道德谚谣、生活谚谣等。

农业谚谣。瑶族以农为本，气象和节令的谚谣颇多。如：

早晨黄河（云霞），明日有雨落；
晚上黄河（云霞），晒暴脑壳。②

云霞预兆天气晴阴，各民族都有共同的体验。瑶族人民多居山地，对山雾的观察比较细致、准确。如：

立夏晴，斗笠蓑衣随身行；
立夏雨，斗笠蓑衣都挂起。③

气候的冷暖制约着庄稼生长，这也是一条规律。如：

正月种竹，
二月种木（树）。
谷雨前，好种棉，
谷雨后，好种豆。
处暑荞麦白露菜，

---

① 农学冠，黄日贵，苏胜兴：《瑶族文学史（修订本）》，广西民族出版社，2001年。
② 农学冠，黄日贵，苏胜兴：《瑶族文学史（修订本）》，广西民族出版社，2001年。
③ 农学冠，黄日贵，苏胜兴：《瑶族文学史（修订本）》，广西民族出版社，2001年。

秋分萝卜街上卖。①

这几则谚谣反映气象和节令对农业生产的影响，提醒人们不误农时，顺应自然规律办事。农业生产离不了肥和水。瑶族也有这方面的谚谣，如：

田肥起谷，
猪肥起肉。
有肥没水没有收，
有水没肥一半收；
种田全靠肥和水，
肥足水饱大丰收。②

农业生产需要精耕细作。如：

宽种一尺，
不如深耕一寸。
种山靠红薯，
种田靠收谷；
功夫做细点，
不会老喝粥。③

从事农业劳动，勤劳也显得极为重要。如：

时下肥，时薅草，
样样阳春长得好；
天天早起，

---

① 农学冠，黄日贵，苏胜兴：《瑶族文学史（修订本）》，广西民族出版社，2001年。
② 农学冠，黄日贵，苏胜兴：《瑶族文学史（修订本）》，广西民族出版社，2001年。
③ 农学冠，黄日贵，苏胜兴：《瑶族文学史（修订本）》，广西民族出版社，2001年。

家里有米。①

这些谚谣是瑶族人民经过数千年刀耕火种、广种薄收的生产历程之后总结出来的，是瑶族人民生产经验和智慧的结晶，它们是中华民族农业生产知识宝库的重要组成部分。

道德谚谣。瑶族是历史悠久、文化传统源远流长的民族，数千年的文明建构形成了自己的道德观念、道德规范。从瑶族的道德谚谣中可以窥见瑶族人民的崇高品行。云南省麻栗坡县猛硐瑶族乡岩坝村珍藏的光绪三年（1877年）的《格言》抄本比较集中地反映了瑶族人民的道德观。如：

人生莫学懒，诗书教子孙。
男女不教导，出入无礼仪。②

这首道德谚谣强调了诗书教育、礼仪教育的重要性。

养得读书儿，全家受俸禄。
养得勤快儿，家中百事足。
养得懒惰儿，贫穷少粮谷。
养得赌博儿，卖母又卖屋。
养得做贼儿，父母坐监狱。③

这首道德谚谣从各个侧面来反映做人的规矩，提倡什么，反对什么，观点鲜明，表达了瑶族人民的优秀道德文化观。在为人处世问题上，瑶族道德谚谣认为要知恩图报。如：

得人一盏酒，还人一盏浆。

---

① 农学冠，黄日贵，苏胜兴：《瑶族文学史（修订本）》，广西民族出版社，2001年。
② 黄书光，刘保元，农学冠等：《瑶族文学史》，广西人民出版社，1988年。
③ 黄书光，刘保元，农学冠等：《瑶族文学史》，广西人民出版社，1988年。

得人一盏水，还人一盏茶。①

为了保障自身的生存和发展，瑶族道德谚谣中还反映了一种"不轻信人言""言多必失"的民族心理。如：

莫信外人言，别人心里毒。
不是谋你田，便是谋你屋。
闭口深藏舌，安身四处乐。②

这首谚谣反映了在漫长的封建专制统治下瑶族人民处境的艰难，对我们了解瑶族的道德文化观和社会心理都大有裨益。

爱到深处唱情歌

瑶族青年男女恋爱寻偶，大都以歌传情，故情歌特别丰富。按其内容可分为初探歌、赞美歌、离别歌、相思歌、怨情歌、热恋歌和定情歌。

广西壮族自治区龙胜各族自治县红瑶支系的初探歌是在屋边的凉亭里、桥梁边或山坡上唱的，每支歌只有两句，每句的字数不等，长短不一。如：

男：真心想来你乡寻个伴，
　　又怕你乡打桩围墙哥难攀。
女：石板架桥放心过，
　　纸包灯火放心连。
男：手扯芒草来试水，
　　试水如同试妹心。
女：口讲真心郎不信，

---

① 黄书光，刘保元，农学冠等：《瑶族文学史》，广西人民出版社，1988年。
② 黄书光，刘保元，农学冠等：《瑶族文学史》，广西人民出版社，1988年。

难道还要双膝跪钢针？①

探情（试探情意）除用歌表达，也可用其他方式。如《粤风·瑶歌》中的泼水：

邓娘同行江边路，
却滴江水上娘身；
滴水上身娘未怪，
表凭江水做媒人。②

歌词中的"邓"（同）、"娘"（妹）、"表"（郎）、"凭"（依靠）都是用汉字记瑶音。这首歌写一个男子把江水洒在女子身上，女子并没有责怪，从而推测女子是爱他的。又如《丝线长悠悠》中的送信物：

一条丝线长悠悠，
绣出一双红绣球；
红线丝球送给郎，
不知肯收不肯收？③

赞美歌，在于赞美对方，以求得对方的欢喜，激发对方情感，这是谈情说爱、求偶的开端。如《你长得像朵花》就是一首比较好的赞美歌：

你长得像朵花呃，香哩！
出门蝴蝶跟着你，
回家蜜蜂跟着你。

---

① 农学冠，黄日贵，苏胜兴：《瑶族文学史（修订本）》，广西民族出版社，2001年。
② 农学冠，黄日贵，苏胜兴：《瑶族文学史（修订本）》，广西民族出版社，2001年。
③ 农学冠，黄日贵，苏胜兴：《瑶族文学史（修订本）》，广西民族出版社，2001年。

要是你再戴上银板①和耳环,
满山的花儿就不香了,
满山的鸟儿就不叫了。
我的三魂七魄呀,
也就跟你去了呃,香哩!②

此歌通过蝶、蜂恋花以及对姑娘的银板和耳环的赞美,表达了男子对姑娘的爱慕之情。另一首《话甜歌更美》则从话语和歌声两方面来赞美对方:

男:你说的话多么好呃,香哩!
它像甜酒那么甜,它同料酒那么香。
甜酒吃多还打嗝,
料酒喝多会晕人。
你的话呀,
越听越甜,
越想越香呃,香哩!

女:你讲我的话像甜酒那么甜,
同料酒那么香呃,香哩!
请你用坛子装好,
用黄泥封好,
以后莫倒也莫丢呃,人哎!③

歌中用"甜酒""料酒""香草""蜜糖"来比喻姑娘的话语和歌声,形象可感,朴实自然,读后印象十分深刻。

"过乡""到乡"是广西壮族自治区西林县瑶族男女青年进行社

---

① 银板:银饰。
② 农学冠,黄日贵,苏胜兴:《瑶族文学史(修订本)》,广西民族出版社,2001年。
③ 农学冠,黄日贵,苏胜兴:《瑶族文学史(修订本)》,广西民族出版社,2001年。

交活动的一种形式。每逢春节，男女青年便梳妆打扮，带着长布袋（内装粽粑、米花油团和蜜糖饭包），背着油笠或小花雨帽去"过乡"，从这个屯到那个寨，你来我往，唱歌谈笑。每当有女青年到来，男青年则以歌赞叹道：

初春桃李争妍，
树上叶儿嫩绿。
姑娘们像一群蜜蜂飞出了高山，
飞到阿哥的村寨。
远方的客人啊，你们带来了金嗓银嗓，
给我们这寂寞的山村带来了欢乐。[1]

瑶族男女青年通过相识、试探找到了称心如意的对象，两人心心相印，分别时依依不舍，便会情不自禁地唱起分离歌。广西南丹瑶族的离别歌最具有特色。如：

女：噢唷唷，
　　燕子刚衔了一团泥来垒窝，
　　无情的风儿又将泥吹落。
　　表哥刚来妹家头一回，
　　无情的太阳又要催走哥。
　　噢唷——
　　表哥快搬一块石板上山去，
　　压住太阳，不给它出山坡。
男：噢唷唷，
　　笋子长成竹刚发了两枝，
　　无情的刀斧又将竹枝分离。
　　我俩刚度过比醉酒还舒服的夜晚，

---

[1] 农学冠，黄日贵，苏胜兴：《瑶族文学史（修订本）》，广西民族出版社，2001年。

> 无情的月亮又要落下山里。
> 噢唷——
> 表妹快搓一条麻绳，
> 绑住月亮，
> 不让它下山歇息！①

接着歌词描述了阿妹送阿哥下楼梯、出寨门、到泉边，一路借景抒情，依依惜别的深情跃然纸上。

瑶族男女青年在谈情说爱中经常来往，互相思念，每天都用一件件物品作为标记。过去，瑶族青年男女大多数在野外谈恋爱时是抽烟的，他们一般都以卷烟做纪念品。一天卷一小节生烟放在锦袋里，表示一年三百六十五天不曾忘记对方一刻。待到双方相会时交换纪念品，以示爱情的纯真。《望郎歌》就是在这日日夜夜的思念中流传下来的。如：

> 春天山花开，蜜蜂把茶采。
> 早起割草上山坳，人们双双去赶街。
> 千人来，万人往，手扶桂树望郎来。
> 我站在坳口来张望，多少话语涌心怀。
> 夜色笼罩了山野，黄昏降临了村寨。
> 山口枝枝摇，是不是情郎来？
> 鸟儿纷纷投林了，小妹慢慢露脸来。
> 前人春夜梦浇花，我梦花未开。
> 早也盼，晚也盼。
> 相思烟卷了百二支，香袋等郎开。②

这种刻骨的相思也常常表现在日常生活中。如广西壮族自治区

---

① 农学冠，黄日贵，苏胜兴：《瑶族文学史（修订本）》，广西民族出版社，2001年。
② 农学冠，黄日贵，苏胜兴：《瑶族文学史（修订本）》，广西民族出版社，2001年。

龙胜各族自治县瑶族的《晾衣歌》：

妹在楼前晾衣裳，边挂衣服边思量。
……
晾来晾去妹衣裤，可惜少年衣嘎当①。

姑娘在自己衣服面前幻化出心上人的衣服来，痴情尤深。广西贺州市八步区过山瑶支系中流传的相思歌《思娘猛》和《何物变》，气氛热烈而奔放，感情自然率真。如：

思娘（姑娘）猛，
行路也思睡也思。
行路思娘留半路，
睡也思娘留半床。

何物变，
变成何物得娘（姑娘）连。
得郎变成银梳子，
梳娘头上做横眠。

何物变，
变成何物得娘连。
得郎变成手龙子（手镯），
手龙团圆娘手边。②

热恋歌主要是描述瑶族青年男女对爱情的坚贞。如《金银花共枝》中唱道：

我两在一起，月亮跟太阳。

---

① 嘎当：男青年的衣服。
② 农学冠，黄日贵，苏胜兴：《瑶族文学史（修订本）》，广西民族出版社，2001年。

坐在水沟旁,好比凤和凰。

我两人相好,狮子配麒麟。
坐塘边谈情,鱼跳上岸听。

我两人相好,像对金鸡样。
我两人相配,甘蔗浸蜜糖。

哥走妹就跟,针和线一起。
金银花共枝,死活也不离。①

俗话说:"情人眼里出西施。"当青年男女找到理想的对象之后,便爱得如醉如痴,如《连妹不得不死心》中唱道:

连情不怕山水深,见妹伶俐哥来跟。
江水再深哥敢过,为妹冒死也甘心。

石榴花开慢慢红,冷水泡糖慢慢溶。
再等十年也要等,等来等去得相逢。②

桂西瑶族流传的《藏友歌》,描写一对青年男女相爱,但遭到女方的父亲反对,然而他俩坚贞不移,女儿与父亲进行了思想交锋。当小伙子夜晚来到姑娘家时,姑娘把小伙子藏在菜园,两人在菜园里相会倾吐衷情。这一来惊动了老父亲,父亲问道:"女儿哟,小狗今夜叫不停,菜园里有什么人?"

女儿巧妙地答道:"夜来山风吹得紧,竹壳落地有响声。小狗要叫它就叫,月亮落坡它就停。"

父亲告诫女儿:"大婆(即密洛陀)已给你定下终身大事,明天舅爷就来到,你要与表哥成亲。"女儿不依,唱道:

---

① 农学冠,黄日贵,苏胜兴:《瑶族文学史(修订本)》,广西民族出版社,2001年。
② 农学冠,黄日贵,苏胜兴:《瑶族文学史(修订本)》,广西民族出版社,2001年。

老人要脸就快睡,
莫要讲鬼莫讲神。
蜜蜂飞了千里路,
不是每朵花都留脚印。
菜鸟飞了万里程,
不是每个园都有叫声。①

父亲去睡了,姑娘悄悄地来到菜园,向小伙子表倾心。如:

十二个菜园有十二条白路,
每条路都有火一盆;
十二行菜有十二条青路,
每条路都有心一颗。
我煮饭等你,
饭已冷成冰凌;
我煮肉等你,
肉已烂成碎萍;
我熬酒等你,
酒已淡似秋霖。②

尽管姑娘为父亲的反对伤心难过,但她绝不放弃自己的纯真爱情。她认定鹰要展翅蓝天,鱼要遨游大海,坚信爱情必然开花结果。

经过初识、试探、相思和热恋之后,瑶族男女青年定下终身大事,筹备成亲。定情歌体现了他们喜结良缘的美好愿望。在唱定情歌时,两人一般要同时互赠定情纪念品,如瑶袋、手镯、布鞋和戒指等。《神鲤送书定姻缘》描述了瑶族青年定情的喜悦心情。如:

---

① 农学冠,黄日贵,苏胜兴:《瑶族文学史(修订本)》,广西民族出版社,2001年。
② 农学冠,黄日贵,苏胜兴:《瑶族文学史(修订本)》,广西民族出版社,2001年。

春到依都①红似火,春到溪水绿如苔。
依登列别②相邀同砌坝,水凉心热口难开。

滩头抛石下滩尾,滩尾砌坝长又高。
手搬石块眼相望,喜在眉头脸发烧。

溪水清清引鱼来,坝首高高把鱼拦。
摇头摆尾跳不过,东游西窜进鱼梁③。
……④

桂北的瑶族青年有送戒指定情的习俗,如《十打戒指》。歌中唱道:

情妹生得细轻轻,打对戒指送妹情。
走到南京请银匠,走到北京请匠人。
两边银匠一起到,这时戒指打得成。
一打麒麟配狮子,二打狮子配麒麟,
三打将军凤凰爪,四打海马过桥亭,
五打五男和二女,六打童子拜观音,
七打仙女七姐妹,八打神仙吕洞宾,
九打伴娘陪妹走,十打小郎陪妹行。
金质戒指打好了,妹戴戒指莫传名。
等到别人晓得了,日同板凳夜同灯。⑤

瑶族情歌大多是在佳节喜庆、婚嫁时唱的。男女青年欢聚在一起唱歌的习俗,谓之"要歌堂""坐歌堂"或"摆歌堂"。清朝李调

---

① 依都:瑶语音译,意为映山红。
② 依登、列别:瑶语音译,意思分别是小伙子、姑娘。
③ 鱼梁:建于河道中的一种捕鱼设施。
④ 农学冠,黄日贵,苏胜兴:《瑶族文学史(修订本)》,广西民族出版社,2001年。
⑤ 农学冠,黄日贵,苏胜兴:《瑶族文学史(修订本)》,广西民族出版社,2001年。

元所著《南越笔记》中说："瑶俗最尚歌，男女杂踏，一唱百和。"歌堂上，青年男女对歌，往往是通宵达旦。

与古代的情歌比起来，近现代情歌更富有鲜明的阶级性和斗争性。由于金钱在社会中的特殊地位和作用，爱情观也受到了金钱和权势观念的影响。"木门对木门，竹门对竹门"的门当户对观念成了社会婚姻的一大准则。穷苦的瑶族男女，他们不想攀缘富户，而是脚踏实地在穷苦人家的范围内选择佳偶。从他们的婚恋观中，可以清晰地看到了劳动人民的高尚情操和美好品德，如湖南九嶷山区大地坪流传的《比苦歌》：

男：苦辣根，苦辣开花细纷纷；
　　哥哥就是苦辣树，妹妹不怕就来连。

女：苦辣根，苦辣开花细纷纷；
　　哥是苦树妹苦籽，苦籽苦树共条根。

男：妹讲妹苦哥更苦，苦树从尾苦到根；
　　妹是苦瓜苦在嘴，哥是黄连苦在心。

女：哥讲哥苦妹更苦，妹家苦水流成河；
　　哥苦还有茅棚住，妹住苦瓜棚底脚。①

歌中，苦成了爱情的试金石，真正的爱情无须金钱买卖，真正的爱情可以使穷苦的生活变得甜蜜。这种爱情是纯洁高尚的，真的美的善的，它使封建包办婚姻和资产阶级金钱婚姻黯然失色，使以感情契合为纽带的人类婚姻变得珍贵而理想。在歌中，苦辣树、苦瓜、黄连、苦籽、苦藤这些物象是"生活苦"的具体映衬；甘蔗、蜜糖、油盐这些物象则是"真正爱情"的具体映衬。"石头浮面"显然违背了自然规律，但即使自然界出现这种反常的现象，苦哥苦妹

---

① 黄书光，刘保元，农学冠等：《瑶族文学史》，广西人民出版社，1988年。

结合成的"夫妻"也不分离。苦歌以二重叠合方法表达了瑶族男女对爱情之忠贞。

瑶族人民的婚恋是比较自由的。每当他们遭受来自社会和家长的压力,无奈地与情不相投的对象成婚时,他们不是俯首听命,而是想出种种方法抵制这种凑合,把美好的感情寄托于未来,祝愿凑合者另找到新人。歌谣《吉冬诺》就是表现这一内容的代表作。全歌如下:

> 吉冬诺,飞下路边就造音。
> 忧了三年话不讲,伶俐人崽送娘回。
> 灶门推,灶门推我到厅门;
> 厅门推,厅门推我到外院;
> 外院推,外院推我到大门;
> 大门推,大门推推我回乡。
> 两脚踩车车不转,两手拦娘娘不回。
> 不信但看滩水流,滩水流去不流回。
> 你在滩头洗青菜,我在滩尾捡菜叶。
> 捡得十片留十条,十个娥掉① 坐十方。
> 床头还有一扛裓,床尾还有一扛裙。
> 一扛裙裓我不要,留给后个讨成双。②

"吉冬诺"是瑶族对鹌鹑的称呼。这种鸟不喜欢啼叫,在此暗喻姑娘出嫁后因不喜欢丈夫而不说话。

如鼓如号赞革命

瑶族是个敢于反抗斗争的民族。他们不甘忍受封建统治者的压

---

① 娥掉:瑶语音译,意为情人。
② 黄书光,刘保元,农学冠等:《瑶族文学史》,广西人民出版社,1988年。

迫，表现出刚强悍勇、不屈不挠的精神。

如明代侯大苟领导的大藤峡瑶民起义，规模较大，时间较久，这次起义给明朝统治者以沉重的打击。《大藤峡瑶民起义歌》生动形象地描述这场惊心动魄的斗争：

> 龙在深湾虎在山，龙皮不晒虎皮斑。
> 龙叫一声天地动，虎叫百声跃万山。①

起义军把自己比作龙和虎，他们势不可挡，正如歌中所唱的"龙叫一声天地动，虎叫百声跃万山"。纵然明朝有千军万马，但起义军并不把他们放在眼里。如：

> 瑶王立寨九重山，踏着大藤过龙山。
> 吓得韩雍破了胆，退回象州浑身颤。
>
> 九重山上黄旗飘，大藤峡里浪声啸。
> 瑶民起义震四海，吓得官兵逃断腰。
>
> 笋到春天要出土，黑云散开看日头。
> 瑶民世代受欺压，打跑官兵得出头。②

这些诗句反映了起义军所向披靡、英勇无敌的英雄气概。领导这场起义的是瑶族首领侯大苟，他是个传奇式的人物，民歌以神话的色彩来描绘他。如：

> 田头县，碧滩府，弩滩瑶人占。
> 大苟登上皇帝殿，瑶民喜连连。
>
> 浪滩碧滩十八滩，古往今来称恶滩。

---

① 农学冠，黄日贵，苏胜兴：《瑶族文学史（修订本）》，广西民族出版社，2001年。
② 农学冠，黄日贵，苏胜兴：《瑶族文学史（修订本）》，广西民族出版社，2001年。

滩滩水急滩滩险,大茍领兵过万滩。

大藤姜里本相连,明朝时候分两边。
大茍一剑劈条河,皇兵失魂被水淹。①

起义军的斗争矛头直指明朝封建统治者。如:

明皇明皇,欠我钱粮。
打全赃官,还我钱粮。
明皇明皇,搜我钱粮。
迫我民反,你见阎王。②

明朝统治者镇压了广西大藤峡瑶民起义后,斩断了横卧江上的大藤,把大藤峡改名为永通峡,以志灭瑶有功。但不久后,瑶民起义的队伍重新揭竿而起,控制了大藤峡,民歌唱道:

昔永通,今不通。
求不得,葬江中。③

这是对瑶民起义战绩的歌颂,也是对明朝封建统治的辛辣嘲讽。起义军借大藤峡与官兵周旋,把官兵葬入江中。如:

官有万兵,我有万山。
兵来我去,兵去我还。④

这首歌谣歌颂了瑶民起义军的智慧,面对强大的敌人,他们采取了更灵活机动的战略战术。这是瑶族人民与封建统治者长期斗争经验的总结,是瑶族人民赖以生存的法宝。明万历年间,广西罗旁

---

① 农学冠,黄日贵,苏胜兴:《瑶族文学史(修订本)》,广西民族出版社,2001年。
② 农学冠,黄日贵,苏胜兴:《瑶族文学史(修订本)》,广西民族出版社,2001年。
③ 农学冠,黄日贵,苏胜兴:《瑶族文学史(修订本)》,广西民族出版社,2001年。
④ 农学冠,黄日贵,苏胜兴:《瑶族文学史(修订本)》,广西民族出版社,2001年。

山瑶民起义,也流传着反映当时斗争的脍炙人口的歌谣,如:

> 撞石鼓,官家为我虏;
> 吹牛角,我兵齐宰割。①

民谣巧妙地以谐音和拟物的手法形象而深刻地反映了这段历史事实,热情地赞扬了瑶民起义领袖赵金龙叱咤风云的英雄气概。

我们还可以从下面两首歌谣中看到瑶族人民悍勇的性格。

> 高山缥缈不怕风,下水弩鱼不怕龙。
> 不怕深山舍命过,不怕万枪舍命来。

> 上山砍柴不怕虎,下河捕鱼不怕龙。
> 不怕官家树势大,捉虎擒龙斗官家。②

古代瑶族人民的反抗斗争歌,短小精悍,旋律急促,节奏明快,具有强烈的战斗性。在近代,瑶族人民难以忍受封建统治者的压迫,不断奋起反抗。如19世纪的太平天国运动、20世纪的红军长征、桂北瑶民起义、左右江苏维埃革命斗争以及全国解放战争等,广大瑶族人民直接参加了斗争,并创作了许多表现参加革命斗争热情和美好愿望的歌谣。

赞太平军歌谣

太平天国运动的爆发,对广西金秀、平南、桂平等地的瑶族人民产生了巨大的影响。道光三十年(1850年),洪秀全派人到金秀县大樟乡组织拜上帝会活动,很多瑶族人民参加了太平军。咸丰二年(1852年),太平军挥戈北上,也有不少瑶家子弟加入了这股洪流。他们揭竿而起,因为他们相信洪秀全提出的起义纲领。歌谣

---

① 农学冠,黄日贵,苏胜兴:《瑶族文学史(修订本)》,广西民族出版社,2001年。
② 农学冠,黄日贵,苏胜兴:《瑶族文学史(修订本)》,广西民族出版社,2001年。

《松杉哪怕寒风欺》唱道：

> 松杉哪怕寒风欺，
> 生得密来长得直。
> 不上大魔①门口站，
> 天父②给我衣和吃。③

这首歌直接表达了瑶族人民参加太平军的目的。歌谣《专整官府斩清兵》则直接把革命矛头指向官府和清兵，如：

> 太平军，
> 专整官府斩清兵。
> 挖掉瑶山万般苦，
> 瑶民世代感恩深。④

《松杉哪怕寒风欺》和《专整官府斩清兵》两首歌谣真切地表达了瑶族人民对太平天国运动的态度和感情。

桂北瑶民起义歌谣

1933年春，桂北兴安县、灌阳县、全州县等地的瑶族人民发动了反对国民党反动派的斗争。这次斗争得到了当地壮族、汉族和苗族人民的积极支持，武装30000多人，在桂北各县和湖南永明、江华、道县等地向国民党反动派发起进攻，声势浩大。由于领导不力，历经37天的斗争被国民党反动派军队和民团镇压了下去，但这场斗争显示了人民的伟大力量。《桂北瑶民起义歌》再现了这场斗争的真情。民间歌谣伴随着历史前进。这首起义歌就是这段历史的真实

---

① 大魔：清廷统治者和地主恶霸。
② 天父：洪秀全。
③ 农学冠，黄日贵，苏胜兴：《瑶族文学史（修订本）》，广西民族出版社，2001年。
④ 农学冠，黄日贵，苏胜兴：《瑶族文学史（修订本）》，广西民族出版社，2001年。

记录。

《桂北瑶民起义歌》分为3段。前两段为五言体,后一段为七言体,估计不是在同一时空由一个集体完成的。从歌的语体看,第一、第二段是由集体创编后流传的,第三段是由个人创编后流传的。起义歌像许多族谱歌一样,都以盘古开天地开头,显示了瑶族人民与盘古、伏羲文化的亲缘关系。起义歌开头写道:

> 盘瑶开天地,造天又造地。
> 伏羲和妹妹,造人造法规。
> 天地生万物,世代归太平。
> 法规保生机,足食又足衣。[①]

在歌里,盘古没有出现,但"盘瑶"实指了盘古与瑶族的关系,盘古是瑶族之祖先,在有的瑶族传说中盘古即伏羲。他既是宇宙的创造神,又是人类万物的创造神,也是"法规"和各种文化的创造神。

起义歌简洁地介绍了反动势力镇压瑶族人民起义的经过。如:

> 癸酉造铜锣,准备把义举。
> 岂知反动派,四处把兵起。
> 进村又进寨,烧杀乱作为。
> 癸酉那一年,兵劫无人救。
> 乱兵来到屋,人畜住不安。
> 又怕被害命,送信到兴安。
> 不知谁吃钱,请兴安救援。
> 兴安也不愿,贼兵乱枪杀。
> 龙脊十三寨,被杀二十几。

---

① 黄书光,刘保元,农学冠等:《瑶族文学史》,广西人民出版社,1988年。

去钱不用讲，死命更痛心。①

本来起义是正义的，目的是明确的，但起义队伍缺乏正确的领导核心。他们把"圣人出世"的愿望当作"现实"，并以此动员广大瑶族人民起义。如：

借说圣人今出世，人民打醮谢皇恩。
正月望日起了醮，谢天谢地谢三光。
今日愿人救星到，生死患难心不焦。
民主圣人出世了，同心协力杀蒋匪。
有恩不报非君子，有仇不报枉为人。②

这种信仰是脆弱的、虚幻的，带有历代农民起义的局限性。由于起义缺乏正确的指导思想，所以在国民党反动派压境之际，这种信仰立即化为乌有。但可看到，瑶族人民在黑暗和高压的氛围中对"民主圣人"的心灵祈向是人类共同的智慧之光。

赞红军革命歌谣

20世纪20年代至30年代，韦拔群同志率领广西东兰、凤山、巴马三县的壮族、瑶族和汉族人民群众与国民党反动派进行了不屈不挠的斗争。瑶族人民生活在水深火热之中，革命最坚决，斗争最勇敢，这从瑶族人民创编的革命歌谣中可见一斑。如歌谣《壮瑶团结同心干》中唱道：

苛捐杂税数不清，
农民头上压座山。
壮瑶团结同心干，

---

① 黄书光，刘保元，农学冠等：《瑶族文学史》，广西人民出版社，1988年。
② 黄书光，刘保元，农学冠等：《瑶族文学史》，广西人民出版社，1988年。

鸟枪长矛来造反！①

1929年百色起义，右江苏维埃政府成立，红七军建立。瑶族人民看到了幸福的曙光，他们热烈欢迎新生活的到来，如《今年革命高过天》中唱道：

今年革命高过天，
劳苦人民抓大权。
打倒地主分田地，
革命胜利好过年。②

在敌强我弱情况下，右江苏维埃政府遭受国民党反动派的严重破坏。红七军北上后，韦拔群把政权核心向巴马西山瑶族聚居区转移，依靠西山的险要地形和瑶族的革命积极性同国民党反动军队周旋。《西山闹革命》这首歌谣真实地再现了这段革命的史迹。如：

民国十八年，
西山闹革命。
山上架石头，
山脚安大炮。
军民团结紧，
好比西山石。
敌人来进攻，
总是逃不了。③

歌谣用朴实的语言表达了瑶族人民革命的决心。而决心的形成则是出自对红七军和共产党的信任，如歌谣《生死都要当红军》中

---

① 黄书光，刘保元，农学冠等：《瑶族文学史》，广西人民出版社，1988年。
② 黄书光，刘保元，农学冠等：《瑶族文学史》，广西人民出版社，1988年。
③ 黄书光，刘保元，农学冠等：《瑶族文学史》，广西人民出版社，1988年。

唱道：

> 油菜开花头戴金，
> 杨梅结子一颗心。
> 风吹雨打也不怕，
> 生死都要当红军。①

又如《共产党顶呱呱》中唱道：

> 共产党，顶呱呱，
> 领导穷人打天下。
> 土豪劣绅全打倒，
> 工农自己来当家。②

右江苏维埃政府在国民党反动派的围攻下遭到破坏，人民重新陷入了黑暗岁月，但瑶族人民对共产党的信任，对革命的追求，对幸福生活的向往并未泯灭，他们相信革命烈火会重新燃起。1934年冬，中央红军在战胜了国民党的第五次"围剿"之后进行战略大转移，毛泽东、朱德领导的部队取道桂北向贵州进发。桂北瑶族人民热烈欢迎这支人民的军队，创编了很多歌谣来表达自己对红军的爱戴之情。

瑶族人民有把重大事件编成歌刻于石木以志不忘的习惯。1933年桂北瑶族起义失败后，国民党反动派加紧了对瑶族人民的迫害和控制，很多瑶族人民被迫躲进深山老林。1934年的冬天，红军长征路过瑶山，赶走了"白匪"，拯救了瑶族人民。瑶族人民重见天日，他们兴高采烈地从山林回到了老家。对于红军过瑶山事件，"官恨吾心欢"表达了两种截然不同的感情，反映出两种对抗的立场。从中

---

① 黄书光，刘保元，农学冠等：《瑶族文学史》，广西人民出版社，1988年。
② 黄书光，刘保元，农学冠等：《瑶族文学史》，广西人民出版社，1988年。

我们知道中国工农红军便是人民的军队,是人民的救星。

> 盘古开天一相会,
> 触目世界正相投。
> 红军过路七朝夜,
> 七朝七夜不停留。
>
> 九冬十月红军过,
> 犹如蚂蚁出洞行。
> 一时白匪飞机到,
> 好比乌鸦半天游。①

上面这首《红军过路七朝夜》的开头表现了瑶族人民对中国共产党领导的红军队伍的由衷欢迎。红军是人民的军队,所以说从盘古开天辟地到如今才遇上这样的军队。"相会""相投"这两个词带有红军与瑶族人民心心相印的含义。瑶族人民曾举义旗反对国民党反动派,但由于势单力薄,被镇压了下去,现在红军把国民党反动派赶跑了,瑶族人民的愿望得以实现,他们感激之情是难以言尽的。这首歌谣生动地描述了红军长征队伍通过山下或山坳,整齐而雄壮,充满朝气活力的场景,而国民党反动军队的侦察飞机则像乌鸦一样令人感到可恶可恨。

红军离开广西之后,瑶族人民在中国共产党领导下经历了抗日战争和解放战争的考验,他们配合游击队打击日寇和国民党反动派,与游击队心连心。他们以极大的热情赞颂游击队的革命行动。如广西壮族自治区龙胜各族自治县泗水乡潘内村瑶族人民传唱的《山上的人儿打下山》:

> 山叠山,山叠山,

---

① 黄书光,刘保元,农学冠等:《瑶族文学史》,广西人民出版社,1988年。

山下的人儿逼上山；

山上的人儿打下山，

打下山，

打出人民的江山。

歌谣以轻快的旋律歌颂了游击队的丰功伟绩。

歌仙诗王展风采

社会主义新生活孕育了大量的新民歌，也培育了大量的民间歌手。他们生活于群众中间，他们的创作不论是口头的还是笔头的，都更富有直接的人民性。他们的歌是民族愿望的体现，是人民感情的流露，是时代文化的反映。在当今的社会主义群众文化的领域，他们构成一个独特的文化群落，在人民群众和作家创作之中起到了桥梁和纽带的作用。瑶族的民间歌手集中了瑶族劳动人民的聪明智慧。他们弘扬了自己民族的优秀文化传统，又不断吸收新时代赋予的丰富的社会知识和科学信息，促进和推动了瑶族聚居区的社会主义精神文明建设。他们的事迹将为瑶族人民和各族人民所传颂。研究瑶族民间文化艺术，绕不开瑶族民间诗歌，很多瑶族民间文化艺术研究专家本身就是"诗王"。

潘爱莲

潘爱莲，生于1946年，广西都安人。她从小喜爱民歌，上学后就开始编唱山歌。1962年，她从学校回乡务农，积极参加农村文化活动，编写了许多山歌。人民群众称赞她："十六岁妹赛歌仙，为党宣传不知眠。山歌好比蜜糖水，耳里听来心里甜。"1964年，她赴京参加全国少数民族群众业余艺术观摩演出会和农村群众文化工作座谈会，她高兴地唱道：

百鸟欢歌唱不停，
红花路面笑盈盈。
青山绿水齐舞动，
欢送瑶女上北京。
……
一轮红日东边升，
瑶女心向太阳城。
带上瑶家一片心，
插翅飞向北京城。①

受到毛主席等党和国家领导人的亲切接见之后，潘爱莲就编了《主席对我微微笑》②。此后，潘爱莲创作热情高涨，先后编唱了900多首民歌，其中有400多首在各地报刊上发表。

潘爱莲创编的民歌多是咏唱个人在新时代新生活中的深切感受，抒发瑶族人民的革命激情。如她到纺织厂当工人时，编唱的《织彩虹》：

太阳出来红彤彤，
百里瑶山展新容。
工厂建在白云间，
瑶妹当了纺织工。

过去阿妈当奴隶，
织机安在破草棚。
织得花布归山主，
树叶遮身过寒冬。③

---

① 载《广西文艺》1965年1月号。
② 载《人民日报》1964年12月29日。
③ 农学冠，黄日贵，苏胜兴：《瑶族文学史（修订本）》，广西民族出版社，2001年。

1979年她出席全国少数民族民间歌手、民间诗人座谈会，演唱了《民歌解放我解放》这首山歌，表达了她对"四人帮"的愤怒，对党中央的由衷感谢。在1980年"三月三"歌圩上，潘爱莲与壮族、瑶族姐妹一道高高兴兴地亮开了歌喉，高唱了富有时代特色的《还我歌手名》：

"四人帮"禁歌，
天下黑沉沉。
画眉八哥愁，
歌喉哑了音。

"四人帮"垮了台，
歌圩笑盈盈。
画眉八哥喜，
歌声穿云层。

山歌唱进京，
如蜜甜在心。
声声感谢党，
还我歌手名。①

唐买社公

唐买社公，生于1944年，广东连南人。6岁开始跟父亲（歌手）学唱民歌，后来通晓瑶族传统民歌，也会编唱民歌，在当地享有较高声誉。他多次参加县、省民间文艺会演。1979年参加全国少数民族民间歌手、民间诗人座谈会。他创作的民歌很多，其中，《打开窗吧，莎妹》《共产党来了天大亮》《暴风雨从何方来》和《瑶民心向北京城》等民歌先后由广东人民广播电台播送，并在《北江演唱》

---

① 农学冠，黄日贵，苏胜兴：《瑶族文学史（修订本）》，广西民族出版社，2001年。

发表。《莎妹，你肯不肯回答》在《诗刊》发表。他创编的民歌继承了瑶歌的传统手法，多用比兴。如《莎妹，你肯不肯回答》这首情歌，以桂花和玫瑰来比喻18岁的莎妹，表示追求者对女方的爱情。

歌词以此指彼表达对女方的追求。最后以"太阳和云彩在一起，月亮和星星在一起，鲜花和蝴蝶在一起"表达双方永不分离的情怀，具有艺术魅力。他与歌手房哈里公合作吟唱的长篇叙事诗《甘基王》，被收进1983年广东省清远市连南瑶族自治县文化局编写的《连南瑶族民歌》中，此诗以神奇的想象和优美的韵律歌颂了瑶族人民所崇拜的英雄甘基的光辉业绩。

金玉宝

金玉宝，生于1921年，广西金秀人。1949年参加工作，曾任县文化馆副馆长，系广西民间文学研究会（现广西民间文艺家协会）会员。他自幼喜爱民歌，经常在山头、田间和溪边与其他歌手盘歌对唱。每逢春节、中秋节，他都积极参加歌圩活动。他善唱善编，并抄录大量民歌。他创编了大量民歌，其中一部分曾先后在《广西文艺》《诗刊》和《民间文学》杂志上发表。他的创作紧密联系政治运动和社会现实，多采用赋手法，具有朴实的特点。他曾这样总结自己编歌的经验："一首山歌四句话，一二句要把韵押。四七二十八个字，编唱得好顶呱呱。""押韵要押平声韵，唱起山歌不变音。节奏平仄要讲究，单句尾字要仄声。"

韦文界

韦文界，生于1944年，广西上林人。1963年，当他读完初中第五学期时，父亲就病逝了，他从此辍学在家。在劳动中，他接触了大量优美动听的壮族、瑶族山歌，并对此萌发了兴趣。他先后拜多人为师，学会许多传统歌谣，并掌握了自编山歌的技艺，随口可唱，成了全县和邻县闻名的歌手。邻近的来宾市各乡举行山歌会时，经常请他参加。在本乡镇历届唱歌比赛中，他均名列前茅。韦文界说："对唱山歌是最费脑筋的。既要随口成'欢'，又能压倒对方，必须长期下苦功夫才能办到。"他于1987年荣获"广西民间歌手"称号。

邓桂英

邓桂英，生于1953年，广西阳朔人。邓桂英7岁跟族中老歌手学歌，13岁即可单独演唱，常与邻近恭城瑶族自治县和平乐县的瑶族歌手对唱，通宵达旦，并到过恭城表演，是阳朔瑶族中掌握演唱、创编瑶族民歌的优秀人才。1982年10月和11月，他曾两次应邀到阳朔饭店为来访的日本国立民族学博物馆专家演唱。1984年10月应邀到广西南宁市参加"盘王节"活动。1987年荣获"广西民间歌手"称号。

李桂莲

李桂莲，生于1962年，广西田林人。1978年高中毕业后回乡务农。曾于潞城瑶族乡妇联工作。她自幼爱听民间故事、民歌。她在1974年上中学时就喜爱民间歌谣，假期都回去听本村老艺人黄成朝讲故事、唱山歌。她第一次开始唱山歌是1978年跟黄成朝的孙女黄美琴结伴与别人对歌，此后不断参加赛歌活动，成为著名歌手。1987年荣获"广西民间歌手"称号。

赵梅英

赵梅英，生于1945年，广西恭城人。她自幼喜爱唱歌，十几岁就学会编歌，能与人对歌。二十多年来，她一直积极参加农村的民歌宣传活动，被誉为"能编能唱的女歌手"，1982年获得全县山歌比赛第一名。经常应邀到邻县参加山歌会，深受广大群众的欢迎。1987年初，她参加桂林地区山歌选拔赛，名列前茅。先后荣获"地区民间歌手"及"广西民间歌手"称号。她编唱的民歌思想内容好，且构思快，开口成歌。她的音色好，清亮而柔美，十分动听，因此群众称赞她"唱得对，唱得快，唱得美"。1992年，她参加广西首届"健力宝杯"民间歌王大奖赛，并荣获优秀歌手奖。

全扶聂

全扶聂，生于1919年，广西金秀人。全扶聂自幼酷爱民歌，擅长编唱香哩歌，形式自由，不讲究平仄。像《蜜蜂恋花》《重逢歌》《儿子的诉歌》等有影响的民歌都是他编唱的，讲究对仗排比，多用夸张手法，深受群众欢迎。如香哩歌《你长得像朵花》唱道：

你长得像朵花呃，香哩！
出门蝴蝶跟着你，
回家蜜蜂跟着你。
要是你再戴上银板和耳环，
满山的花儿就不香了，
满山的鸟儿就不叫了。
我的三魂七魄呀，
也就跟你去了呃，香哩！①

这首歌的语言质朴流畅，感情真挚自然，是一首情趣幽雅、格调清新的民歌。歌手虽于1971年仙逝，但他的歌声依然在瑶山飘荡。

黄秀珍

黄秀珍，生于1952年，广西永福人，善编善唱，大家称她为永唱不败的"金嗓子"。1990年11月参加广西壮族自治区平乐县长

---

① 中国歌谣集成广西卷编辑委员会：《中国歌谣集成·广西卷》，中国社会科学出版社，1992年。

滩乡万人山歌会，她连唱一天两夜，荣获二等奖。1992年参加广西首届"健力宝杯"民间歌王大奖赛，荣获优秀歌手奖。

李德松

李德松，生于1945年，广西恭城人。自1981年起开始参加各种歌会对抗赛，显示了自己的歌才。1986年在广西三江首届盘王节歌会中连唱两天，获得头等奖，1987年在县歌会抢答比赛中获得甲等奖。他编唱的山歌积极配合党的各项中心工作，歌调健康向上。他认为：

唱歌也要讲文明，
你唱我答要正经；
低级下流不要唱，
互相尊重好心灵。①

盘金英

盘金英，生于1956年，广西恭城人。在父亲影响下，盘金英自小就学唱歌，14岁开始登上歌台对歌。1983年参加桂林地区山歌赛荣获优秀演唱奖，1987年在莲花山歌会对唱中荣获二等奖。她热情地赞颂党的十一届三中全会后的农村政策，决心为繁荣农村社会主义文艺事业献力尽心。她表示：

自从责任制到家，
如同吃碗热油茶。
精神倍加劲更鼓，
理直气壮把家发。②

---

① 农学冠，黄日贵，苏胜兴：《瑶族文学史（修订本）》，广西民族出版社，2001年。
② 农学冠，黄日贵，苏胜兴：《瑶族文学史（修订本）》，广西民族出版社，2001年。

梁乐安

梁乐安，生于 1963 年，广西灌阳人。他高中毕业后拜外祖父袁苦命老歌师为师，开始学习唱山歌，学编创山歌的程式。此后，梁乐安积极参加婚嫁寿诞喜庆场合的歌唱活动，增长了唱歌的才能。后来，他又学会了木工活，经常走村串寨，将干活与歌唱更有机地结合起来。1984 年 7 月，梁乐安到了上涧村的歌场，有个姑娘以歌投石问路：

师傅坐下不唱歌，莫非老婆讲啰嗦；
锤子敲木叮咚响，张嘴唱声又如何？①

姑娘的激将法使梁乐安兴奋不已，当即脱口和歌道：

要我唱歌我回音，没有老婆好孤怜；
今晚牛郎会织女，喜鹊桥上吐真言。②

两人的对唱如胶似漆，建立了感情。后来彼此不断以歌交友传情，最终结成伴侣。这姑娘名叫蒋春娇。他们的结合更激发了彼此对新生活的热爱之情，灌阳西山各地都回响着他们的歌声。如：

想起昔日咬碎牙，捧起饭碗泪哗哗；
碗中映着同龄影，甩了筷子不用扒。

唱起今日笑呵呵，三中全会暖千家；
三餐吃的白米饭，猪肝肚片慢慢夹。③

他们的山歌展现了瑶家经历的两个时代两片天，热情歌颂了今天美好幸福的新生活。

---

① 农学冠，黄日贵，苏胜兴：《瑶族文学史（修订本）》，广西民族出版社，2001 年。
② 农学冠，黄日贵，苏胜兴：《瑶族文学史（修订本）》，广西民族出版社，2001 年。
③ 农学冠，黄日贵，苏胜兴：《瑶族文学史（修订本）》，广西民族出版社，2001 年。

赵廷光

赵廷光（1931—2020），云南富宁人。1958年毕业于中央民族学院（今中央民族大学）。他作为瑶族人民的儿子，酷爱本民族的优秀传统文化。1990年，云南民族出版社出版了他的民间文艺论文集《论瑶族传统文化》。他在后记中说："本书是在阅读有关汉族典籍、瑶族宗教经典、瑶族过山榜、瑶族寻亲信歌、民族学家论著和翻阅20世纪50年代末60年代初调查的史料，整理长期储存在头脑里的传说故事和实际生活中的积累进行研究的基础上，加上自己的观点写成的。目的是试图通过介绍瑶族传统文化，让人们特别是国内外瑶族同胞对瑶族的情况有所了解，或对了解瑶族的情况有所裨益。"这段话，对我们认识该书的内容和研究方法及其价值都很有意义。1994年，他又出版了论著《实践与认识》。

《论瑶族传统文化》收入七篇重要论文，附录两篇诗歌译文。该书的一个重要观点是，"盘古和盘瓠是瑶族最为崇拜的祖先，因为他们是生产、战斗中的英雄，是创造和传授过生产斗争经验的历史人物。""盘古和盘瓠是被宗教异化了的人性神格化的人，而不是别的自然物，亦非类似'绝对观念'的精神实体。"该书列举了不少史料，特别是盘瓠的神迹得到平王许诺，"是苗瑶反抗东汉统治阶级强征税收提出来的历史根据"。

该书的另一个重要观点是盘古和盘瓠是两个不同时代的人，他们之间"存在着本质上的区别"。具体表现在七个方面：一、各有不同的姓名。史籍古书称盘古为"盘古真人"，"盘古犹言盘固"，人们称其为盘古氏；盘瓠亦称盘护，也有称"龙犬"的。二、各有不同的来历。盘古来历有"玄气说"，有"观音女佛生说"，有"婆王生说"，盘瓠则有"顶虫变化说"，有"初生在东海龙王家说"。三、各有不同的婚姻家庭。盘古所处"浮云结气"时期是杂婚时期；盘瓠则与高辛氏之女结婚。四、各有不同的社会地位。盘古是道教真灵中的"元始天王""元始天尊",瑶族人认为盘古是一位法力无边的创造神,地位至高无上;盘瓠先是被帝王"招赘驸马","封世袭之臣,荣享国公之职",后被封为会稽侯,食会稽郡一千户。这实际上是贬谪流放。五、辈数不同。瑶族将盘古当作始祖——最高尊神来供奉;盘瓠则被供奉为"大宗"。六、各有不同的历史建树。盘古与天同生,与地同岁,与万物同长,是人类祖先,且传说他搭救过渡海逃难途中因遇风浪袭击而翻船的瑶族人。还传说雷公经常降雨人间,盘古施计捉拿雷公,找芭蕉叶铺在屋顶。一次雷公随雨降落踩到芭蕉叶滑倒,被盘古活捉。盘古把雷公关进木笼,告诉伏羲兄妹不要给雷公水喝。雷公乘盘古外出时骗伏羲兄妹给他水喝,因得了水恢复了元气,雷公冲破木笼逃走了。他逃前给伏羲兄妹一个葫芦。后来洪水大发,伏羲兄妹躲进葫芦得救。盘古劝说伏羲兄妹自相婚配。从此,人类又繁衍起来。这是盘古对人类发展的贡献;盘瓠则是"立国有功",当了会稽侯,把汉族先进的生产工具和经验传授给瑶族先民,推动瑶族社会的发展。七、各有不同的丧葬制度。盘古死后没有丧葬仪式,曝尸于野,随风所感,任其自然化为泥土;盘瓠死后,存殁祭奠,后送上山,破土埋葬,仪式隆重。

从该书对盘古、盘瓠神话传说的立论和考证方法来看,作者对本民族的历史文化非常熟悉。他既掌握了本民族大量的手抄古本和口传材料,又钻研了很多汉族古籍,运用辩证唯物观和历史唯物观,有理有据地提出了很多新颖的看法。他的第一个重要观点是从历史学角度进行论证的,"神是历史人物"的主张与神话历史学派的观点是相似的。而对盘古与盘瓠的区分,他从七个方面对比论述,从历史、文化、民俗、艺术等多角度详细考证,把对两个神话人物关系的研究提高到一个更新的水平。

该书收录的《寻亲信歌》译文和《盘王遗训》译文也很有分量。它们虽处于附录地位,但可说是构成"瑶族传统文化"的重要内容之一。《盘王遗训》是瑶族古代文化的一个缩影,是瑶族传统道德观的集成。《寻亲信歌》是瑶族人民于近代写就的先祖迁徙路线图，对我们了解瑶族的文化心理很有帮助。作者在译文前的说明起到了导读作用，对广大读者阅读瑶族民间古籍很有启迪意义。特别是如何扫除在阅读瑶族歌书时所遇到的语义、音韵和自造字的障碍方面，该书作者初步总结出一些规律来，这无疑给读者送来了一根爬山的"拐棍"。

刘保元

刘保元，生于1934年，出生在广西金秀的农民家庭。6岁时进私塾馆读书，随后进入国民基础学校，1947年考入广西省立桂林师范学校（今桂林师范高等专科学校），1952年冬毕业，到中央民族学院（今中央民族大学）工作，任瑶语教员，1954年9月以同等学力进入中央民族学院第一个研究生班学习，经过三年的艰苦勤奋的学习，他于1957年7月以优异的成绩获得了研究生毕业证书，成为我国瑶族有史以来的第一个研究生。1980年被评为讲师，1986年被评为副教授，1994年晋升教授，曾任中央民族大学外事组负责人，中央民族大学少数民族文学艺术研究所所长，中国民间文艺家协会理事，中国少数民族文学学会常务理事、副秘书长，中国民俗学会会员。他积极参加国内外的学术和友好活动，先后到了法国、泰国、巴基斯坦等进行文化学术交流。

他在中央民族大学工作的四十余年，先后讲授了《瑶族语言》《瑶族文学》《民间文学》《瑶族文化》等课程，先后指导三届攻读瑶族文学与文化专业硕士学位研究生。他把弘扬民族文化，特别是把弘扬瑶族传统文化作为己任。自20世纪50年代初以来，他不辞劳苦，不畏艰难，不断地深入瑶族聚居区调查采风，特别是通过参加1955年至1958年的全国瑶族语言普查和历时一年（1962年）的瑶族文学调查，搜集了大量的民间文学资料，经过翻译和整理，先后在报纸杂志上刊登了瑶族民间故事四十余篇、民间诗歌百首，其中有的民间故事作品被日本学者君岛久子教授收入她所编的《亚洲民间故事》和《中国的神话》二书之中。在搜集整理民间资料的基础上，他与人合作出版了《瑶族民间故事选》《瑶族风情歌》等，为《瑶族民歌选》提供了一批瑶族民间诗歌作品。

他在繁重的行政和教学工作之余，潜心研究，勤于笔耕，出版了个人专著《瑶族文化概论》。著名语言学家、民间文艺家马学良教授说它是"一部后出转精的著作"，该书获中央民族大学1994年优秀科研著作奖。他与人合作编著出版的《瑶族文学史》，获广西首届"振兴广西文艺创作铜鼓奖"。由他主编的《少数民族诗歌格律》，获中国少数民族文学学会优秀著作奖和中央民族大学优秀著作一等奖；与人合作编的《瑶族风情歌》，获广西首届民间文艺优秀成果奖；与人合作整理的瑶族民间故事《盘王的传说》，获广西少数民族文学创作二等奖。近年他所著的《瑶族文化史》，是李德洙主编《中国少数民族文化史》的组成部分；他先后参加了《中国少数民族文学史》《中国民族节日大全》《中国少数民族文学》《文科知识：百万个为什么·民族》等书的编写工作。此外，他还为《中国大百科全书》《中国文学大辞典》等书撰写了瑶族、畲族、仡佬族等民族的词条。

他在报刊上发表了近五十篇论述和介绍瑶族文化的学术论文和文章，为弘扬瑶族优秀文化做了有益的工作。其专著《瑶族文化概论》于1993年由广西民族出版社出版。马学良先生在该书的序中给予了很高的评价，他说："保元同志是瑶族的文艺专家，他的母语是瑶语，他对瑶族的社会历史、文化和传统文艺都有周密的调查和深入的研究，以瑶人说瑶事，自能游刃有余，深入肯綮。"他认为刘保元"应用瑶族丰富的民间口头文学材料，从神话、传说、故事、诗歌、说辞中勾勒出瑶族绚丽多彩的文化画卷。值得提出的是由于作者对瑶族的诗歌、舞蹈艺术有深邃的研究……对瑶族著名的'信歌''盘王歌''石牌话'以及传统艺术、宗教信仰都有不同凡响的论述"。

黄钰

黄钰（1923—2018），广西龙胜人。他毕业于中央民族大学政治系研究班，长期从事民族社会历史文化的调查研究，对瑶族文化接触广泛，并有独到的研究。他先后发表过《〈盘王书〉初探》《瑶族〈盘王歌〉初评》《盘古盘瓠盘王辨识》《瑶族乐舞艺术发展探讨》等有关瑶族文化艺术方面的论文，出版了《评皇券牒集编》辑注本。

黄钰的《〈盘王书〉初探》是第一篇研究瑶族重要文献《盘王书》的论文。黄钰的论文有不少独到的见解。纵观黄钰对盘王文化的研究，他在继承传统时没有墨守成规，沿袭旧说，而是延续前人的研究，在不少地方对前人的研究有所补充丰富和发展，为前人的研究长廊添砖加瓦。如他的盘王文化研究论文，有一些是别人当时还没有涉及的，对《盘王书》的研究类似于开荒地的工作，因而显得特别珍贵。尽管有些别人已有所论述，但他仍然能经过阅读大量的有关资料，深入研究，得出真知灼见，如对《盘王歌》和对盘古、盘瓠与盘王三者关系的研究。正因为他的论文对前人的研究有所扩展和丰富，对一些问题有自己独特而科学的见解，故让人读后耳目一新，得到新的启迪。

黄钰的盘王文化研究包括对《盘王书》《盘王歌》的产生和形成过程的综述。同时，他对《盘王书》《盘王歌》的主要内容及其所反映的瑶族社会历史的论证，《盘王歌》的艺术特色分析，《盘王书》《盘王歌》在瑶族文化中的地位的评述，涉及范围广，论述全面，内容也十分充实。例如，对《盘王书》的成书时代，黄钰认为已有一千多年的历史，他说："唐代王朝，瑶族社会已迈入了封建领主经济的发展阶段，具备了产生《盘王书》的社会条件。"第一，唐代是中国历史上繁荣强大的封建王朝，经过贞观、开元两个发展阶段，封建社会进入鼎盛时期，社会的发展，"促使瑶族文化向较高阶段发展，使《盘王书》这样的瑶族文献的产生具备了成熟条件"。第二,唐代宗教活动较隋代盛行。唐代是道教发展的鼎盛时期,瑶族先民十分崇敬唐王朝,因此瑶族选择道教为宗教信仰。正因为这样,"《盘王书》从内容到形式,无不浸透道教的色彩,它产生于唐末可能性是较大的"。第三,唐代社会政治的稳定、经济的发展,带来了民族文化的繁荣,这种形势无不给瑶族先民社会带来深远的影响。这就说明《盘王书》是唐末"瑶族文化发展的必然结果"。第四,瑶族与各民族友好团结的交往,特别是瑶族对先进民族文化的吸收,从而推动了《盘王书》的产生。

蒙通顺

蒙通顺,生于1933年,广西都安人。1954年中央民族学院(今中央民族大学)民族语言文学系毕业,留校任教。1964年调回广西,先后在柳州地区文教局、河池地区文教局等单位工作。1980年转到河池地区群众艺术馆工作,任副研究馆员。中国民间文艺家协会会员。长期从事瑶族语言、民间文学和宗教民俗文化的研究工作。从1983年起,他致力于瑶族创世史诗的调查、搜集、翻译和研究。他和蓝怀昌、蓝书京等先后花近一年时间深入都安、巴马两县瑶族聚居区的东山、下塘乡,向老师公蒙凤标(时年80岁)、罗仁祥(时年73岁)、蒙金贵(时年68岁)和蒙玉开(时年74岁)等采录信息,最后以他祖父桑布朗、堂祖父仙丰瑶、堂兄蒙元东所传和蒙凤标、罗仁祥所唱的录音为主,综合其余几位所唱的材料,逐章逐句翻译并参照世俗所传的密洛陀故事整理出1400多行的《密洛陀》民间史诗,可见其态度之严肃认真。师公们是用古瑶语和宗教语叙唱神话史诗的,现代人不一定理解,由于蒙通顺精通古瑶语,并对瑶族民间宗教有较深的研究,加上不少师公是他的长辈亲戚,这些条件给他研究《密洛陀》史诗带来很多方便。他在《密洛陀》一书中做了详细的陈述,这对我们了解史诗《密洛陀》的成型过程很有帮助。

他积极参加和负责河池地区的民间文学三套集成工作，在编《中国歌谣集成·广西卷》中负责瑶族歌谣的编选和终审工作。他与蓝怀昌、蓝书京共同整理的《密洛陀》出版后引起强烈反响，荣获第二届广西文艺创作铜鼓奖。

盘承乾

盘承乾（1931—2009），广西来宾人。1952年毕业于广西省立桂林师范学校（今桂林师范高等专科学校）。长期在中央民族大学民语系从事瑶族语言文学专业的教学和科研工作。20世纪60年代，他积极参加了广西的瑶族民间文学和民俗文化的调查搜集工作；20世纪80年代以后他参加了《瑶族文学史》的编写，还先后撰写和发表了许多研究民间文艺的论文，主要有《瑶族与盘瓠神话》《瑶族盘王大歌简介》《鼓、歌、舞融为一体，是我国传统文化艺术的一种形式》等。他还参加了《盘王大歌》的搜集整理，并多次参加美国、泰国等召开的国际瑶族学术研讨会，发表了许多建设性的见解。在瑶语方面，他也有精深的研究。

苏德富

苏德富（1932—2013），广西金秀人。1950年参加工作，1952年调到中央民族学院（今中央民族大学）从事教学和研究工作。1985年至1992年任中央民族学院出版社副社长，1992年任调研员、副研究员。中国民俗学会理事，中国民间文艺家协会会员。指导过留学博士生的学习与毕业论文写作。先后撰写许多民族民间文学和民俗论文，代表著作有《瑶语（拉珈）谚语》《大瑶山石牌制度析》《茶山瑶研究文集》等。其文集侧重研究瑶族的道教文化和民间文化。

蒙冠雄

蒙冠雄，1933年出生在广西都安一个贫穷的农民家庭。曾任小学教师、教导主任，县文化馆副馆长，县文联副主席，县政协副主席。中国民间文艺家协会会员，中国民俗学会会员，广西作家协会会员、广西山歌学会副秘书长。1953年开始从事民族民间文艺的搜集整理工作。先后采录并发表的民间歌谣和民间故事约30万字。他整理的《瑶族铜鼓舞》在1956年全国民间文艺会演中荣获优秀节目奖，与班琨合作整理的《瑶族酒歌》在1964年全国民间文艺会演中荣获优秀节目奖，《说亲词》[①]获第二届广西少数民族文学优秀作品奖。1983年，他与人合作编著出版了《瑶族风情歌》，1986年与人合作采录的瑶族史诗《密洛陀》收入《广西瑶族社会历史调查》第七册，1987年与人合编了《瑶族风情录》，1999年与人合作搜集、翻译、出版了新版《密洛陀》。他还采录、发表了民间爱情长歌《离怨歌》和《望郎歌》。此外，他还坚持业余创作，先后发表了近百首诗歌。他的创作具有鲜明的民族特色、地方特点和浓郁的乡土气息。

许文清

许文清，生于1954年，笔名流波。广东连南人。1978年毕业于中央民族学院（今中央民族大学）汉语言文学系，先后任县文化馆馆长，县委宣传部副部长兼县文联主席、县文化局长。1988年后任县地方志办公室主任。中国民间文艺家协会会员，广东省群众文化学会理事。他热衷于民族民间文学的采录和研究工作，先后采录、发表和出版了排瑶长篇史诗《洪水淹天》和瑶族民间故事专集《甘基王》等，著有《八排瑶社会》一书。他还创作了不少反映瑶山新生活的诗歌、散文和小说。如散文《节日的颂歌》《瑶家新城》《瑶家耍歌堂》，诗歌《瑶山散记》《歌堂组诗》，小说《春梅》《瑶家开唱

[①] 蒙冠雄：《说亲词》，载《民间文学》1982年第6期。

节》等都洋溢着浓郁的民族新生活气息。

蓝正祥

蓝正祥,生于1939年。先后当过乡干事、公社管委会主任、乡党委副书记、县文联副主席,后任县志办公室副主任、编辑。中国民间文艺家协会会员,中国民俗学会会员,县民间文学集成副主编。他长期参加民族民间文学和民俗的采录工作,发表的文章近百万字。其作品《立房歌》颇有影响,《瑶族风情录》收入了他搜集翻译的十多篇作品。

郑德宏

郑德宏,生于1930年,湖南江华人。1951年参加工作,先后当过教师、干部,县文史委副主任。湖南省民间文艺家协会会员。1963年起进行瑶族民间文学搜集、采录、翻译工作,成绩突出,总汇600万字。他与李本贤合作整理的瑶族古歌《发习冬奶[①]》在湖南《楚风》杂志发表后引人注目。1986年后,郑德宏致力于《盘王大歌》的翻译工作。《盘王大歌》是以清乾隆年间的手抄本为依据。这个本子是20世纪60年代他与赵发凤在湖南省江华瑶族自治县赵文炳家搜集到的。1980年他与李本贤以这个本子为主,参照各地瑶族流传的盘王大歌进行初步整理。《盘王大歌》的出版引起了国内外瑶族和研究学者的强烈反响。郑德宏的辛勤劳作得到了各方面的肯定和赞扬。1990年以后,他还参加了《中国各民族宗教与神话大词典》的编写工作。

李本贤

李本贤,生于1938年,湖南江华人。曾于江华瑶族自治县县

[①] 发习冬奶:瑶语音译,意为很久以前。

志办公室工作。湖南省民间文艺家协会会员。1962年开始搜集、采录民间文学并进行民族研究工作。如《发习冬奶》《盘王大歌》等作品都凝聚了他的精力。20世纪80年代编选出版了《赵金龙起义》故事集。他还参与编写了《江华瑶族自治县概况》和《中国各民族宗教与神话大词典》，发表了论文《试论瑶族婚姻》。

蓝克宽

蓝克宽，生于1944年，广西都安人。广西师范大学中文系本科毕业后，当过中学教师、编剧。1982年调广西民族研究所从事民族文化研究工作。曾为《广西民族研究》期刊副主编，广西民间文艺家协会会员，广西作家协会会员，广西瑶学学会副会长。先后撰写过《试论侯大苟的传说》《瑶族史诗〈密洛陀〉初探》《茶山瑶"做功德"习俗初探》《盘瓠神话的崇高美》等十多篇论文，采录并发表了数十篇广西各民族的风情民俗文章。

邓文通

邓文通，生于1944年，广西百色人。1963年应征入伍，1968年退伍回广西民族学院（今广西民族大学）工作。曾任广西民族学院图书馆馆员，广西瑶学学会副会长。多次参加国际瑶族学术研讨会，参加过《瑶族简史》《广西通志·民俗志》等著作的编写工作。发表论文十多篇，搜集瑶族民间文化资料近100万字。

迁徙路上的信歌

瑶族有以歌代言的传统习俗。所谓信歌（亦称为"寄歌""放歌"或"传歌"），就是用歌来写信，用以传达思想感情、传递信息、互相帮助。

信歌在瑶族民间流传的历史相当久远，据《广西大瑶山瑶族社会历史情况调查》第一册和第七册相关资料，瑶族信歌产生的最早年代是清同治九年（1870年）。

任何民族的文学形式的产生，总是与其民族生活紧密相连的。瑶族先民居住于湘江、资江、沅江流域及洞庭湖沿岸地区；隋唐时期，逐步南迁；到了宋元明清时期，瑶族已深入两广腹地，部分瑶族继续南迁，进入贵州、云南，进而迁徙入东南亚一些国家。其迁徙是以数户或一村进行的，一小股一小股地翻山越岭，走走停停，形成了人们常说的"岭南无山不有瑶"的局面。在居住分散、交通阻塞的情况下，为了使同族亲友之间保持联系，互通情况，倾诉衷肠，瑶族人民发挥了善歌的才能，把迁徙经历以歌谣形式相互传递。信歌就是在这种特定的历史条件下产生的。它起着传递信息、交流思想、联络感情，以及加强民族内部团结的作用。

信歌的形式有与一般歌谣不同的特点，它的篇幅长短不一，数十行或数百行不等。每首信歌大都首尾连贯，一气呵成，不分章节，以叙事和抒情相结合。它的基本形式是七言体。但也有穿插三言或五言的，一般不太讲究韵律。信歌的语言简朴，口语化；表现手法多直陈其事，平铺直叙。一般用汉字写成，其中也有用汉字记瑶音的，也有利用汉字结构另造新字的。在瑶族歌谣中，信歌别具一格。信歌按其内容可分为迁徙信歌、查亲信歌、求援信歌和婚恋信歌。

迁徙信歌

迁徙信歌是反映瑶族迁徙生活的歌，是瑶族迁徙的史诗。迁徙信歌一般先叙述迁徙的原因和路线，然后叙述所到地方的景况及风土人情，最后邀请同族兄弟迁往。如《千重岭万重山》是原住广西恭城东乡的瑶族迁往交趾（今越南）的万公山后写给广西同族兄弟的信歌。歌一开头，叙述了他们迁徙的原因：

一片乌云罩四方，官府征兵又征粮。
虎狼当道哪啰哩①兵马乱，瑶人难住又难安。
瑶人难住又难安，齐共商量把家搬。
众亲姐妹哪啰哩同伴走，拖儿带女离家乡。

明清时期，封建王朝对少数民族实行镇压，瑶族人民"难住又难安"，为了求生存，乡亲们才商量相互携眷迁徙至交趾。接着叙述他们迁徙途中的艰辛生活：

拖儿带女离家乡，万水千山路途长。
行过平乐哪啰哩到荔浦，不知流落到何方？

太阳落山夜茫茫，睡在荒山茅草房。
众亲姐妹哪啰哩饿又冷，腰酸脚痛手冻僵。

三块石头架个灶，野菜拌粥充饥肠。
娃崽捞渣哪啰哩娘喝水，手捧竹碗泪汪汪。

---

① 哪啰哩：语气词。

天作帐来地当床，滴滴露水湿衣裳。
两眼仰望哪啰哩云遮月，寒风阵阵心凄凉。

他们从恭城东乡出发，途经广西平乐、荔浦、象州、柳州、迁江、田州、百色、富州等地，进入云南。歌中记下途经的地名，犹如一份"路单""路引"，意在指点同族兄弟沿着这条路线走，便可相会。为了使同族兄弟了解他们居住地的自然景致和生活情况，信歌在这方面还用了相当的篇幅着色描写：

万云山，一片荒山宽又广。
千里离乡哪啰哩来就水，万里抛亲来就山。

万云山，茫茫树林宽无边。
黑黑泥土哪啰哩蒙蒙草①，山猪野鹿里头眠。

万云山，肥土平川好开田。
风调雨顺哪啰哩收成好，三仓未了四仓添。

歌的末尾邀请同族兄弟迁往万云山居住：

千里关山寄书信，细细请来你便知。
齐齐来到哪啰哩万云山，千人得见万人思。

山好水好人更好，盼亲来聚乐陶陶。
备办银钱哪啰哩快起程，莫怕山高路途遥。

同族兄弟收到这封信歌后，互相传阅，因经济困难无法迁徙，便写一首信歌寄回：

……
世间动荡不安然，亲邻相约把家迁。

---

① 蒙蒙草：茂密杂乱的草丛。

无奈银钱哪啰哩花费尽，想赴云山也枉然。

这首歌反映了历史上瑶族迁徙生活的真相，记录了曾有部分瑶族迁往交趾的史实，反映了他们对本民族的热爱之情，而且在思想上起到了沟通共识、团结一致的纽带作用。

《海南信歌》也颇有代表性。它保存在广西壮族自治区凌云县逻楼镇瑶家村寨。这首歌的主要内容除了讲海南岛的风光和富饶的物产外，还邀请同族兄弟迁往居住。歌中也给广西的同族兄弟开了"路引"：泗城、田州府、大廉州、雷州府、徐闻县、海安（渡船）、海口、琼州府。"路引"昭示，历史上曾有一支瑶族从广西迁往海南岛。

此外，还有《盘京何言》和《赵胜贤造信》等，它们大体反映瑶族南移的情况，也是比较有代表性的迁徙信歌。

查亲信歌

瑶族的迁徙既有大宗族的举动，也有小规模的转移。由于迁徙具有被迫性，他们无法估计每至一个地方的自然条件和社会环境，适宜者且居留，非适宜者则马上转移。故瑶族各个支系或同地缘的宗族分离逃散，都无法以岁月计算。他们在深山老林里孤居，亲情缠绵，思亲心切，便有查亲信歌或查族信歌的产生。广西壮族自治区凌云县九美山山子瑶于清光绪十六年（1890年）写成的《查亲访故古根歌》是当中的一首。这首信歌长360多行，歌名为"查亲"，重在"寻根"。因此歌中细列祖宗姓名，以争得离散各地的血缘子孙的认同。歌中写道：

一申盘王龙犬子，兄弟相查看此书。
依祖宗支批名字，五家七姓得通知。
太祖公是盘开石，生有五男安五房。

一男名是盘章应，二男名是邓朝珍，
三男名是李开白，四男名是赵境全，
五男名是班文会，五人兄弟一爷生。

信歌中一再强调瑶族各支系均是盘王龙犬五子孙。如：

盘李赵邓陈蒋沈，七姓真是盘王孙。
五家七姓龙犬子，同支宗祖一家亲。

信歌历数了瑶族太祖迁徙的经过。如：

陇西太祖李修善，南阳太祖邓宗高。
自从西江寻江海，年荒世乱散纷纷。
来到真龙山里住，入到白花山里藏。
半上云南开化府，半上广南地里安，
半落广东潮州府，半住海南四处山，
半上红坭红水住，上到交趾住两年。
廉州灵山住三岁，贵县上林住五年。
走到云南田防地，住在田防红水边。
三年退落西隆住，二年退落地西林。
四处山头行过了，无山好处乱游飞。
抛男离女过州县，日月含泪是思难。
退落泗城凌云县，住在泗城度光阴。

信歌展示了瑶族先民原始自然状态下和平悠闲的生活景象。如：

太宗国王多有道，天下不曾闩大门。
四季便开金乌日，四边人唱太平歌。

"金乌日"即传说太阳里有一只三足的金乌鸟。信歌所叙说的瑶族服饰也有模拟凤鸟外表的痕迹，正如歌中所唱道：

一房安姓作顶板，衫衣本带凤凰花；
二房蓝瑶是山子，衫衣本是凤头衣；
三房安姓斑衣子，衫衣本是结头衣；
四房瑶人是名姓，衫衣本带结边衣；
五房安姓作丁角，衫衣本带花边衣。

信歌具体陈述了泗城瑶族的来龙去脉。如：

当初全在七贤洞，年荒世乱散分离。
离亲斑斑十三世，隔水隔山隔府州。
失漏宗支不知郡，兄弟相逢赖别人。
宗支失落离亲远，多世年久不相知。
展开太祖扬名字，报知今世便相查。
太祖公是盘十五，小是玄孙来泗城。
住在廉州石康县，真龙山里赖安全。
年荒世乱人失散，游游上到地泗城。
四十名众泗城住，不富不穷春过春。

信歌还叙述了社会动乱的情景，尽管时间和事件的真实性让人有所怀疑，但毕竟反映了一个时代的风貌。如：

生阳半世千般见，受了苦中难上难。
壬申年中赵家乱，金龙反了江华城。
辛亥又逢盘家乱，春华造反广东城。
丙辰罗楼欧反乱，壬辰李七共张三。
甲子上元妖王乱，乙丑又逢天旱年。
丙寅又逢土民反，丁卯四季雨沉山。
庚午立起泗城府，捐收山人银共钱。

辛未占钱又占米，养兵管府守衙门。
壬寅夏月水猛烈，多少禾魂共水游。
癸酉立起凌云县，重捐山人银起修。

信歌虽然以查访亲人族人为目的，但处处流露出歌者对现实生活的厌恶以及对原始生活的依恋的浓重情绪。迁徙越多，离别越久远，空间越大，孤独感越重，伤感越重。这可视为出自人类的怀旧的天性，但也不难看出瑶族先民在封建社会受到阶级压迫、阶级剥削造成的痛苦心态。

求援信歌

土地是瑶族人民借以立命之根本。瑶族人民用凭自己的力气开出的"公胜田"种植粮食作物以求温饱，这是天经地义的。但他们的生存权利常常受到官僚和恶霸的肆意侵害，瑶族人民不得不写信请求外地同族的支援，这在《桃川信歌》中表现得异常突出。

桃川亦名桃洲，在今湖南省江永县内。该县十八都立头洞的赵李两姓瑶族祖传的"公胜田"被恶霸强占，瑶族人民据法以争，"官司打到北京城"，最终"上司判断瑶人种"，但由于"无钱赎契"，事情又被搁置下来。他们在官府无情、"强人又起浪"的险恶环境中，想起了广西的同族，并给他们发去了紧急求援的信歌。信歌写道：

山广鸟单多冷落，一只鸟儿难开声。
有钱禀契官非胜，无钱空恨审无情。
咸丰君王登了位，想起旧情心不甘。
又去三关呈案纸，合得船成撑过滩。
咸丰五年飘书[①]报，申词[②]飞下广西游。

---

① 飘书：寄信歌。
② 词：信歌。

他们对广西瑶族同胞寄予很大希望。如：

传叩天眉①天镜照，靠国贵人②齐赐缘。
齐捐银钱赎田地，赎转契书得转田。
若是真心龙驾到，齐家拾盛凑银钱。
瑶人入户③讨得令，逍遥快乐过长年。
回乡耕田好过日，瑶人同共一爷生。
公胜良田齐有分，赎转契书齐得耕。

这种求援的希望源于"瑶人同共一爷生"的血缘纽带，反映了瑶族人民社会结构中家庭和社团的密切关系。

《洋万信》是双目失明的孤寡瑶族老太婆的求援信歌。老太婆生有一男一女，由于生活所迫，她卖了儿子。后来她年老体弱，思儿心切，乞求众乡邻帮忙让她见儿子一面。信歌情浓意真，使人念之无不落泪：

娘在一方儿一处，儿娘不知成何样。
人命有儿真痛苦，受苦之人谁人助？
日日路头哀声叫，不知何路行得通。
抬脚走路抬不动，全身颤抖不能行。
左手扶支枯木棍，右手拎笼难上程。
娘是卖工写封信，但愿我儿还一分。
十念千思写出信，不见我儿不甘心。
用心送教烦亲友，一路带信一路寻。
何人带得信到手，保福保寿命长春。

---

① 天眉：天眼。
② 贵人：对人的尊称。
③ 入户：编入户籍。

丙午之年①发瘟病,百姓生活似飘蓬。

瑶族老太婆的信歌,不仅反映了她个人的不幸遭遇,也反映了清末整个中国社会日益衰败、民不聊生的景象。

婚恋信歌

近代反映婚恋内容的信歌,数量有所增加,质量有所提高,内容也比古代的信歌更丰富和多样,信歌所抒发的感情亦更趋于细腻和浓烈。如在《求偶信歌》中男方这样袒露自己的情怀:

苗丹②真心又真肚,天崩地翻不抛仙③。
世上闲言语多事,齐家莫听乱心思。

但女方是否愿意接受自己的爱情呢?男方内心很不安:

蒙苗算定修仙步④,不晓玉女连未连。
千条愁丝自挂肚,不得安心过一时。

男方表示恋情的纯洁珍贵,信歌中这样唱道:

思情比能⑤千金宝,八宝千金苗未思。
恨⑥尽深情修缘分,得福二人永不移⑦。

信歌借助自然景物比喻情爱的幸福和永恒,如:

---

① 丙午之年:清光绪三十二年,即公元1906年。
② 苗丹:男方谦称。
③ 抛仙:尊称女方。
④ 步:人。
⑤ 比能:好像。
⑥ 恨:想。
⑦ 移:离。

思想交情能①鱼样，永世不断水底游。
同月团圆照天底，永行天路万千秋。
天上不断七星照，水底鲤鱼球对球。

这首信歌共有150行，歌中反复表述男方对女方的痴情和爱恋，期望得到女方的理解和应承，既表达了自己对女方思恋的喜悦、焦灼和痛苦，也展示了双方结合的美好前程。

婚恋信歌在广西壮族自治区金秀瑶族自治县流传较多，诸如《探情信歌》《求情书信》等，多为七言体，偶有三言体穿插其中。其形式与口头传唱的情歌相似。信歌是书写的歌。鉴于瑶族过去没有自己的文字，只能借用汉字来记瑶音，或用汉语来表达自己的内心感情，有时还会创造一些特别的字来记录本民族特有的语音，所以瑶族很多信歌从表面上能读懂文字却无法理解它的含义，也有一些信歌因使用新造的字来记音而使读者无法读懂。与民间文学创作的集体性、群众性、匿名性相比，信歌的创作既有由群体进行的，也有由一人进行的。迁徙信歌、查亲信歌、求援信歌属群体创作与阅读的类型；婚恋信歌属个体创作与阅读的类型，信歌作者是署名的，这在内容里面会明确地表示，以期达到目的。如婚恋信歌的作者是个体的，这一点很明确；读者也是单个的，这也很明确。当然，如果恋爱双方文化较低，找人代笔是有可能的，找人代读也是有的。这种现象表明了瑶族内部感情交流从集体到个体、从佚名到具名、从古代单一口传方式发展到了近代口传和笔传多种方式的并存。

一般来说，群众口头创作的语言是口语化的，通俗化的，很少有典雅的言辞。即使是群体创作的信歌，也具有笔写的个体特点，故除保留口头创作的口语化、通俗化的特点外，还使用了很多典雅的书面传统词语，增添了信歌的艺术魅力。婚恋信歌尤为如此。从称谓上看，男方谦称自己为"单""苗""贱"，谦称自己的居

---

① 能：好像。

住地为"冷林""寒林""贱园""贱乡""冷林园"等；美称女方为"凤""锦""仙"，美称女方的居住地为"东京""北京""广京""贵州""广国"等，从这些称谓中可以看出瑶族悠久的礼仪传统。从表现手法上看，多用谐音、双关和比喻。如原存于广西壮族自治区金秀瑶族自治县大樟乡的《情缘寄情愁书》的末尾写道：

长留亮（照），同天留月照九阳。
夜了下西朝又现，扯条金线缠桥梁。
扯条长丝缠蒙①树，藤死木枯未（不）放离。
鲤鱼不断深海地，贱小②思情不断时。

并且表示"细小号头伴信去，伴情（妹）世上解愁连"，男方把"号头"（发夹）放在信封内寄给女方，企盼女方永远保存留念，永远思恋男方，男方也表示永远恋着女方。信物似日月经天，妹情如丝缠树，哥情如鱼恋海……其思维方式显示了个体的直觉和逻辑思考的特点。

信歌句式多为七言体，偶有三言、五言短句。一首歌数十行至数百行不等，一气呵成，不分章节段落，也不讲求押韵。一般用于陈述笔者的要求以及对对方的希望。

瑶族信歌历史悠久，流传广远，其生命力颇为强盛。究其原因，这与瑶族"大分散小集中"的居住特点和迁徙流动的生活状况有着密切的联系。瑶族分支多，且为大山所阻隔，生活环境险恶，加上封建统治者对他们歧视、封锁和压迫，使他们的生存、发展、自由以及人格的尊严都受到极大的威胁。瑶族人民只有靠自身的力量来抵抗来自自然界和社会的种种压力。这种力量就是民族信仰造就的凝聚力。信歌正是维护、巩固、传扬民族信仰的必然产物，它

---

① 缠蒙：男方谦称。
② 贱小：男方谦称。

具有鲜明的功利性、引导性和实践性。如《海南信歌》中说:"盘王赵姓造天地,李蒋五姓三祖人。"盘王既然是瑶族诸姓的祖先,诸姓则应团结一致,以求共同的生存与发展。又如《缺少山人查族歌》中强调:"前往(造)五音共五姓,五音宗祖坐(还)同居。千般正是秀王注(造),立山造水注(造)阴阳。"五姓共祖同居是团结一致的象征。作为盘王子孙,还有什么理由不团结协作,不互爱互助呢?因而迁徙要通报旧址乡亲,遇难要向同族求援。有情,就向同族同辈倾诉。瑶族信歌的功利性是显而易见的。此外,瑶族信歌还具有历史价值和艺术审美价值。

流散于民间的信歌记载了一些瑶族支系(宗支)迁徙的史实。从广西凌云瑶族的《查亲访故古根歌》可以看到,泗城九美山的瑶族是沿着灵山—贵县—上林—田防(阳)—西隆—西林—泗城这条路线迁来的。这已是近代的迁徙。至于他们何时在灵山落脚,从哪里来,却很渺茫。信歌中所概括的"半落广东潮州府,半住海南四处山,半上红圾红水住,上到交趾住两年"的迁徙线路也比较模糊,跨度太大,可能是时间久远,无法记清。但多少给后人研究瑶族的迁徙史提供了珍贵的材料。如果我们把云南省勐腊县的《赵胜贤造信》作为"续篇"来看,就会发现落脚广西泗城府的瑶族有一部分后来沿着西隆—广南—开化(文山)—临安(建水)—恩乐—景东—大理—镇原(沅)—缅宁(澜沧)—恩乐—普洱—九龙山—勐腊—老挝勐乌—勐腊这条路线前进。瑶族各个支系的迁徙史是整个瑶族社会历史的重要组成部分。这些信歌的确具有"历史传记"的科学价值。

信歌的作者是以自己的真情实感来反映生活,来书写信歌的。信歌在他们心目中就是实际生活的"应用工具",是传递信息的"飘飞"鸟,是迁徙定向的"路标",是扇燃恋情的"神扇",是架接亲情的"桥梁"。但不容否认,信歌也是一种艺术。这当中既蕴含着又显现着和谐的真情善意。因此,信歌具有一种自然、朴拙的艺术美。

信歌的形式美表现在词语的选择上，如赞词与谦词等，以及句式的整齐对称上，结构的完整上，修辞的奇特上。信歌的形式美，同样产生跨越时空的艺术力量。

生动传奇的传说

瑶族传说产生较早，内容纷繁灿烂，几乎涵盖了瑶族社会历史生活的各个领域，从开天辟地到繁衍生息，从衣食住行到婚丧嫁娶。其传说颂扬民族英雄，赞美山川风物，咏叹劳动热情，解释奇风异俗，记述了瑶族先民曾经经历过的民族发展状况。

从艺术特点来说，瑶族传说极富传奇性，人在传说中既可变作鸟也可化成石，构思出乎意料，离奇曲折，并辅以虚构、夸张、渲染、巧合等多种艺术手法，取象生动，形态鲜明。特别是受瑶族神话的影响，瑶族传说有着强烈的幻想色彩，并与其民族性格、风情习俗、生活环境错综交融，以瑶族聚居区的奇峰异境为故事背景，呈现出浓郁的民族特性与地方特色，并且有着较强的生活认知及哲理性，它们口耳相传，历久不衰。

英雄人物的颂扬

《豆腐八王》：从前，粤北瑶山有一个排（村）叫作大东坑，那时住有三十来户瑶族人家。他们都是"踏雪挑柴卖，纸角包米返"的穷苦人。有一年，官家对瑶族聚居区进行经济封锁，不准盐米上排，瑶族同胞生活困苦难当。村里有一个姓唐名叫豆腐八贵的小伙子，他和九个伙伴同租一块荒地种植作物。他们在开荒时得到一条大鱼，豆腐八贵把大伙儿不敢吃的鱼头吃了，变得力气过人，他把鱼刺丢进河里，变出了一把宝剑。

豆腐八贵眼看群众生活越过越苦。一天，他到了南岗排的大草坪上向大家讲反抗官府的道理，并随手抓住身旁的树干，轻轻一扯，就将其连根拔了起来。这时，群众个个目瞪口呆，无不信服。从此，人们便称他为"豆腐八王"。

豆腐八王率领的数万兵马，于八月二十五日那天祭旗出征，他们兵分三路：一路打九陂、白芒；一路打东塘、三江；一路打章鼓、连山。各地官府听到消息后惊慌失措，不知如何是好。这支起义军在连阳攻下数地，之后又会师进逼连州府。州官晚上在城楼眺望，见满山遍野是星星火把，被吓得失魂落魄，终于连夜弃城逃走。就这样，豆腐八王的队伍逢州过州，逢府过府，一直打了出去……

从那以后，官府再也不敢禁止盐米上排了，他们很害怕豆腐八王。可是，豆腐八王打了出去后，就一直不见回来。现在连南瑶族同胞头上插的白鸡翎，就是为了纪念豆腐八王。白鸡翎象征豆腐八王当年锋利的宝剑。

《雷再浩》：雷再浩是湖南新宁黄卜峒人。他出身贫苦，从小就跟父母上山垦荒种树，吃苦耐劳。长大后，他身材高大，武艺高强，闻名山内外。谁敢欺侮瑶家，他就打抱不平。清道光二十七年（1847年），他目睹了新宁瑶族人民惨遭清政府杀害的情景。于是，雷再浩到广西全州和李世德、李辉发等人结拜兄弟，发誓起义讨伐清兵。

雷再浩在一次战斗中英勇牺牲。后来由李辉发接过雷再浩的起义大旗，率领数千起义队伍继续活跃在湘南、桂北山区，打击清兵。

《公世一》：象州府清廷官员常常拉着队伍进瑶山剿杀瑶族人民。大瑶山门头村有位老人叫公世一，他组织队伍和清兵进行对抗。门头村居高临下，山势险要，易守难攻。因此清兵接二连三吃了败仗。

象州有个人名叫公极郎，他和公世一很要好。一天，公极郎请公世一到他家去做客。公世一带着姑爷来到了公极郎家。象州府清廷官员得知消息后，当晚就派兵把公极郎家团团围住。公极郎发现后，就对公世一说："老同（朋友）呀，不好啦！清兵把我的房子围住了，说是要杀害你，怎么办？"

公世一不慌不忙地回答说："他们要杀我，不怕！你家有没有大刀？"

"没有呀！"公极郎回答道。

公世一灵机一动，将公极郎刚摆好的一桌酒菜打翻在地，操起桌子朝屋外打去，他趁清兵惊慌之时突出重围。公世一回头一看，他家姑爷还没有出来，他又操起那张桌子从屋外甩进屋里，打开一条道，把姑爷救了出来，两人脱险回村。

公世一回到村里，马上组织六十余人去攻打州府。队伍开到象州时，天色已晚，城门早已关闭，城墙很高，不便翻越。怎么办呢？于是，公世一就唱起神歌，请来神风，把紧靠城墙里的刺竹刮得摇来摆去，结果竹尾摆了到城墙外面，公世一就和大家攀着竹尾翻越城墙，直奔州府。清廷官府的队伍回城，公世一的队伍出城，双方走到大街上，突然迎面相遇。清兵抬头一看，见公世一身材高大，手里握着闪闪发亮的大刀，身后带着一大帮人马，顿时被吓得胆战心惊，连忙下马，跪地求饶。

《黎水保》：清光绪十四年（1888年），黎水保出生于广西南丹瑶寨的一个穷苦家庭。他出世的时候哭声很大，笑声很大，饭量也很大。7岁时到都安县读书，人很聪明，很快就读完七挑书，上通天文，下知地理，记性比先生还强，先生祝贺他已出师，可以回家了。黎水保回家后，又学会了各种武艺，还到金城江买回一把宝刀。

黎水保在当地抗租抗税，财主气坏了，就把事情告发到官府去。黎水保早有所料，他为了对付财主和官兵，把大瑶寨的村民组织起来，训练各种战术。一天，黎水保在瑶寨附近召开群众大会，动员群众抗租抗税。官府听说黎水保要造反了，于是就派兵来攻打瑶寨。那天，县官坐着轿子和几百名兵马刚刚到大瑶寨的田峒里，黎水保就穿着一件铁甲和七八十个兄弟一起扛着枪刀去和清兵交战。当时，黎水保跳过来跑过去地指挥着战斗。说来也怪，清兵的枪怎么都打不响。这时，黎水保的九个勇士用刀砍死了不少清兵。黎水保又让一个勇士穿着他亲手缝的那件虎皮衣爬上山坡去吓唬敌人。清兵看到前面有兵杀来，后面有猛虎追赶，枪又不起作用，只好抛戈弃甲，仓皇逃窜，连轿子也丢在田峒里不敢要了。这次黎水保打了一个漂亮的胜仗，并缴获了敌人不少武器，弟兄们高兴地用县官的轿子抬着黎水保回来。

黎水保在外面活动了一年多，后因叛徒出卖不幸被捕。但他在敌人面前昂首挺胸，面不改色。不久，黎水保英勇就义了。

革命斗争的史迹

《大藤峡的传说》：明代时有许多瑶族先民居住在浔江上的大藤峡一带。瑶家有个强悍的男子叫侯大苟，他为人正直，好打抱不平，助人为乐，深受平民百姓的拥护和爱戴。他借助祖先盘王赐的能升降大藤的"法宝"带领穷人阻拦大商家的货船，并把那些不义之财分给穷人。从此，大藤峡使地方官吏、绅士和富有的商贾胆战心惊，坐立不安。于是他们向朝廷写了奏折，说侯大苟在大藤峡作乱，请求朝廷出兵征讨。朝廷几次派兵征讨均未得逞。后来派了都督韩雍带兵十六万把大藤峡围个水泄不通。

侯大苟领导起义军依仗天险，与官兵周旋，打得官兵丢盔弃甲，狼狈不堪。后来韩雍使用"羊攻"（在山羊尾巴上拴鞭炮，点响后山羊受惊后往山上乱冲），侯大苟一度上当，待起义军滚完了石头，射完了毒箭，官兵才蜂拥而上。但侯大苟能当机立断，率队伍迅速地转移到大藤峡埋伏。韩雍率领的官兵扑了个空，便退下山来，在他们攀着大藤过江时，侯大苟口念咒语，大藤忽然下沉，官兵纷纷落水,喂了浔江鱼。未能过江的官兵也被起义军打得一败涂地。

韩雍后来派去探子,由于起义军中的一些人被胜利冲昏了头脑,泄漏了机密,使探子得到了砍倒大藤的办法,官兵最后把大藤锯断了。大藤顺江而下,在一处浅滩搁浅,此后这个地方就得名"藤县"。大藤峡也因此被改名为"断藤峡"。

《太平天国运动的传说》:有一个人慌慌张张跑进村来,他边跑边喊"不好了,灾难来啦!官兵进村寨啦!"

这一喊,满村人都慌乱了,大人拖儿带女,饭顾不上吃,猪顾不上赶,牛也顾不上牵,就跑出村寨躲进深山密林里去了。果然不久后,一队兵马穿山越岭,进了村寨。一进村,半个人影也没见,只见鸡、牛、羊满村乱跑。这时,有两个头领就自动把一头牛拴好,把两头猪赶进栏里,还扯了几把稻草给牛吃!别的士兵也这样做了,他们关好牲畜,就在村外搭棚安营睡觉。

第二天,天一亮,队伍又出发了。民众回来看到家里的牛、羊、猪、鸡全在,屋里和往常一样,物件没被搬动过,连昨夜煮熟来不及吃的饭菜也还完完整整地在锅里。一个个又惊又喜,猜不透是怎么回事。突然,传来了叫唤声,一个妇女手里拿着亮闪闪的银子,跑到人群里对众人说:"我家柴堆少了几担柴,倒换得一把银子!"

又有几个老人跑来,手里也拿着银子,对众人说着各家的情况。

有的说没了菜,有的说没了米,但换来了一堆银子。

一个青年手里摇着纸条,向人群走来,他说道:"太平军,太平军!"大伙都围了上去,那青年照着纸条念道:"众位父老,太平军奉天父旨意,打倒清妖,建造天国,使人人平等,有田共耕,有饭同吃,有衣同着。众位原是天父的兄弟姐妹,今受清妖压迫,贫苦不堪,天军当为你们报仇雪恨!借宿一夜,惊扰众亲。急急行军,未得面谢，实为抱歉。洪秀全、杨秀清敬上！"

《右江革命斗争的传说》：1930年，西山革命根据地被敌人封锁，游击队很难与外界联系，只好请瑶族妇女帮忙。

一次，游击队有急事。一位瑶族妇女知道后主动接受通信联络的任务。她用一个竹篮装了一些白米，把密信放在篮底，然后出发了。刚上山坳口，突然遇上了伪乡长和乡警。伪乡长用手扒开那些米，翻见了密信。信是用汉字记瑶音的，伪乡长看不懂。"这上面写的是什么？"那瑶族妇女平静自如地说："这是巫师写给我的保命书。我们瑶家有个习惯，到哪里都要带着保命书。要不，路上遇着鬼就会犯病！"

伪乡长见她很从容，答得也合理，加上自己也看不懂，没法子，只好把"保命书"交给了女交通员。女交通员接过那密信，又放在米篮里，顺利通过了关卡，完成了送信任务。

《梁小勇》：传说讲述普发有个小孩，名叫梁小勇。有一年，韦拔群因革命需要住在他家里。韦拔群一有空，小勇就趴在他的膝盖上，闹着要韦拔群讲故事。讲到打坏蛋时，小勇就争着插话："我也要打坏蛋，打坏蛋！"一天晚上，敌人来普发要抓韦拔群。韦拔群闻信背起枪就要出门。小勇追上来拉住韦拔群衣襟说："叔叔，我也去打坏蛋！"韦拔群转过身抱起小勇说："现在不去！以后打坏蛋时叔叔带你去，好吗？"小勇点点头。韦拔群问："坏蛋问你叔叔在哪里，你怎么回答？"小勇说："我说不知道！"

韦拔群刚出门，两个敌人就来到前门。进门乱翻乱搜，什么也没搜到，有个小头目向小勇走来，从衣兜里掏出一块黄糖，对小勇说："吃糖，吃完糖你告诉我，那个叔叔在哪里？"小勇把糖丢在地上："我不吃糖！我不知道什么叔叔！"他说得很镇定，瞪着圆圆的眼睛直逼那个小头目。小头目发怒了，一手抓住小勇的胸襟，骂道："你是小共产党员！"小勇趁他不注意朝他吐了一口唾沫，接着狠狠地咬住他的手。小头目嗥叫起来，把小勇推倒在地。小勇没哭，爬起来又扑上去，小头目踢了他一脚，小勇倒在火塘边。敌人拔出刺刀一步步向小勇追来。小勇灵机一动，抓起两把火灰朝两个敌人撒去。那两个家伙顿时睁不开眼，小勇抓起木棒向两个家伙抡了一棒，然后跑出后门，进了密林。

《一堆铜板》：有一小队红军来到桂北老山界下的岔岭村。瑶族赵大爷见红军战士又累又饿，便请他们到家里去取红薯。赵大爷一个人钻进地窖里去，把一个个大红薯递上来给战士们。等到没有人来接红薯了赵大爷才爬出地窖，却看见地窖口周围堆满了铜板。

《挑担子》：1934年10月，红军经过湖南蓝山瑶族聚居区，瑶族同胞踊跃为红军挑担。刘排长无微不至地关怀挑担子的瑶族同胞，每餐都要给瑶族同胞加饭加菜。"晚上，刘排长解下自己的背包，将毯子给我们盖，他自己用两捆禾草，一个垫墙靠紧背心，一个平放在胸前，倚墙睡着。"有一次，国民党反动军队的飞机在头上用机关枪扫射，"我"等六位瑶族同胞不懂得隐蔽，仍然挑着担子走路，刘排长便跑上来夺下担子，教大家卧倒，并扑在"我"身上。刘排长不仅舍身救护"我"，还教育"我"要遵守纪律。有一天下午，"我"口渴了，便折了路边的一根甘蔗来吃。刘排长听到折甘蔗的声音，就喊道："是谁违反纪律？"后来他发现是我，便走上来说："我们红军是人民的子弟兵，是严格地遵守纪律的，不能要老百姓一针一线。"最后他还说："同志，你和我们在一起，以后也得遵守纪律啊！"排长的话深深地感动了"我"。行军路上，肚子饿了，袋里有钱的战士就买路边老乡的红薯来吃。一位小战士一手拿红薯，一手往衣袋里掏钱，不知钱什么时候掉了，尽管心里想吃，但他还是把红薯放回原处，并坚定地拒绝了卖红薯老乡的好意。

《红军布告》：传说红军经过桂北瑶山，在小保家门口贴了一张布告。红军走后，小保母子把布告揭下来收藏好。"白匪"多次来追查、拷打小保母子，可是小保母子死活都不交出红军的布告。故事反映了瑶族人民对红军的拥护和热爱，表现了瑶族人民坚定新民主主义革命最终会取得胜利的信念。

山川景物的释说

瑶族多住在层峦叠嶂的大石山区，山川秀丽，资源丰富，风光奇特，因此产生了许多地方风物传说。有的解释某一地方或山水名称、特征的由来，有的讲述山水的奇景妙境。这些地方传说和山水传说都与瑶族人民的历史命运相关，饱含着瑶族人民对乡土热爱之情。

《千家峒的传说》流传最广，影响最大。故事梗概是，瑶族祖先开发的千家峒是个美丽富饶的地方，那里四周环山，森林茂密，山花四季常开，百鸟争鸣。无数条清澈的小溪汇成河流贯于峒中。峒中有块大田，土地肥沃，由一千户人家共同耕种，田里长的谷粒有手指般大，大家生活很富足。有一年，粮官来到千家峒，瑶家好客，大家热情款待，轮流宴请粮官。粮官久不回话官府，官府以为粮官被害，便派兵马前来攻打，千家峒一时血火遍地。侥幸活下来的十二姓瑶人被迫逃散。走前，他们祭了盘王庙，把牛角锯成十二截，每姓各拿一截，立誓以后将十二截牛角凑齐重返千家峒。

这个传说把千家峒描绘得美丽富饶，反映了古代瑶族人民对幸福生活的渴望，并在一定程度上反映了古代瑶族先民共耕"一块田"的原始农业生产的风貌，也反映了封建统治者压迫瑶族人民是造成瑶族人民频繁迁徙的直接原因。

如果说《千家峒的传说》旨在解释瑶族人民迁徙原因，激发民族团结精神，带有更多的世俗色彩的话，那么，《圣堂山的传说》则是以幻想为手段营造浓郁的仙境氛围。

圣堂山位于广西大瑶山的东南部，海拔1979米，是大瑶山最高的山峰，终年白云缭绕，偶尔露出它的峥嵘景象。相传这白云是一位名叫公甘的瑶族老人为避官兵的追赶抓起随身携带的糯米粉撒成的,山峰间的天桥也是公甘用白头巾架起的。公甘到了圣堂山顶,躲开了官兵,从此在圣堂山上住了下来。他在山顶上盖了一间房屋,挖了一口水塘。每当山下干旱禾枯,他便放下塘水救禾苗,让村村寨寨五谷丰登。有一年,一位老人到圣堂山脚采药,忽然一阵山风旋来,只见圣堂山的云端里垂下一条粗长的山藤,老人攀藤而上,终于登上了神秘的圣堂山。

圣堂山上宛如仙境,山顶上一片平展的场地,中间有口大塘,塘中鱼群嬉戏,塘边桃李成行,果实累累;树上猿猴追逐嬉戏,林中百鸟婉转啼鸣……翠竹花丛之间有一间房屋,屋内陈设有石凳、石床、石灶。这就是已经化成了仙的公甘的住所。采药老人在石床睡了一夜,一觉醒来天已大亮。他正想下山,一位白发老人向他走来,送给他一包香草鱼的鳞,并交代他,这包东西可以治病痛、治瘟疫。说完白发老人就无影无踪了。采药老人到了家门口,听到屋里哭声悲切,不知出了什么事,走进厅堂又见立有灵位牌,顿感莫名其妙。儿子见父亲回来,化悲为喜,恍然若梦。老人问清了家人哭泣的原因,哈哈大笑道:"我才去一天,你们何必哭哭啼啼呢?"儿子说:"你已经离家三年啦!"老人取下随身携带的柴刀来看,大吃一惊,刀柄已经朽了。真是"圣堂山上住一夜,圣堂山下已三年"。

当时,村里正蔓延瘟疫,采药老人用白发仙人送的药医好了众人的病。大家都说这是公甘在圣堂山成仙显灵了。人人想登上圣堂山看看公甘,可谁也找不到上山的路径,只好凝视着这座云雾缭绕、神秘莫测的高峰,一代接一代地传颂着令人神往的故事。

这个传说把人物活动同自然现象变幻巧妙地融合在一起描绘,安排采药老人遇仙翁的情节,大大地增强了其艺术感染力和艺术生命力。通过瑶族人民奇异的想象,表现了他们对安康吉祥生活的向往,也反映了道教神仙观念对他们的影响。

奇风异俗的由来

瑶族风情体现在民族习俗里，瑶族的传统节日很多，节日里歌舞表演有着自己的民族特色。所以关于习俗和节日来历的民间传说也不少。

有关民族习俗和节日的传说在瑶族中广泛流传。如《达努节的传说》（亦称《祝著节的传说》）、《长鼓的传说》《耍歌堂的传说》《端午节挂葛藤的来历》《赶鸟节的传说》等，形象地反映了瑶族特定历史发展阶段的社会生活。

《达努节的传说》[①]主要讲述瑶族隆重的节日"瑶年"的来历。

故事说，密洛陀创世以后，让她的三个儿子都出去独立生活。出走的那一天，老大起得早，扛着犁耙到田间种田去了；老二稍迟，扛着锄头、刮子到岭坡开垦荒地去了；老三年轻贪睡起得晚，家里只剩下一把砍刀和一斗小米，老三到山里去了，他披荆斩棘，刀耕火种，种下的小米却遭到了野兽飞禽的糟蹋，他找到密洛陀哭诉。密洛陀给了他一面铜鼓，让铜鼓帮助他驱赶野兽。老三自从有了铜鼓，烦闷时便敲铜鼓作乐；野兽来糟蹋作物时，敲铜鼓吓跑野兽。自从有了铜鼓，小米长得很好，秋天获得了丰收。他把小米酿成了酒，又敲起铜鼓欢庆丰收。

密洛陀越来越老了，便把三个儿子叫来，交代他们，每年阴历五月二十九日是她的生日，要三个孩子都回来给她祝寿。只要每年的这一天，他们都来祝寿，她就可以像南山一样活在人间，还特别交代老三要提前三天于五月二十六日带着铜鼓回来闹场，还要带一缸小米酒来让家人尝新，共喝一杯团圆酒。

三兄弟按照密洛陀的话去做了。生日那天，三兄弟带着妻子儿女回来祝寿，全家团聚，几代同堂，大家轮流向密洛陀敬酒祝寿。

[①] 黄书光，刘保元，农学冠等：《瑶族文学史》，广西人民出版社，1988年。

儿孙们敲起铜鼓，跳起铜鼓舞，唱起欢歌，热热闹闹。从此，五月二十九日这天就成了瑶族隆重的节日，俗称"瑶年"，一直延续至今。铜鼓舞的起源，在传说中也露出端倪。

《长鼓的传说》[①]解释瑶族的主要乐器长鼓的来历。瑶族祖先盘王娶平王的三公主为妻后，不久后生下六男六女。盘王虽已为王，但不愿儿女成为四体不勤、五谷不分的少爷小姐，要他们学打猎，学耕种，磨炼谋生的本领。一天，盘王领着儿子们上山打猎，遇见一群山羊。六个儿子武艺高强，搭箭射羊，几只山羊被打倒，其余的山羊拼命奔跑逃生。盘王和儿子们追赶，追到悬崖处，遇上一只受伤的大公羊，这只大公羊疯狂地向盘王冲过来，盘王躲闪不及，被大公羊用犄角撬翻落崖，摔在半崖的德芎树（泡桐树）上丧了命。儿子们不见父亲回来，便四处寻找，后来在德芎树上找到了父亲尸体。母亲恨死山羊了，让儿子们剥下山羊皮，蒙在德芎树筒上，狠狠地敲打，以解心头之恨。儿子们遵命制成了长鼓，他们敲着山羊皮蒙的长鼓追悼父王——盘王。从此，长鼓一代一代传下来，每逢祭祀盘王或欢庆丰收都要敲打长鼓，人们还伴着鼓点跳起长鼓舞。

"瑶不离鼓"的民间谚语说明了鼓与瑶族人民的生活息息相关，他们将鼓用于祭祀和娱乐活动。流行在中国各地瑶族聚居区的长鼓舞可说是千姿百态，较典型的有湖南中部、南部的瑶族三十六套表现做木屋的长鼓舞，湖南省永州市江永县、江华瑶族自治县以及广西壮族自治区富川瑶族自治县瑶族的芦笙长鼓舞、羊角长鼓舞，广东连南、连山的瑶族双人绷绳长鼓舞，广西壮族自治区金秀瑶族自治县的黄泥长鼓舞，以及在中国各瑶族聚居区大量流传的单人还愿长鼓舞等。瑶族人民不但在文化娱乐方面离不开长鼓，而且还将其用于政治斗争。清代湖南江华瑶族在一次集体告状的斗争中，集数十人的长鼓队于县衙门前助威，很有气势。

---

① 黄书光，刘保元，农学冠等：《瑶族文学史》，广西人民出版社，1988年。

《赶鸟节的传说》[1]讲述每年二月初一是瑶族人的赶鸟节。相传，在很久以前，湖南省江华瑶族自治县山区林木茂密，很适宜鸟雀繁衍生息。以五谷为食的山雀、野鸡和斑鸠等熬过了严冬，看到山桃花开了，便伸展翅膀，飞上天空，站上了高枝，看到山里人来了，就唱起欢乐的歌。看到妹姑手里金灿灿的苞谷籽，一把把、一串串撒进了黑黝黝的山土里，它们唱得更欢了，邀集伙伴，快来"会餐"！这样，它们往往成群结队，飞如乌云遮日，落像黑幕压地，耕山人一走，它们巧妙地试探"稻草人"，飞落坡地，用尖利的嘴巴不停地啄，不一会儿，山地就被糟蹋得不成样子了。鸟害成了耕山人的一块心病。山地里没有了收成，耕山人只能吃蔬菜，官府的钱水粮流也枯竭了，皇上发了慌，忙下圣旨："谁治住了鸟害，赏岭九架，免税九年。"圣旨传下来之后，山主、耕山人都想开了办法。盘云寨有个盘英姑很爱唱歌。耕山人听了她的歌，口里像溶了一块蜜糖。她向着山泉唱，山泉都停止了流淌；她向着山林唱，鸟雀们都羞得不敢开口，盘英姑的歌停了，鸟雀们还久久不肯离开。耕山人想，要赶鸟，盘英姑一定有办法！于是，盘云寨的男男女女都来到盘英姑的木楼前跟她学起了唱歌，并商量把歌传到九十九寨的耕山人中间去，约定明年正月的最后一天，下种以前，把鸟雀从九山引开，赶到没有阳春作物的白头山去。在盘云寨，有个叫盘阿肚的山主，养了一对画眉，每天清晨，他把鸟笼挂在木楼的房梁上，逗着画眉唱。说也奇怪，也引来一些山雀，日停寨头，夜宿楼檐，这使得山主十分高兴，他心想："哈哈，九架岭又到我名下了。"于是，他急忙上书报告皇帝。皇帝朱笔一点，命令各山寨的山主们多养画眉，正月末一天，山主们以鸟引鸟，把九山九岭的鸟雀引上白头山石岩岭。正月末这一天到了就要种早苞谷了，这天清早，九十九寨的耕山人，歌唱着聚在寨头。九十九寨的山主看着鸟雀一群群飞出山林，飞来山寨，好不高兴，他们举起鸟笼，抢在耕山人的前头向

---

[1] 农学冠，黄日贵，苏胜兴：《瑶族文学史（修订本）》，广西民族出版社，2001年。

白头山汇集。鸟雀也真的追着歌声，跟着人们飞往白头山。这天，白头山上人多，鸟也多。晴天，鸟雀飞成排，为歌唱者遮阴；雨天，鸟雀飞成队，为唱歌人挡风雨。耕山人从清晨唱到黄昏，鸟雀真的忘了飞回山林，累了，就落在岩石上，人们悄悄离去。到第二天，鸟雀们飞到云头寻找歌声，它们围着白头山飞，好像白头山有听不完的歌声。这样，鸟雀们在白头山待了半年，等到它们醒来，坡地上只剩了稻谷秆，耕山人们早把粮食收进了寨门。

《牛生日的传说》[1]讲述有一年，太白金星下凡察访民情，看到瑶家人世世代代生活在崇山峻岭之中，刀耕火种，生活艰难，于是将这种情况禀告天庭。玉帝就派禾王送禾到人间，牛王下凡来耕田。自从牛王来到人间后，瑶家人就开始耕田插禾，年年风调雨顺，五谷丰登。为了感谢牛王，瑶家人就把牛王下凡的那天（阴历四月初八）作为传统节日"牛生日"。瑶家有一首民谣唱道："四月八，丢犁耙，七月半，谷满仓，收回万担粮，全靠牛帮忙。"四月初八这天，瑶家人最爱护牛，把牛当作神明来祭礼侍奉，要让牛丢下耙犁休息一天。这天，任何人都不准鞭打牛，不准斗牛，更不准杀牛，连骂牛亦不准。头一天，家家户户都要给牛洗一次热水澡，将全身刷得干干净净，还要将牛栏摆弄得很整洁，铺换一次新草，用红纸画上或者剪成佛符贴在牛栏上，驱邪祛病送瘟神，保佑牛的健康。这天，牛吃的东西更是别致，清晨，人们就争先把牛放出去吃露水草，越早越好，名曰"抢头"。上午，用糯米酒糟煮鸡蛋给牛吃，在瑶家，小孩过生日有吃鸡蛋的习惯，可见瑶族对牛的崇拜。瑶家有句俗话："人过生，吃人参；牛过生，吃苦参。"下午，人们就用苦参熬泥鳅喂牛，使牛健康长寿。到晚上，瑶家人还要选出最好最强壮的牛来聚会，瑶家人穿着节日的盛装，围着熊熊的篝火，敲着长鼓，唱着欢快的歌儿翩翩起舞。

---

[1] 农学冠，黄日贵，苏胜兴：《瑶族文学史（修订本）》，广西民族出版社，2001年。

纷繁灿烂的故事

瑶族的民间故事较为发达。故事的主人公多为普通劳动者，故事内容较广泛，涵盖斗智斗勇、婚姻爱情、扬善惩恶、道德教化、蔑视权贵、生产经验等诸方面，丰富多彩，类别齐备，从不同的侧面反映了瑶族的社会形态。故事中的主要人物普遍都有着较为坚定的立场和爱憎分明的情感，而且大多机智敏捷、有勇有谋。故事情节完整动人，故事主题价值鲜明，既有对奸佞的讽刺鞭挞，也有对正义的热情赞颂，并通过对人物外形和内心真实而细腻的刻画，获得战胜旧制、邪恶的心理代偿，既有历史价值又富时代特色，充分表现出了瑶族劳动人民的聪明才智和生活经验，以及为追求理想而进行斗争的精神，并从故事人物斗争策略的灵活多变中反映出了瑶族人民有勇有谋。瑶族的笑话、童话、寓言也多抑恶扬善，寓理其中。不论是故事、笑话还是童话、寓言，都较为深刻地反映了瑶族的民族性格和文化特征，它们巧妙自然，妙趣横生，有着较浓郁的乡土气息与民族况味。

阶级压迫的抗争

近代以来，瑶族社会的阶级分化逐渐加剧，阶级矛盾、阶级斗争在现实生活中日趋普遍，表现这种现实生活的民间故事也逐渐增多。

《白石郎找神牛》①的故事流传于贵州省黎平县瑶族聚居区。从前，瑶山牧童白石郎爱吹笛子。一天，他和同伴上山放牛，把自家的水牛拴在树桩上就去找竹子做笛子。后来，水牛挣断了绳子，到地主的田里偷吃油菜。结果，水牛被地主打死了。白石郎在同伴们的劝说下，找到神竹，做成神笛一吹，神牛果真从洞里走了出来，让白石郎高高兴兴地骑着回家了。到了春耕大忙时，白石郎牵着神牛去开荒。地主伪造欠条，逼迫白石郎用神牛抵债。神牛被地主强行拉走了。晚上，白石郎拿出神笛来吹，神牛就冲破地主的围栏，跑回白石郎的家里。后来，地主不但再次拉走神牛，还逼着白石郎到他家放牛、耕田。当白石郎犁过地主身边时，地主陷落到泥潭里被淹死了。

　　《白石郎找神牛》的故事借助对超自然力量抑恶扬善的幻想，表现了瑶族劳动人民在精神层面上对阶级压迫的抗争。

　　《长工与地主订合同》②的故事说，从前有个长工给地主干了一年活，到了大年三十，地主却一分工钱也不给他。第二个年头，地主又叫他去干活时，他对地主说："今年你要我干活，得先付工钱，并订个合同才行。"长工巧妙地利用民间口头语言的多义性，维护了自己的切身利益，同时惩治了地主的贪婪盘剥。

　　《财主三件事》③的故事说，老大给财主干了三年活，按合同他应得到工钱了，但财主要他再做三件事才给工钱，做不了就不给。是哪三件事呢？一是在堂屋墙壁上种活三行白菜；二是把门口的一丘田搬到屋里来；三是估准财主的头有多重。这三件事难倒了老实巴交的老大，老二则凭借自己的胆识和机智找财主算账。第一件事，种白菜，老二狠狠挖财主的墙壁，财主害怕屋倒，被迫取消。第二件事，把田搬到屋里来，老二脚蹬两下屋顶开了大窟窿，财主连忙

---

① 黄书光，刘保元，农学冠等：《瑶族文学史》，广西人民出版社，1988年。
② 黄书光，刘保元，农学冠等：《瑶族文学史》，广西人民出版社，1988年。
③ 黄书光，刘保元，农学冠等：《瑶族文学史》，广西人民出版社，1988年。

阻止了他。第三件事，估准财主的头有多重，老二从身上拿出藏着的菜刀，打算把财主的头割下来过秤，这把财主吓坏了，财主也只好取消，最后只好交付老大的三年工钱给老二带走了。老二巧妙地以其人之道还治其人之身，帮老大讨回了公道。

《长工与地主订合同》和《财主三件事》表现了瑶族劳动人民勇敢地站在地主恶霸跟前，利用自身的聪明才智跟地主恶霸进行面对面抗争，显示出瑶族劳动人民的浩然正气。

《石牌头人的故事》[①]反映各个领域的社会生活情况，如对假公济私的办案头人的揭露，对贪官污吏的鞭挞等，间接地反映了瑶族劳动人民对阶级压迫的顽强抗争。故事流传于广西金秀，大故事中包含三个小故事，主题都是揭露石牌头人搞"飞天油水"的恶行。如第一个小故事《各罚五百块》讲的是，溶洞村庙门向着滴水村，滴水村因干旱怪庙门朝向所致，令溶洞村改庙门。溶洞村不肯，双方发生摩擦。溶洞村因人少而到山外请来一伙盗贼帮忙，但围攻滴水村四十天也攻不下。滴水村告到石牌团，石牌团派小头人陶公七受理。陶公七判滴水村被围四十天不来报告，罚五百块东毫（银币）；判溶洞村"勾引外人进山"，也罚五百块东毫。而对外来的打劫团伙则训斥道："自古瑶人十根手指自己理，十根脚趾自己管……限你们今晚就退出瑶山，不然就关笼抓鸡。"这场械斗平息了，各罚的五百块东毫则进了陶公七的腰包。

扬善抑恶的智慧

这类故事有着较为鲜明的价值评判观念，即善者将获得美好的结局，恶者则会受到严厉的惩罚。如《一头牛和一瓢油》[②]讲，一个财主雇了一个长工，口头合同是"一年一头牛"。长工干了三年活，

[①] 农学冠，黄日贵，苏胜兴：《瑶族文学史（修订本）》，广西民族出版社，2001年。
[②] 农学冠，黄日贵，苏胜兴：《瑶族文学史（修订本）》，广西民族出版社，2001年。

本以为可以得到三头牛改善一家人的生活了。当他去找财主算账时，说："我做了三年工，明年不干了，快给我三头牛回家吧！"财主却反口说："是你听错了，我是说'工钱一年一瓢油'！"长工没有办法，只好用竹筒装三瓢油出了门。他走到半路闯进一座庙里歇脚。和尚叫他把油倒进大缸里。他想了想就同意了。他倒呀倒，三瓢油竟装满了一大缸。和尚叫他把油挑回家。财主听到这个好消息，心想："三瓢油换得一大缸，要得！"于是他叫家人挑了十几担油到庙堂里去。和尚叫财主把油倒进缸里，十几担油总装不满，财主觉得奇怪，问："师傅，是缸底漏了吧？"和尚说："没有漏，你看看就知道了。"财主往缸里一看，见下面有头牛的影子，他高声叫道："是牛偷吃了！"和尚说："那不是牛，是你自己的影子。"财主立刻变成了一头牛。

《一百二十乘花轿》①讲的是金才和金先两兄弟不同的行径得到不同的结局。金才是个老实人，心地善良，助人为乐，他救了野猫、蟒蛇、黄蜂……后来这些动物为了报恩，蟒蛇帮他治好公主的病，黄蜂帮他从一百二十乘花轿中识别哪乘轿坐的是公主，最后皇帝将他招为驸马，过上了幸福的生活。哥哥金先，因狠心、贪财、多行不义，最后被抓去充军。

《两兄弟》②讲从前有两兄弟没了父母，家里只有一头牛和一条狗。分家时，哥哥要的是牛，弟弟要的是狗。春耕大忙时，弟弟每天把糯米粑粑拿去喂狗，哄狗犁田，结果狗犁田犁得很快。一天，有个商人挑着一担货路过，跟弟弟打赌狗会不会犁田，结果输给弟弟一担绫罗绸缎。哥哥知道了，他就去向弟弟借狗，那天，哥哥牵着狗来到田头，同样遇着一个商人挑着一担货路过，商人也跟他打赌。但是，哥哥那天自己吃的是糯米粑粑，给狗喂的却是一瓢凉粥，

---

① 农学冠，黄日贵，苏胜兴：《瑶族文学史（修订本）》，广西民族出版社，2001年。
② 农学冠，黄日贵，苏胜兴：《瑶族文学史（修订本）》，广西民族出版社，2001年。

哥哥给狗套上犁后,狗就饿得趴下了。这时商人哈哈大笑起来,哥哥气得一棍子把狗打死了。事后,弟弟把狗拿去埋葬了,不久狗坟上长了一棵金竹子。一年清明,弟弟去扫坟时,他上去把金竹摇了两下,竹子上落下许多金子。哥哥知道后,也去摇竹子,结果掉下来的都是狗屎。这个故事深刻地揭露和批判了哥哥自私自利的品行,赞扬了弟弟的淳朴善良。

诙谐轶趣的智斗

在丰富多彩的瑶族民间故事中,有一类故事贴近生活,反映现实,专门表现主人公的聪明才智,他们勇于斗争,善于斗争,以巧妙的办法对付敌人或解决各种难题。

《神仙竹筒》[1]讲卜合的岳父对待佃户苛刻,他的田年年涨租,谁要欠上一斗或几斗,利滚利,息加息,欠上一年半载,就是卖儿卖女也不够还。这年遇上灾荒,眼看连吃的都没有了,田租无缘无故又提高了三成。大伙儿为此事都被气炸了,他们带着一团怒火找卜合出主意。第二天,卜合叫他老婆回娘家,她一进门就慌慌张张地说:"父亲呀,家里的钱你要保管好,卜合这小子有个神仙竹筒,能知晓什么地方有金,什么地方有银呢!"父亲听了哈哈大笑,说:"妇人家不要信卜合这一套,什么神仙竹筒,就是佛祖也无法得知我的金银埋在什么地方。""你敢和他打赌吗?"女儿说。"怕什么,一只烂竹筒怎么能猜东西?""你敢说两缸叫他猜吗?""说十缸也无妨。芭蕉根下往东走十步一缸,往西走十步一缸,每个床脚,每个柜底各有一缸。卜合能猜中全给他……"他一股脑儿说着,忽然觉得说漏了嘴,但又无法收回,只好硬着嘴说:"应该叫卜合来,看他有什么鬼本领。"瑶族住的是高栏屋,上面住人下面是牛栏。卜合躲在牛

---

[1] 农学冠,黄日贵,苏胜兴:《瑶族文学史(修订本)》,广西民族出版社,2001年。

栏里听得一清二楚,听完后一溜脚上山砍柴去了。两个狗腿子找了半天,才从山上把他拉到财主家里来。卜合来到岳父家里,走到园里东寻西找,"笃笃笃"地敲起竹筒,嘴里喃喃地念道:"这里没有金,这里没有银。"走到了芭蕉根,测好方位,向东走十步,用手封住竹筒口往地上重重一放,"咚"地响了一声,说:"这里有一缸银。"往西走十步说:"这里也有一缸银。"说着把银子挖了出来。他拿起竹筒往屋里走,还要继续找。这时财主慌了手脚,忙说:"别找了,别找了,这两缸归你。往后不要来哦!"第二天,穷哥们儿捧着财主的银子来交租。"大财东啊,你折价太高了,这些银子是从吸血鬼手里要来的,每块银子都沾满血啊!""吸血鬼是个大财迷,他见钱就迷见财就醉,欠他几个钱连家里的地皮也得铲光哩!"财主明知他们是指桑骂槐,又不好发作,只好把一窝子气往肚里装。哥们儿感谢卜合,说:"这可给我们穷人出了口气。"这里解决矛盾的法宝是"神仙竹筒",实际上是一种激将法。卜合时刻注意财主的动态,在牛栏里偷听了财主藏宝的秘密,然后引蛇出洞。

《金丝猫与龙凤瓢》[1]讲的是瑶族巧女智斗财主的故事。财主要敲诈勒索穷人水保,趁着水保把柴担放在墙边,把一只死猫塞在柴担下,惊叫一声:"哎呀呀,不好了,你把我的猫压死了。"水保不以为意地说:"赔你一只就是了。"财主冷笑一声说:"莫讲赔一只,赔十只也不行。"水保吃惊地问:"你这是什么猫?"财主说是只金丝猫,并煞有介事地念道:"金丝猫,眼鼓鼓,那边楼上耍,这里楼上舞,睡下像条龙,坐起像只虎。外面来了一个客,银子出了五百五十两,我还不肯卖,他又加了三斤凤凰肚。"水保知道这是财主的阴谋诡计,要他交出五百五十两银子,如果交不出,大祸就会临头。他一筹莫展,把事情的原委告诉妻子。聪明的妻子不慌不忙,她把丈夫在山里做好的木瓢拿出来,在瓢背面雕龙画凤,涂上油漆,

---

[1] 农学冠,黄日贵,苏胜兴:《瑶族文学史(修订本)》,广西民族出版社,2001年。

在柄上系一束金丝线，把它放在门槛里。两天后，财主到水保家里索取银子，刚跨进门槛，只听见"咔嚓"一声，木瓢被踩破成几片。水保的妻子装作吃惊的样子叫喊起来："哎呀呀，不得了，老爷把我家的瓢踩坏了！"财主说："赔你一只就是了，何必大惊小怪！"妻子说："莫讲赔一只，赔十只也不行。"财主问："你这是什么瓢？"妻子答道："是只龙凤瓢。"她从地面拾起瓢片，合起来瓢背现出精美细致的龙凤图案，然后大声念道："瓢是龙凤瓢，木是红苏木，天上有，地下无。侧起切得菜，反转舀得粥，舀粥粥变饭，舀饭饭变肉。外面来了一个客，银子出了六百六十两，我还不肯卖，他又加了三斤犀牛肉。"财主听了，与水保夫妻争吵起来，吵声越来越大，村里的人纷纷出来评理，都说财主的金丝猫值五百五十两银子，水保的龙凤瓢值六百六十两银子，龙凤瓢比金丝猫贵，猫主应赔瓢主一百一十两银子。财主无奈，只好夹着尾巴溜走了。

这个故事的结局真是大快人心，人们都为水保的妻子的聪明机智拍案叫绝。

从这两个故事中可以感受到瑶族机智人物故事的艺术魅力，这种艺术魅力主要表现在所遇难题之难和解决难题之易之间有一种巧妙的结合。面临难题，一般人难以解决的，那么主人公会有什么遭遇呢？由此而产生悬念，吸引着听众急切地往下听。然而难题一到机智人物手里立刻就被解决了，甚至解决得这样轻松愉快、干净利索，这就不能不给听众以巨大的艺术感染力。这种难和易的对比，造成了既对立又统一的艺术效果。

《三媳妇》[①]中的三媳妇，用反击法对付家公的刁难。家公提出要她熬一坛酒像潭水那么重，织一条花带像瑶山的山路那么长，这两件事办不成就别想回娘家。三媳妇以其人之道还治其人之身，她反问家公道："你能称出潭水有多重我就能熬出一坛同样重的酒，你

[①] 农学冠，黄日贵，苏胜兴：《瑶族文学史（修订本）》，广西民族出版社，2001年。

能量出瑶山的山路有多长我就能织出同样长的花带。"驳得家公无言以对。

人们在听机智人物故事时，会不时发出笑声，笑声中洋溢着对机智人物的赞赏和对皇帝、财主、恶人的嘲讽。在《甘洛的故事》中，甘洛在一帮奸臣面前无所畏惧地打了皇帝的耳光，结果不仅没有受到皇帝的惩处，反而得到了皇帝的感激和赞赏。其中的秘密是甘洛急中生智，将一只死蚊子夹在手心，把蚊子打在皇帝脸上，还说为皇帝除害，保护了龙体。甘洛的勇敢和智慧，奸臣们的狠毒和失态，皇帝的愚蠢和昏庸，竟是那样充满喜剧色彩。

这些机智人物故事的艺术魅力具体表现在三个方面：一是故事的悬念性。二是解决难题采用"反击法"。这种方法就是反守为攻，用难题对难题，"把球踢还给对方"，使对方自食其果，陷入困境从而使自己处于主动地位。三是富于喜剧性。

揶揄逗趣的笑话

笑话是具有强烈喜剧性的小故事。它篇幅短小，诙谐幽默，逗人发笑，表达人们的政治理想和道德观念，富有积极的教育作用和娱乐作用。瑶族的笑话有讽刺权势者的，如《公鸡生蛋与男人坐月》[①]。故事说有一个财主为人奸诈，欺凌百姓，鱼肉乡民。他过生日硬要吃公鸡蛋。于是叫来佃户，训斥道："限你三天交来公鸡蛋，不交来，要你脑袋！"佃户三天三夜吃不下饭，睡不着觉。儿子问他，他便把财主逼要公鸡蛋的事告诉了儿子。儿子说："不用怕，我有办法对付他。"佃户的儿子去见财主。财主说："叫你爹赶快送公鸡蛋来，已过三天啦！"佃户的儿子说："我爹坐月了，不能来啦！"财主拍案骂道："你胡说八道，世上哪有男人坐月？"佃户的

---

① 农学冠，黄日贵，苏胜兴：《瑶族文学史（修订本）》，广西民族出版社，2001年。

儿子又说:"既然男人不能坐月,公鸡怎么又会生蛋呢?"财主被问得哑口无言,自讨没趣。

这个笑话揭露了地主阶级对穷人的剥削是不择手段的,同时,也嘲讽了财主的愚蠢和蛮横。

对人民内部的歪风邪气,笑话给予批评、鞭挞,如《油饼多大锅多大》《都来看》《忍气》《吝婆教女》等。

《油饼多大锅多大》①讲有个吹牛大王到处骗人钱财。一天,他碰到一个生意人,说:"我讲件事,两天之内你答不出来,就给我十两银子,答对了我给你十两银子。"生意人满口答应。吹牛大王说:"去年我在广东买了个油饼,从广东一直吃到云南,才吃着夹心糖,你讲这个油饼有多大?"生意人一时答不上来,回到家后,左思右想他还是想不出答案。眼看快到第二天了还是一筹莫展。老婆问他有什么事,生意人把跟吹牛大王打赌的事告诉了老婆。老婆听了哈哈大笑说:"这有什么难,等吹牛大王来了,你就躲在屋里,我来对付他。"到了第三天,吹牛大王来了,一进屋就问:"生意人呢?"他老婆说:"莫讲了,今天早上我们打开油锅炸油饼,谁知油漫溢过锅,像涨大水一样,把我男人连同铁锅一起冲走了。"吹牛大王一听,顿时大发雷霆:"讲鬼话,分明是你男人答不上我的问题,生怕输给我十两银子躲起来了。什么连人带锅冲走了,天下哪有这么大的锅?"生意人老婆说:"你讲得古怪,天下若没有这么大的锅又怎么能煎出你吃的那么大的油饼?"吹牛大王一听,顿时瞠目结舌,只好认输。

《吝婆教女》②讲有一次,吝婆的女儿在别人的地里小便,吝婆见了大骂她一顿:"吃里爬外教不会的妹崽,尿里有肥料,能随便撒在别人地里吗?"她亲自用铲子把女儿尿湿的土铲回去。从此,她

---

① 农学冠,黄日贵,苏胜兴:《瑶族文学史(修订本)》,广西民族出版社,2001年。
② 农学冠,黄日贵,苏胜兴:《瑶族文学史(修订本)》,广西民族出版社,2001年。

的女儿再也不敢在外小便。一天，峇婆带女儿上山种姜，刚锄了几下地，女儿就放下锄头，朝家里猛跑，两个小时后才回来，峇婆问她也不作声。不多久，女儿放下锄头又朝家里跑去，峇婆想拦也拦不住，眼睁睁地望着女儿跑回去，嘴里骂骂咧咧的。过了两个小时，女儿才慢腾腾地走来。干不多久，她又要回家，峇婆再也忍不住，拉住女儿的手问："你这是干哪门子活儿，来来回回为哪样呀？"女儿说："还不是为了你！""为了我什么？""为你积肥，回家撒尿！"峇婆听后目瞪口呆。

这些笑话大多是以其人之矛攻其人之盾，批判那些思想僵化、华而不实、主观片面、自私自利的人。

童话寓言的智慧

瑶族世代的生活环境已与深山密林结下不解之缘，与各种各样的野生动物结下不解之缘。瑶族人民十分注意观察动物的习性，善于总结生活的经验和教训，编织童话的材料简直是顺手拈来，将生产生活的经验以童话寓言的形式传递给下一代。据不完全统计，已搜集整理出来的瑶族动物童话寓言故事有一百多个。根据这些故事内容大致可分为两类：解释型和寓意型。

解释型童话故事主要解释各种动物的习性，如《笑掉了牙》[1]解释牛没有上牙的原因。有一次，老虎看见农夫牵牛耕田，便取笑牛耕田慢腾腾的，于是农夫叫老虎来试试，他把犁套在老虎身上，用鞭猛抽老虎的屁股，老虎猛地向前一跳，绳子断了，老虎跳出两丈多远，正巧碰在田边的一块石头上，把鼻梁碰扁了。牛看见老虎的狼狈相，哈哈大笑，一不小心把上牙笑掉了。

寓意型童话故事是根据瑶族人民的传统道德观念的审美意识进行口头创作的。有些故事描写两种势力的较量，凶恶残暴的动物总

---

[1] 农学冠，黄日贵，苏胜兴：《瑶族文学史（修订本）》，广西民族出版社，2001年。

是要吃掉弱小的动物,而弱小的动物则利用自己的智慧战胜强敌。《老虎和穿山甲》①讲的是老虎和穿山甲交朋友,但老虎心怀鬼胎,老是想吃掉穿山甲。老虎说:"我们两个打一架,比比谁的力气大,本领高?"穿山甲知道老虎安的不是好心,心中早盘算好了,说:"比就比,是你先咬我,还是我先咬你?"老虎说:"我先咬你。"穿山甲说:"好吧,你在坡下等着,要闭上双眼,张大嘴,我从坡上滚下来,滚进你的嘴里让你咬。"自以为聪明的老虎忙跳下坡,紧闭双眼张开嘴在坡下等着。穿山甲爬上山坡,把身缩成一团,咕噜咕噜往下滚,不几下就滚到老虎的嘴里。说时迟那时快,老虎还未来得及咬,穿山甲就滚进老虎的肚子里,在它肚里横冲直撞,滚来滚去,把老虎的肠子都撞穿了,肚皮也撞破了。等穿山甲从老虎的肚子里钻出来时,老虎已经死了。同样是穿山甲,在另一个故事《蚂蚁和穿山甲》中②则是另一种形象。穿山甲想吃蚂蚁,它以自己舌头上的甜汁为诱饵引诱蚂蚁上当,蚂蚁因贪吃而丧生。《蚂蚁和穿山甲》这个故事告诫人们不要为小利而上那些口蜜腹剑者的当。

民间寓言是人民群众用生动有趣的小故事来阐明某个道理,以发人深思,人们称它是一种短小的讽刺故事。瑶族寓言是从动物故事发展而来的,按内容可分为三类。

第一类寓言告诫人们要看清事物的本质,提高警惕,谨防上当受骗。如《狡猾的狐狸》③通过描述一只狐狸劫掳一窝蜂蜜,然后用蜂蜜和花言巧语诱捕老鹰和乌鸦做佐餐的故事来告诫人们,蜜蜂虽然损失了一点蜜糖,但它们凭着、辛勤劳动还可以造出蜂房和蜂蜜来,而没有警惕的老鹰和乌鸦却永远不能复活了。这个寓言故事教育人们要看清狐狸的本来面目。《老鸦和狮子》④讲狮子请乌鸦为它剔除牙缝,说剔完之后给乌鸦很高的报酬。乌鸦答应了,跳进狮子

---

① 农学冠,黄日贵,苏胜兴:《瑶族文学史(修订本)》,广西民族出版社,2001年。
② 农学冠,黄日贵,苏胜兴:《瑶族文学史(修订本)》,广西民族出版社,2001年。
③ 黄书光,刘保元,农学冠等:《瑶族文学史》,广西人民出版社,1988年。
④ 黄书光,刘保元,农学冠等:《瑶族文学史》,广西人民出版社,1988年。

的大嘴里把它牙缝中的肉丝一一剔掉，当乌鸦正想跳出来向狮子讨报酬之时，狮子把嘴一闭，乌鸦被吞进肚子里了。乌鸦的悲剧就是听信了狮子的甜言蜜语而酿成的。

第二类寓言总结斗争经验，不要把自己的弱点暴露给别人。如《穿山甲的教训》[①]讲老虎和螃蟹、鹧鸪、穿山甲交朋友，它们的关系很要好。老虎把山里的其他动物都吃光了，就打起了好朋友的主意。老虎要吃螃蟹。螃蟹用计钳住了老虎的尾巴，老虎把尾巴一甩，螃蟹一撒钳掉进深潭里，逃脱了。老虎吃不了螃蟹就想吃鹧鸪。鹧鸪借故拉屎，便溜进草丛里去了。老虎吃不到螃蟹和鹧鸪，便去找穿山甲。这回老虎再也不问穿山甲了，一上去就咬穿山甲的背，穿山甲的背上长着坚硬的甲片，老虎啃了很久也啃不动。穿山甲还以为老虎在和自己开玩笑，便老老实实地把自己全身只有腹部才软的秘密告诉了老虎。老虎听了，便把穿山甲翻过来，一口就咬穿了穿山甲的肚子，穿山甲就这样被吃掉了。这个故事实际上是对社会阶级斗争经验教训的总结。

第三类寓言批判不良品行，劝谕人们加强道德修养。如《大木耳》[②]中的富朋友为人奸猾，事事都想占便宜。当他知道他的穷朋友在山上翻盖猪槽得了金银之后，他也想发大财，便学穷朋友的办法在山上露宿。他唯恐听不清老虎和熊的讲话，把一只耳朵露在猪槽外边，结果被老虎和熊发现了，它们掀开猪槽把他吃了。《鼹鼠和斑鸠》[③]讲的是它们合伙偷吃农民的谷子。最后被石板压得头裂肚破，呜呼哀哉！偷者最终受惩。

瑶族民间寓言的内容是多方面的，故事和题旨契合得较合理自然，形象鲜明，言在此意在彼，将抽象深奥的道理从具体浅显的故事中展现出来，使人深受感染和启迪。

---

① 黄书光，刘保元，农学冠等：《瑶族文学史》，广西人民出版社，1988年。
② 黄书光，刘保元，农学冠等：《瑶族文学史》，广西人民出版社，1988年。
③ 黄书光，刘保元，农学冠等：《瑶族文学史》，广西人民出版社，1988年。

群星璀璨作家谱

《瑶族文学史》[①]收录了莫义明、蓝怀昌、蓝汉东、李肇隆、鲍夫五位当代作家，《瑶族文学史（修订本）》[②]搜集到了古代瑶族状元诗人梁嵩和近现代瑶族农民诗人赵坤元的诗作及相关生平资料。瑶族没有自己的文字，在中华人民共和国成立以前，瑶族极少有人能接受到汉语教育。在漫长的历史长河中，瑶族民间诗人、作家的创作大多是口头创作，口耳相传，能在近现代以前出现梁嵩、赵坤元两位文人作家，实属不易。

《瑶族文学史（修订本）》收录的作家有梁嵩、赵坤元、蓝怀昌、莫义明、蓝汉东、李波、蓝启渲、李肇隆、唐克雪、苏胜兴、蓝书京、鲍夫、覃建谋、何德新、蓝芝同、唐玉文、盘春华、周文虎、唐剑明、刘云中、林仕亿、林仕谋、熊秀金，共23位。除了古代的梁嵩和近代的赵坤元，其他21位作家的创作高峰期基本上是在1990年以前，除了唐克雪、盘春华目前仍然坚持创作外，其他19位基本不再创作。

1980年以后，世代居住在大瑶山里的瑶族同胞享受到了党和国家民族政策的关照，他们走出大山、走进城市，接受中等、高等教育的人数日益增多，在这些接受过中等、高等教育的瑶族同胞当中，

[①] 黄书光，刘保元，农学冠等：《瑶族文学史》，广西人民出版社，1988年。
[②] 农学冠，黄日贵，苏胜兴：《瑶族文学史（修订本）》，广西民族出版社，2001年。

不乏在文学创作方面才华横溢的青年才俊,他们在1990年以后的文坛大放异彩,比如光盘、纪尘、钟二毛、林虹等,瑶族作家、诗人真正进入了"群星璀璨"的时期。

状元诗人:梁嵩

梁嵩,字子高,一字仲邱,生卒年不详,龚州(今广西平南)人。他生活于唐末及五代十国时期,南汉白龙元年(925年)中状元,官至翰林学士。

梁嵩的诗赋有着鲜明的瑶族文化烙印。他留下的诗有三首,第一首是《赋荔枝诗》,第二首是代母作的《倚门望子赋》,第三首是《无题》。乾隆时期《平南县鉴·艺文志》(卷六)载其《赋荔枝诗》如下:

> 露湿胭脂拂眼明,红袍千裹画难成。
> 佳人胜尽盘中味,天意偏教岭外生。
> 橘柚远惭登贡籍,盐梅应合共和羹。
> 金门若得栽培地,须占人间第一名。[1]

首联点明荔枝的美色,颔联引出杨贵妃吃荔枝的典故,让人联想引杜牧"一骑红尘妃子笑,无人知是荔枝来"的诗句。"天意偏教"暗喻岭南是一块风水宝地,以赞颂南汉皇帝在岭南立国的英明决策。颈联引盐梅之合的典故,表达出渴望在开明政权下干一番事业的雄心壮志。尾联对我们辨认梁嵩的族属至关重要。"金门"是瑶族"山子"支系的自称,从古至今不变。他称早时有"山子瑶",后有"蓝靛瑶"。瑶语"金门"汉译为"山人"。古人所说的"诗言志",就是作诗的人要表达自己的思想感情。诗人写诗,不仅用诗

---

[1] 农学冠,黄日贵,苏胜兴:《瑶族文学史(修订本)》,广西民族出版社,2001年。

的形式说明某种生活现象，同时诗人自己的性格、个性、品质也表现在诗中。那么，"金门"一词当是诗人梁嵩族属的自我确认。更者，尾联还洋溢着瑶族的自信和骄傲。这首诗从眼前的荔枝果品引出，以小见大，联想自然，感情奔放、率真，用韵合辙，平仄有规，对仗工整。赢得了南汉皇帝刘龑和尚书左丞的太学博士倪曙的青睐，梁嵩因而获得"状元"的殊荣。

梁嵩步举贤之阶石，当上了令人羡慕的翰林学士。梁嵩因此得以出入皇帝刘龑身边，对朝政是有所了解的。梁嵩担任翰林学士之时，刘龑执政已有十四个年头。据《十国春秋》（卷五十八）载，刘龑"好奢侈，悉聚南海珍宝、翠羽以饰宫室，建殿阁，秀华诸宫，务极瑰丽"；"又用刑残酷，果于杀戮。设汤镬铁床诸具，有灌鼻、割舌、肢解、刳剔炮炙、烹蒸之法。间聚毒蛇水中，以罪人投之，谓之水狱。"梁嵩对刘龑的奢靡和暴政有着难言的感慨，便设法代母作《倚门望子赋》一文上呈，乞归养母，辞官还乡。

全文共 480 个字。开篇以"情伤"为基调，定格于"倚门望"的悲凉。主要内容是母亲遥忆儿子当年外出求学，下定为国效力之决心，立起追求功名的壮志。今他虽已获得微薄的薪俸，而我年老靠谁来侍奉？日盼月盼，独倚柴门实在悲哀啊！我儿曾打算尽快归山，而当我见到他走过的旧路和住过的旧舍苦情喷涌，我难于用书信表述。山水有情为我叹，秋风有意为我愁，如同筏船寻渡口，孤雁天际，怎不悲戚？草荣花落，光阴无情。汉代伯俞虽孝，只望我儿早归。杜鹃啼血，我儿能否实现归乡之计？我日夜盼望，不见儿归心悲切啊！

梁嵩的《倚门望子赋》表层是倾诉母亲孤寂的凄苦之情，深层则是表达作者对南汉政权的期望破灭的心态，恨眼阳朱陌，残霞朝汉台。这篇赋沉浸着悲凉凄恻的情感，具象鲜明，融理于情，辞藻华丽，对偶工整。

梁嵩回乡后，曾过着长时间的布衣生活。从其一首杂言古诗中可见一斑：臣本寒素，母训母诂。出山久不归，老母情难诉。拜稽首①陈，乌私②乞身，敬献《倚门赋》，赐赉主思深，丁赋从兹去，归来子母相欢呼，岁岁皇天下均雨露。诗中流露出母子团圆相聚的欣喜，也感激皇上的恩泽，使得丁赋得到豁免。喜悦之情构成了本诗的基调。家、人民和国家一时获得和谐的美好关系。后来，梁嵩在家乡谢世，家乡人民感其德，立状元庙以祀。现虽无庙，但状元山却与日月同辉，每年三月都有群众来到状元山前祭拜。

梁嵩的诗作体现了瑶汉文学的融合。梁嵩长期接受汉学的教育，汉文化的素养是比较全面的，因而各种文体都能很好地把握，能熟练地运用它们来表达自己的思想感情。梁嵩作为瑶族的一分子，他身上的瑶族基因也时时刻刻体现在他的言谈诗文中。

平民诗人：赵坤元

赵坤元，广西贺州人，生于清代道光年间。咸丰年间，邑人黄彤甫在大桂山设馆授徒，瑶童赵坤元亦负笈而来，从学七载。后来黄彤甫公车晋京馆解，赵坤元回乡。

赵坤元"从学七载"，他与汉族、壮族学童相处和谐，且虚心好学，视野大开，孔孟之理给予其无限的启示。他为有黄彤甫这样的启蒙老师而感激不尽。但现在老师就要离乡上京，赵坤元不得不依依惜别。从他留下的两首诗中，大抵可见他当时的复杂心绪。其诗题为《归瑶山别同学》，第一首如下：

金兰同订数年余，
樽酒论文不弃予。
归到深山谁与语？

---

① 拜稽首：古时行跪拜礼，头至地，稽首为敬三级。
② 乌私：乌鸦反哺，故将侍养父母称为"展乌私"。

窗前花鸟伴幽居。①

前两句忆起同窗同学情笃意深，友好相处，或饮酒同乐，或读书评论，都没有被别人所嫌弃，很是欢愉。但很快就要别离归去，再无与同学交谈学习体会，当是无限的孤独啊！"窗前花鸟伴幽居"，流露出淡淡离愁的情思。第二首如下：

鹤守梅花春欲来，
嗟予独自入山隈。
诸君雅论凌云志，
会看题材得意回。②

以景寓情，正是青春当年，本来可以到大世界里闯荡一番，诗人感叹自己没有这样的机遇，"独自入山隈"便是一种孤独、凄苦感情的表白。而同窗的学友，可以"雅论"凌云之志，以自己的聪明才智考取功名实现自己忧国忧民的志向，何等的春风得意啊！诗人对学友远大的前程寄予无限的希冀。

从这两首诗的艺术性看，平淡朴实，意浅情深。表现手法上善用对比，或用过去与未来作比，或用本人与他人作比，曲折地表现了诗人复杂的内心世界。在赵坤元归山之际，同窗学友也给他赠诗，从这些诗里可以看出赵坤元的性格和志趣。这些赠诗云："车笠同盟乐有余，明朝分袂独愁予。知君闻善如江决，不愧深山木石居。一堂分袂共徘徊，独上寒山石径隈。满岭梅花如解语，也应频问读书回。闻说崎岖道路难，今朝惜别不成欢。鲁论原是君家宝，好向山窗仔细看。"③

---

① 农学冠，黄日贵，苏胜兴：《瑶族文学史（修订本）》，广西民族出版社，2001年。
② 农学冠，黄日贵，苏胜兴：《瑶族文学史（修订本）》，广西民族出版社，2001年。
③ 农学冠，黄日贵，苏胜兴：《瑶族文学史（修订本）》，广西民族出版社，2001年。

红色传奇：蓝启渲

蓝启渲，生于1928年，笔名青松，广西都安人。中国作家协会会员。独著或与人合作发表、出版的作品主要有《韦拔群》《邓小平传奇》《红七、八军总指挥——李明瑞传奇》《英豪传奇——老一辈革命家故事》等，共计200多万字。

蓝启渲自1979年以来，无数次深入到广西左右江革命根据地调查采访，收集资料，先后访问过数以百计的红七、红八军的老干部、老战士和左右江地区的各族革命老人，查阅了数不胜数的档案材料与有关的报刊。蓝启渲等人为写好壮族农民运动领袖韦拔群的传记，他们沿着韦拔群当年革命活动的足迹，走访知情人，实地考察传主相关的遗址遗迹。《韦拔群》[1]这部人物传记既有艺术的魅力又有史料的价值。

《韦拔群》让读者看到韦拔群的博大的胸怀、宏伟的气魄和卓越的才识，以及他的生活情趣、感情好恶，丰富的心灵世界与独特的感知和思维方式，从而在脑海中留下真实而又性格丰富的人物形象。

通过细节描述来使人物呼之欲出、跃然纸上，是蓝启渲传记文学创作常用的一个手法。除此以外，他还运用渲染气氛、对话等表现手法。渲染革命斗争环境的残酷，造成一种悬念感，强有力地引起读者的审美注意，关注蓝启渲笔下传主的命运。朱东润先生说："对话是传记文学的精神，有了对话，读者便会感觉到书中的人物——如在目前。"[2]《韦拔群》中写到韦拔群从桂林法政学堂回乡，怀着对贫富悬殊不平的心情，想寻找救国救民的道路，决心变卖一些家产，前往广州、上海和长江下游一带游历。

《韦拔群》中写到了韦拔群与母亲王慧月的对话，对话虽然简

---

[1] 农学冠，黄日贵，苏胜兴：《瑶族文学史（修订本）》，广西民族出版社，2001年。
[2] 朱东润：《张居正大传》，江苏人民出版社，2015年。

短，但写出了韦拔群的能说会道，要游历社会、认识社会的决心，写出了王慧月的无可奈何。当然，这样的对话描写史料上也不会有记载，应该说是作者为了形象化在不违背历史真实的情况下而进行的艺术加工和合理想象。作者描写的目的是反映韦拔群为寻找救国救民的道路的决心，从而塑造一个从青少年时代起就倾心于革命的光辉形象。蓝启渲在写作中还注意运用朴实的文字，对典型事例加以概括叙述，以表现人物性格。《韦拔群》记叙韦拔群对敌斗争机智灵活的故事。韦拔群有个习惯，不管走到哪里，他经常带着一双鞋。有一次，他在西山一个瑶族同胞家里留宿时被民团的人发现了。因他们只有三人，又摸不清竹楼里的底细，不敢妄自进屋抓人，只好在竹楼外盯梢。他们借着透进屋里的月光，监视着那挂着黑麻布帐的竹床。敌人的眼睛始终不离开脱在床前的那双鞋。凌晨，他们见那双鞋还在，鸡叫三遍后，那双鞋还在。他们等韦拔群出门时，好跟踪到半路上把他捕获。可是天亮了，床上依然挂着布帐，床下那双鞋依然还在，到底是怎么回事呢？民团那三个人等得不耐烦了，就冲进竹楼里去。他们打开布帐，棉被仍然是鼓突着，好像睡着一个人。可是揭开一看，被子下面只有两个枕头。

原来，耳聪目明的韦拔群刚上床就发现外面有动静。他警惕地穿上了他随身带的另一双鞋，慢慢挪身到竹床下，沿着放羊草的木洞钻到了羊栏里打开羊栏门出去了。

此处既没有生动的描写，也没有对韦拔群的言行神态进行惟妙惟肖的刻画，只是运用朴实无华的文字概述韦拔群的习惯、机警，这就把韦拔群对敌斗争的非凡智慧表现了出来，给人有如见其人之感。

《韦拔群》主要采用纵式结构，但中间又拉开空间距离叙述韦拔群外出游历时，在长沙、汉口、上海、广州等地，耳闻目睹、亲临身受的社会现实。书中运用"套层回忆结构法"，穿插了时间跨度较大的关于韦拔群与陈洪涛在艰苦卓绝的革命活动中凝成的深厚情谊，插叙了陈洪涛被敌人堵在红水河东岸的小密林里思念战友的心情。这样写来，结构的节奏有了变化。

蓝启渲的传记文学作品注重对民族地区风土人情的描绘，具有深厚的地方色彩和民族特点。作品中真实地写出革命历史人物所活动的地理环境和壮族、瑶族、苗族、侗族等少数民族的风俗习惯。蓝启渲善于运用少数民族对歌的形式来表达人物的思想感情，如《韦拔群》中，韦拔群与他妻子陈兰芬的对唱。还写到韦拔群组织讲演团进行革命宣传，事先他做示范表演时也用勒脚山歌的形式来演讲。这些不仅再现了韦拔群离别妻子陈兰芬和他示范表演时的情景，而且赋予作品特有的壮族民间文化气息。

瑶山颂歌：莫义明

莫义明，生于1936年，广西金秀人。中国作家协会会员，中国少数民族文学学会理事。诗歌《剪禾把》荣获第一届全国少数民族文学创作奖，《瑶寨夜曲》被收入《中国少数民族文学作品选》，与人合作出版《瑶族风情歌》。出版过短篇小说集《八角姻缘》，其中短篇小说《八角姻缘》荣获第二届全国少数民族文学创作奖，并入选《中国新文艺大系》。创作发表电影文学剧本《风香情浓》，电视文学剧本《十五月亮十六圆》（二集）、《招郎广告》（二集）、《珍珠情》（三集）。与人合作创作了大型的历史风情电影文学剧本《中国瑶族》。

莫义明1963年开始诗歌创作，先后在《广西文艺》《广西日报》《诗刊》等报刊发表40多首诗歌。他的诗歌多是描写、歌颂社会主义时代瑶族人民的劳动和生活，有鲜明的时代特征和民族特点。在《剪禾把》的第一篇里，第一节写社会主义下的瑶山，呈现在读者眼前的不再是昔日刀耕火种的荒原，而是处处歌声、处处稻香的丰收景象。如：

三十六里的歌声,
三十六里的峒场;
七十二里的人群,
七十二里的稻香。
嗬嗬!哪里是云彩?哪里是稻浪?
谷穗拂着蓝天,云彩落在田上!①

接着第二节写瑶族别具一格的收割——剪禾把,写出了美丽、壮观的瑶山风采:

九十九个瑶姑在峒场里剪禾把,
九十九朵银花在稻田中开放。
一把把剪禾刀在阳光下闪烁,
一根根禾线迎着禾刀下躺。②

在《剪禾把》的第二篇中,诗歌抒写党的十一届三中全会以后,我党胜利地进行了工作重点转移,从而激发起瑶族人民巨大的劳动热情。如:

有丝线才能绣瑶锦,
有白盐才能腌鸟鲊。
有了工作重点转移,
瑶家粳谷才接云天。
阿哥呀,话多误工夫,
快将禾把剪!
是啰是啰,
快将禾把剪。③

---

① 农学冠,黄日贵,苏胜兴:《瑶族文学史(修订本)》,广西民族出版社,2001年。
② 农学冠,黄日贵,苏胜兴:《瑶族文学史(修订本)》,广西民族出版社,2001年。
③ 农学冠,黄日贵,苏胜兴:《瑶族文学史(修订本)》,广西民族出版社,2001年。

在《吃新米》这首诗里描写了瑶族人民拉开收割序幕的风俗，先从田里剪回一些香禾谷，烘干舂出米，做一席丰盛的晚餐，这叫作"吃新米"。按照千百年的习俗，"吃新米"进餐前要先敬盘王，可是今天的盘王子孙对旧习俗提出了疑问。如：

喷香的新米饭端上桌子，
头碗的新米饭先敬给谁来尝？
盘王瑶家敬了千年、万年，
年年捧着粥碗数瓦梁。①

饮水思源，瑶家来了共产党才有幸福的日子，因此，诗人写道：

头碗新米饭，敬给救星共产党。
跟着她，瑶家的日子比香草还香。
——香草留久还会走气呵，
瑶家的日子越过越芬芳。②

古老的民俗活动形式里注入了社会主义的新内容。在《瑶寨夜曲》里，诗人给"摆歌堂"赋予新的思想。诗中，远方的姑娘来走寨不是为了寻欢作乐，而是为了索取谷种。取谷种似乎是一件小事，但它包含着深刻的社会意义，它使我们感受到瑶山时代脉搏的跳动，听到瑶族社会前进的脚步声。

《瑶寨夜曲》还比较细腻地描绘了新一代瑶族年轻人的精神面貌。在诗篇里，我们看到了一群美丽可爱的瑶族姑娘，她们勤劳勇敢、热情大方，对未来的生活充满了信心。她们在歌堂上唱道：

阿哥哟，你的谷种若不是秕谷，

---

① 农学冠，黄日贵，苏胜兴：《瑶族文学史（修订本）》，广西民族出版社，2001年。
② 农学冠，黄日贵，苏胜兴：《瑶族文学史（修订本）》，广西民族出版社，2001年。

播在冷水田里也会亩产千斤粮。
不信秋天你去阿妹的峒场看,
哪串谷不像棕榈果那样长!①

对生产劳动的无比热爱,对幸福生活的热切追求,正是瑶族姑娘心灵美好的表现。

莫义明善于捕捉和选择有诗情画意的生活场面进行构思,创造出清新优美、令人神往的意境。不难想象,瑶山之夜是很迷人的:静穆的群山,幽静的树林,瑶寨的竹房放射出几点红光。但是,诗人的《瑶寨夜曲》没有从一般景色上去描绘、渲染,而是从"动"的角度去观察、发掘瑶寨之夜更美好的事物,描写人们为了幸福明天所进行的活动,表现了他们像泉水般流淌的激情。莫义明的诗歌在艺术形式上具有瑶族民间歌谣特别是"香哩歌"的特点和风格。香哩歌是一种长短句自由体歌谣,一般不押韵,也不讲平仄,但讲究排比和对偶。莫义明诗歌讲究排比、对偶,又注意押韵,继承和发扬了香哩歌的传统。

诗人还注意吸取瑶族民间歌谣的精华,有时把一些传统的歌词进行加工提炼,运用到新诗中去。如《瑶寨夜曲》结尾写道:

天明阿哥送阿妹走出寨子,
去时路短回时路长。
谷种还没播进田里,
苗儿已经插在心坎上。②

这节诗表面上看起来是词句直白的叙事,其实它饱含浓郁的抒情意味,在言辞之外含有深邃的、可供品味的意趣。瑶寨的男女青年经过一夜的对歌,互相倾诉了志愿和理想,双方加深了了解,各

---

① 农学冠,黄日贵,苏胜兴:《瑶族文学史(修订本)》,广西民族出版社,2001年。
② 农学冠,黄日贵,苏胜兴:《瑶族文学史(修订本)》,广西民族出版社,2001年。

自找到了自己的意中人,爱情的种子在心坎上萌芽。天亮了,阿哥把最好的谷种献上,送阿妹回家。路上初恋的人儿情意绵绵,难分难舍,知心的话儿千言万语,倾诉不完,只怨路途太短。分手回头,不见了阿妹的身影,千种离情涌上来,才觉归途的遥远。"去时路短回时路长"是难得的佳句,它意味蕴藉,情趣无穷,令人玩味不已。这诗句原脱胎于瑶族传统歌谣的歌词,旧词翻新,用得巧妙,恰到好处。

从1980年开始,为了更广泛地从各个角度来反映改革开放后的瑶山新生活,莫义明创作了许多短篇小说和中篇小说。短篇小说《八角姻缘》[1]着意反映党在农村的新政策给瑶山带来的新变化。苦寒山生产队长陶扶强过去受"左"倾错误的影响,使生产队由富变穷。拉珈寨生产队长金福廷踏踏实实地发展多种经营,使生产队由穷变富。后来,陶扶强头脑清醒过来,弃旧图新,到拉珈寨取经,准备带领苦寒山群众打翻身仗。但金福廷在"文化大革命"时曾受到陶扶强的批判,还有怨气,因而对八角、香草和薏米的栽培技术"留一手"。陶扶强深谋远虑,派出与金福廷女儿要好的知青亚培到拉珈寨穿针引线。亚培的聪明能干打动了金福廷的心。当金福廷为招婿来到苦寒山时,陶扶强热心相助,解决了金福廷的心事,两人终于修复了"同旁[2]"关系,共同走多种经营、劳动致富的道路。

这篇小说的情节不算曲折,但由于作者在这平凡、普通的故事中着力刻画了人物性格,因而金福廷、陶扶强和亚培都成为有血有肉的人物,其鲜明的形象给读者留下了较为深刻的印象。金福廷是一个勤劳朴实、讲究实际的农民。受其实干精神的鼓舞,拉珈寨群众生产对路,富了起来。他挑女婿看上亚培,不只是亚培长相不错,更主要的是亚培能干能唱,具有瑶山的"野气"。金福廷心胸比较狭

---

[1] 农学冠,黄日贵,苏胜兴:《瑶族文学史(修订本)》,广西民族出版社,2001年。
[2] 同旁:瑶族俗语,意为朋友。

窄，怕吃亏，怕自己成了给螃蟹挖洞的"青蛙"。但当他知道由于自己的"留一手"给苦寒山的生产带来不利时，他负疚沉重，多次想到要向陶扶强和苦寒山群众道歉。金福廷在女儿的婚事上，怕女儿出嫁了自己一人生活孤单，想招婿入赘，但当他意外地要与寡妇果英组织新家庭时，他又乐呵呵地支持女儿嫁给亚培，与苦寒山群众一起战天斗地。这些思想变化完全合乎生活的情理，使其形象更富有立体感。陶扶强这个人物的特点是"紧跟形势"。他过去靠吃"政治饭"碰了钉子，现在急转过来，向拉珈寨学习，态度是诚恳的。在解决他与金福廷的矛盾时，他不说什么豪言壮语，而是摸准金福廷的心事，从实际出发，帮助金福廷解决了困难，最后使金福廷心悦诚服，修复了"同旁"关系，显示出陶扶强得体的谋略。亚培这一人物富有动作性。莫义明通过对攀大树摘八角、挖蜂窝这些动作和对歌场面的描写，使亚培的形象活灵活现。在亚培身上，我们看到了瑶山新一代的精神面貌。

莫义明在塑造人物形象的时候，不仅把人物行动紧紧地安置在瑶族的生活画面中，而且注意在叙述语言和人物语言中融入了大量的本民族的谚语和俗语。诸如"有眼不识宝，把摇钱树当断肠草""青蛙给螃蟹挖洞""铁夹安在老路上，不怕黄猄夹不着""腊月的糍粑很快捏成团""肚子转弯歌就来"等，都是来自瑶族山区生活，出自瑶族民众之口，因而使作品更富有民族特色。

莫义明被调至广西电影制片厂之后，在繁忙的党政工作之余还坚持文学创作。他结合自身工作特点，先后创作了电影电视文学剧本。剧本《十五月亮十六圆》[①]主要表现瑶族聚居区在改革开放大潮中如何改变陈旧的婚姻观念，促进经济发展的好人好事。

剧本的语言通俗自然而富有诗意，这是莫义明创作的一个突出特点。在剧本中，他引用很多俗语显示了这一特点，如"在家

[①] 农学冠，黄日贵，苏胜兴：《瑶族文学史（修订本）》，广西民族出版社，2001年。

同吃一家饭，出门不讲两家话""桥归桥，路归路""鸡笼不能关鸭子""扳直牛角""打屁安狗心"……都很生动，富有哲理。剧本标题"十五月亮十六圆"是从瑶族俗语"十五月亮圆又圆"演化而来，给人留下悬念，通过剧情的展开，人们慢慢悟到标题的内涵，颇具匠心。

瑶族肥沃土壤深耕者：蓝怀昌

蓝怀昌，生于1945年，广西都安人。1987年后任广西文联副主席，广西作家协会主席，后为广西文联主席、党组书记。20世纪70年代主要从事诗歌、舞剧和歌词的创作，出版了《蓝怀昌诗选》。与人合作搜集、采录和翻译了布努瑶史诗《密洛陀》，荣获第二届广西文艺创作铜鼓奖；曾发表民间长歌《娅台和七子》《梅娟》《同帕歌》《撒旺歌》等有影响的作品。先后出版过散文集《巴楼寨的儿女们》，中短篇小说集《相思红》，长篇小说《波努河》《魂断孤岛》《一个死者的婚礼》《残月》《北海狂潮》，《波努河》荣获第三届广西文艺创作铜鼓奖。与李荣贞合作出版《瑶族歌堂诗述论》等文艺理论研究专著。

《瑶族歌堂诗述论》[①] 分14章，对瑶族民间诗歌展开了全面的论述。瑶族民间诗歌包括创世史诗《密洛陀》《盘王歌》，反映瑶族第一次战争史的《战日月神》以及在瑶族歌堂上叙唱的各种歌谣，都成为专著探讨研究的主要对象。著者认为，瑶族"耍歌堂""摆歌堂"所产生的诗，和瑶族的神话故事、传说故事等构成了瑶族文化的双翼。这正是著者通过歌堂诗的研讨来把握瑶族文化特质的一种手段。正如著者所说，中国瑶族歌堂诗无疑是瑶族文化的母亲。研究母亲的文化，对促进与繁荣我们民族文学创作是极其重要的一步。

---

① 农学冠，黄日贵，苏胜兴：《瑶族文学史（修订本）》，广西民族出版社，2001年。

诸多方面的成果显示了蓝怀昌的创作才华和坚韧不拔的"铁匠"性格。他的作品和论著体现了作家强烈的民族使命感和时代的责任感。他在为《广西瑶族文学评论集》所写的序中说:"一个受了好多个世纪欺骗与奴役的民族,一旦他们的镣铐获得了解脱,他们的热血会流向自己民族作家的血管里。而作家们将努力去呼唤民族智慧的苏醒,去启发人类和促进人类向更高的文明世界挺进。把民族的尊严,民族的宽容,民族的崇高力求深刻地表现出来。"①

蓝怀昌的文学创作强调真实。他认为真实是艺术的生命。生活的真实,情感的真实,时代的真实,都是需要的。虚假的创作必然会遭受历史的淘汰。

在十多年的小说创作中,蓝怀昌向他的民族和广大的国内外读者捧出了一部中短篇小说集和五部长篇小说。蓝怀昌小说创作的丰收,既是他个人创作的硕果,又是瑶族文学乃至我国少数民族文学喜获丰收的一个标志。

蓝怀昌的小说以当代的意识关注源远流长的民族生活,展示瑶族当代命运的喜与忧、进取与困惑、文明与混沌的搏斗。改革和创新是其小说的突出主题。在中短篇小说集《相思红》②中,蓝怀昌通过一批具有科学文化知识和新思想的瑶族青年形象,谱写了改革旧俗的悲壮凯歌。《画眉笼里的格鲁花》③叙说了一个生动的故事,英玉和蒙琳勇于"改掉那没有结婚就先在木楼过夜的旧习惯"。公社书记表扬了他们的英勇行为,但寨里"留辫子"的老人和父亲却骂英玉这样做是件丑事,还命令她在楼梯下"像野兔一样"搭窝,进而逼她与表兄成婚。英玉坚守着与蒙琳的纯洁爱情,挣脱牢笼,逃到新开拓的寨子去生活。《格鲁花枝上的小米鸟》的故事也很别致,凤来在劳动中与哥三产生了爱情,但依"舅权大过天"的旧俗,她

---

① 农学冠,黄日贵,苏胜兴:《瑶族文学史(修订本)》,广西民族出版社,2001年。
② 农学冠,黄日贵,苏胜兴:《瑶族文学史(修订本)》,广西民族出版社,2001年。
③ 农学冠,黄日贵,苏胜兴:《瑶族文学史(修订本)》,广西民族出版社,2001年。

只能嫁给表哥。后来由于"星移月转",新思想冲击了偏僻的瑶山,开明的表哥高高兴兴地护送凤来与哥三成亲了。《双喜临门》①中的蒙老大丧妻后生活艰难,他喜欢开朗、能干的寡妇罗月兰。但由于旧社会"克夫相"的迷信和"狗爬上房,人畜两亡"的禁忌,蒙老大把爱情禁锢在铁盒里,是生活日渐富裕的事实使他聪明开窍,才得与罗月兰结缘。《紫竹林里的琵琶声》②扣人心弦,杨林不屈服于旧寨规"男郎勿进寡妇门"的压力,积极履行共青团员的义务,为寡妇亚芳盖房补漏。这当中也有几番风浪。中篇《哦,古老的巴地寨》③中着力塑造的月亮嫂是个旧习俗的叛逆者,但砍牛送葬的顽俗夺走了她的青春和生命。当然,这不是她的失败,她以自己的鲜血和生命的高昂代价唤醒了愚昧而又善良的山民们。诸多的篇章使我们想起蓝怀昌自己说过的话:"我想大声疾呼,要改革我的民族的旧的东西;我想唤起我的民族的新一代,用崭新的生活方式来代替旧的生活方式。讴歌那些最有希望的新芽,这就是我最初产生的一个大范围的主题。"

在长篇小说《波努河》④里,蓝怀昌致力于表现一群瑶族人在时代生活急剧变化中的命运、情绪、欲望和追求,显示了作家跨传统、跨文化进行文学创作的新思路。玉梅和玉竹是《波努河》的女主角。玉梅的性格是在自然、封闭、贫困的山村里培养出来的。她像其他男孩一样要参加成年仪式,跳高台,攀高树,烧黑蜂窝,用力气替父辈还清债务,潜入天然水池洗澡。作品成功地表现了她的原生美。她之所以进城既是当代文明的诱惑,又是集体无意识的驱使。一个中学生给教授带孙子,从教授那里学会种蘑菇的技术,富了自己也富了乡亲。这个信息像磁铁般吸引了玉梅。她决心给波努寨的乡亲

---

① 农学冠,黄日贵,苏胜兴:《瑶族文学史(修订本)》,广西民族出版社,2001年。
② 农学冠,黄日贵,苏胜兴:《瑶族文学史(修订本)》,广西民族出版社,2001年。
③ 农学冠,黄日贵,苏胜兴:《瑶族文学史(修订本)》,广西民族出版社,2001年。
④ 蓝怀昌:《波努河》,漓江出版社,1987年。

引来技术。但她进城后面临的是一个陌生的世界。她那单一文化养育的阳刚美在多元兼容的文化世界中难以发挥出来。她缺少一种进攻性的心态，没有足够的智力和经验以对付瞬息万变的商品经济社会。生活中，她从女儿、情人、妻子变成"寡妇"；事业中，她从职员、学徒、经理兼厂长变成"罪犯"。这是悲剧。但这悲剧由于情节真实性的欠缺而未能引起读者心灵的惊悸与震荡。当然，玉梅先后有张书记、郑万明、刘敏等人的导向，天时、地利和人和属于她。但过于单纯的秉性使她在对手的诬陷中受挫。坏人逞能，好人遭殃。历史的错位令人对商品经济的负效应陷入沉思。这一点显示出蓝怀昌对现实的清醒认识。玉竹纯洁善良、温柔美丽。失贞后，产生于性禁忌的羞耻感使她决意投河轻生，这虽缺少新意，但作家安排她的两次婚姻却颇见匠心。第一次是玉竹与龙飞的婚变，促使玉竹在痛苦的极致挣脱了伦理纲常的束缚，走向自由的极致，表现了难能可贵的"顿悟"。她认为："可以大胆而从容地去爱了，一切屈服都是创造的死敌。人为什么不去追求？不去创造？"这是一种痛楚中的觉醒！第二次是玉竹与她所憎恶的"魔鬼"杨成和结婚，蓝怀昌通过人兽通婚神话的象喻和狂风暴雨袭击的寓意，表现了玉竹无可奈何的悲剧选择。由于玉竹的形象始终潜伏着一种悲剧性的情绪而比玉梅的形象来得真实而深刻。

陆斌的形象是作家原型形象手法的"怪果"，在作品中他若断若续，或朦胧，或奇诡，是常态生活中的怪诞人物。实际上，他是封闭的现实世界的叛逆者，也是对经济改革社会中庸俗、虚伪、阴险和污浊之风的有力反驳者。

盘五叔是波努寨的寨老。他熟知本民族的民间文化，又掌握一定的巫卜知识，是当地群众敬重和推崇的"土博士"。他能言善辩，正直公道，封建而又开明，唯物而又唯心，偏激而又沉着。有时新事新办，旧事旧办；有时旧事新办，新事旧办。

巴桑弥勒特是民族历史的化身，是波努瑶强大的精神支柱。玉梅从出山到归山，她的欢乐和痛苦，荣升与沉沦，幸福与灾祸……与她的民族的荣辱密切相关。因而她无论在哪一空间的活动，都牵动着波努人的老一辈人和同辈人。他们同心同德，患难与共，保证了自己民族的生存和发展，促进了自己民族命运的延伸。

长篇小说《一个死者的婚礼》①把一个远古神话安置在近代社会帝国主义分子入侵的背景里。格鲁苏的巴楼部落头人弥留之际，大家还在考虑他的权力和财富将由谁来继承的问题。入侵者借机挑起部落内部争斗，杀死了巴楼的男人。此时梅里特梅抱着小男孩巧脱重围，告别格鲁苏，朝波努河方向流浪，开始了新的生活。小说以象征的手法表现了一个民族的命运走向。

通俗文学的高峰：李波

李波，生于1945年，本名李贤海，湖南新宁人。湖南省作家协会会员，中国作家协会会员。李波从1979年开始文学创作，并于同年7月在《湘江文艺》发表处女作《枯木逢春绿新村》（散文）。此后，他致力于通俗文学创作。长篇小说有《岩鹰王全传》《乱世县长徐君虎》，中篇小说有《雪山笑侠》《洪门奇女》《尼姑和将军》《蒙面少女与纪检书记》《黄金梦》等，出版了中篇小说集《奇侠与女杰》，这些作品超过200万字。

《白眉王传奇》②是李波的代表作之一。它描述的是第一次国内革命战争时期武林豪杰在中国共产党的领导下，配合瑶山农民自卫队跟反动武装、武林败类展开惊心动魄的斗争的故事。出自名门、智勇双全、驰名湖广的武林豪杰"白眉王"——雷唤天，受中国共产党组织的委派，回八峒瑶山协助党领导的瑶山农民自卫队，粉碎匪首陈汉彪的阴谋。白眉王途中被匪徒拦截，并中了过山虎暗放的

---

① 蓝怀昌：《一个死者的婚礼》，广西人民出版社，1990年。
② 农学冠，黄日贵，苏胜兴：《瑶族文学史（修订本）》，广西民族出版社，2001年。

毒镖，在生死关头，威震湘南的女侠红伞女毅然相救。后来，白眉王接替了蓝有春生前的职务，担任湘南瑶山农民自卫队特派员，协助自卫队消灭了陈汉彪。

李波在这部作品里比较成功地塑造了白眉王、红伞女、蓝有春等人物形象。白眉王不仅拳术精湛，而且会十八般武艺，是个有勇有谋的人。他虽有个人的深仇大恨，但作为一个共产党员，他懂得"深重的阶级仇恨，只有在共产党的领导下才能彻底清算"的道理。由于他阶级觉悟高，因此，出现在读者面前的他就不是一个执着于个人复仇主义的武林粗鲁汉子，他没有囿于个人的仇、家庭的仇之中，他想到的是瑶山人民和全天下穷人的仇，这就表现了一个共产党员宽广的胸怀，体现了他"把瑶山农民武装壮大起来跟敌人斗，不把陈汉彪赶出瑶山誓不罢休"的雄心壮志。当他找到党组织时，就立即要求领导给他分配工作任务，他说："为了革命事业，我愿意贡献一切！"从这句话可以看出，白眉王对革命事业是何等的忠诚！

《金峰女杰》[①]是李波的另一部代表作。这部中篇小说叙述的是一个任人宰割的女子杨玉娘，从忍辱到反抗官府，从丫头到女杰，成为威慑清王朝的义军将领，直至英勇就义的故事。整部作品写得有声有色，矛盾冲突尖锐，把杨玉娘英勇作战和就义的场面写得惊心动魄。主人公杨玉娘是一位在忍辱中奋起反抗的女杰。李波将她放在紧张激烈的斗争环境中，让她的仗义豪侠和反抗思想的火花在与官府生死搏斗中得到了充分的展现。

李波的通俗文学中，除了这里提到的几个光彩夺目的人物形象外，其他作品如《越城岭传奇》《桃林石传奇》中的良子、圣手杨、桃妹等形象也刻画得颇为成功。

作为文学种类之一的通俗文学，十分讲究结构艺术。李波的作

[①] 农学冠，黄日贵，苏胜兴：《瑶族文学史（修订本）》，广西民族出版社，2001年。

品犹如精致小巧又紧凑的园林,内含无数的曲廊幽径,层次井然而又错落有致,常常已是山穷水尽,无从悬揣,忽然峰回路转,别有洞天。由于李波善于运用解扣设伏、疏密相间、横云断岭等技法,使得其作品的结构跳跃多姿,险象环生,引人入胜,从而增强了艺术感染力。

李波的通俗文学创作借鉴了我国章回体小说的结构艺术。李波在《白眉王传奇》第一、第二、第三回中采用的就是"横云断岭"的结构方式。白眉王雷唤天用高超的武功征服了过山虎后,上马便走。谁知没到十步,过山虎暗放两镖。白眉王跌下马来,眼看有死无生,却被仗义的红伞女毅然相救。正当读者为白眉王松一口气时,过山虎的特毒药镖毒性发作,白眉王的生命又处于垂危之中,连红伞女的奶奶的"天山刮骨丹"也控制不了药镖毒性的蔓延。为彻底给白眉王除毒,红伞女远走广西宜州寻药。但李波没有立即叙写红伞女去寻药的经过,而是停下笔来,去写白眉王服了自备的"还阳活命丹"后,不到一个时辰,他又活动如初,继续去寻找瑶山农民自卫队,其中还插入了白眉王对母亲的回忆,用补叙的手法交代了匪首陈汉彪的身世。当白眉王好不容易找到党组织,听了特派员蓝有春要他争取团结红伞女的指示时,他连连跺脚说:"呀!坏事,我又失误了!"白眉王为何跺脚后悔?李波又按下不表。再停下笔来去写红伞女到广西宜州寻药,误入色中饿鬼鸳鸯腿家住宿的情形,然而,作品仍不立即写红伞女怎样对付鸳鸯腿,却说"趁红伞女睡觉之机,我们再回头补叙白眉王雷唤天的去向"。李波就是这样在作品中把连叙和断叙相错杂用,形成横云断岭之势。这样既避免了行文的累赘、单调和不连贯,又使得情节有起有伏,草蛇灰线,隐现其间。《白眉王传奇》从第四回以后主要运用"横桥锁溪"的结构方式。作者为刻画白眉王远见卓识、智勇双全、绝技异能的性格特征,塑造出这个光彩夺目的武林豪杰形象,集中笔墨让故事情节铺展开来,使得人物性格发展连续,有的章节一气呵成,没有插入别的事件。

纵观李波通俗文学的结构方式，大部分是采用以事件发展或时间推移的先后顺序来安排的，但有时也运用倒叙。

李波通俗文学的结构宛如九曲连环，环环相扣，盘根错节，难窥端倪，但又层次井然，前后呼应，主干巍峨，枝叶鲜丽。当然，还不能说李波是悬念大家，设伏高手，但他的作品毕竟悬念层出不穷，随处均有伏线，起伏均在情节发展的关键之处或揭示矛盾的紧要地方。作者常常写到最扣人心弦之处时突然打住，按下不表，叙述他事，等写完他事再接着写前事。石建初认为，李波就是这样把"斗争场面写得波澜壮阔而又生动曲折，惊心动魄而又情趣盎然"，让读者随着作者的叙述而读完全篇。

李波描写武功也颇有特点，没有津津乐道于一招一式，而是通过渲染一种气氛，从而达到刻画人物性格的目的。如《白眉王传奇》第十回的一段描写："他（陈汉彪）伏在上一层的岩坎上，眼睛里正射出凶光，像一只困兽似的寻找着逃生的机会。但洞口的火光、人声，使他明白了自己无法逃命。于是，他由惊恐变成了暴怒，由绝望变成了疯狂，他准备一个个干掉搜捕者。他不敢打枪，知道打枪会招来飞镖和更多的敌手。眼见雷唤天就站在他的鼻子底下，便举起匕首往雷唤天的后颈刺去……雷唤天感到头顶袭来一股冷风，急忙'乌龟缩头'，身子一侧，起右手一架，陈汉彪收势不住，从岩顶上跌了下来。这家伙动作神速，一个'鹞子翻身'又朝雷唤天前心刺去，雷唤天一个箭步跟到陈汉彪右侧，旋身一飞腿，将陈汉彪的匕首踢掉……技穷的陈汉彪由凶恶忽然转为乞怜：'白眉兄，我们是拜把兄弟，我没亏待过你呀！'"这里不仅刻画了白眉王雷唤天勇武的性格特征，而且也表现了匪首陈汉彪在穷途末路时贪生怕死而又狡诈的心理。通俗文学都少不了要写师道家传，绝招秘术，李波的作品也不例外，在他的作品中有"先天无极掌""铁锁横舟""阴煞功""金石随心弹""金龙探爪""八卦连环腿""岩鹰拳""双炮贯耳""双蛇吐珠""夺命追魂掌"等秘术绝招。这些绝招各有各的神奇，从总体上造成侠义的气氛。例如，《白眉王传奇》中对白眉王与过山虎打斗的描写，过山虎流星般的弹丸直飞白眉王，白眉王抽出宝剑左挡右磕，铿锵有声，弹雨飞扬，陨星四落。过山虎顿时使出"双蛇吐珠"的绝招来，两手弹丸齐发，白眉王便使出"玉龙播雾"，把宝剑舞得如雪团飞旋，针插不入，水泼不进。经过一番交手，过山虎不得不承认白眉王武功高超。

简言之，李波对武功的描写既不用"过招""进招""怪招"等字眼，也不细腻铺张，语言快捷流利，较好地、真实地反映了武林精英荟萃之地——湖南新宁武林人士传奇般的生活图景，赞赏他们高超的武艺，颂扬他们高尚的武德和武道。

庄重文文学奖得主：蓝汉东

蓝汉东，生于1946年，笔名楚西，广西都安人。中国作家协会会员，广西作家协会理事，中国民间文艺家协会会员。曾任广西河池地区文联主席，《红水河》杂志主编，《红水河报》副总编。发表和出版小说、散文、报告文学、传记文学等共200多万字，主要有长篇传记文学《韦拔群》（与蓝启渲合作）、短篇小说集《风流桥轶事》、散文集《太阳和月亮底下的世界》等。其作品获市级、省级和全国性及海外奖14次。为表彰他在文学上取得的优异成绩，1989年5月中国作家协会给他颁发了"庄重文文学奖"。

蓝汉东的短篇小说集《风流桥轶事》[1]共收入他新时期创作的19篇作品。秦兆阳在为这本书所写的序文中，热情赞扬这是一本"颇有思想和艺术"分量的集子。其中《卖猪广告》[2]在《广西文学》一发表，立即引起文艺界的反响和重视，被中央两家刊物同时转载，

---

[1] 农学冠，黄日贵，苏胜兴：《瑶族文学史（修订本）》，广西民族出版社，2001年。
[2] 蓝汉东：《卖猪广告》，载《广西文学》1981年第6期。

广泛流传于社会,并在广西两度获省级奖,后被收入《中国新文艺大系·少数民族文学集》。

刻画出鲜活的人物形象,是蓝汉东小说的艺术特征之一。蓝汉东把瑶族人民的形象放在日常生活中,通过他们的命运、性格、心理与感情变化,来反映党的改革开放政策给瑶山带来的新鲜空气和增添了瑶族人民前进的勇气。如《卖猪广告》的主人公中年瑶族农民盘龙,在"左"倾错误的影响下,由勤快积极、对生活充满自信心的人,变成了典型的大懒汉,陷入了极端穷困的境地。党的十一届三中全会后农村实行"联产承包责任制",盘龙又由懒变为勤,由穷变成富。他饲养的"丹麦长汉猪",本可以在自由市场上卖个好价钱,但他却张贴一张"卖猪广告",以每市斤比市价低五分的价钱出卖猪肉。蓝汉东通过这个故事,揭示出新时期新政策给瑶族从思想和行动上带来的新变化,展示了人物勤劳朴实的精神面貌。

《飞奔》[①]的主人公罗秋兰,孝敬公婆,细心服侍,表现出善良美好的心灵。她思想进步,对新生活执着追求,敢于改革。刚嫁到袁家就"搞自来水,用沼气来煮饭,借阳光来生火",使得保守落后的公公袁老汉把她的这种改革看成是"歪门邪道",但她并不退让,而是坚持改革,经常"东描西画,翻书看报",刻苦钻研,终于赢得了胜利,做成了沼气池,搞成了自来水。她这种新意识新思想体现了新一代瑶族青年妇女投身于家乡建设的满腔热忱。

《高高的墓碑》[②]中的卡西是一个身材结实的瑶族青年,在战"石海"的工地上,由于他劳动卖力而被县委书记石芳明发现,当作先进典型大加表彰,并发给他"模范民工"的奖状。可是他因劳累和饥饿过度丧失了年轻的生命。蓝汉东把人物形象、人物思想和社会背景三者熔为一炉,塑造了典型环境中的典型人物性格,给文学

---

① 农学冠,黄日贵,苏胜兴:《瑶族文学史(修订本)》,广西民族出版社,2001年。
② 农学冠,黄日贵,苏胜兴:《瑶族文学史(修订本)》,广西民族出版社,2001年。

创作带来了新的空气。卡西不是叱咤风云的英雄人物,而是憨厚诚实,只知"默默地来,默默地去,一步跟着一步"地像牛一样干活,遭受愚弄的人物。作品通过对这个人物性格的刻画,既触及社会现实,写了人物的命运,又表现了瑶族人民对党的忠诚和强烈的民族自尊心。

《辣》[1]的主人公蒙卜努老汉是一个诚实耿直、心地善良的人。他被未来女婿勒带诈骗,而他却把那头"斑白"良种小猪以病猪的价格卖给了勒带。当然,蒙卜努老汉心地纯洁善良,但并不缺乏机敏,等到他知道是自己的未来女婿用辣椒来骗取他的那头"斑白"良种小猪时,他决定以辣治辣,机智地惩罚了未来女婿。读者从蒙卜努老汉的身上,不仅看到了他善良而又有骨气的一面,而且还看到他不徇私情,对坏人坏事讲究斗争策略的一面,从而表现出老一辈瑶族农民的新风貌。

《上大学之前》[2]中的"我"40岁考上大学,本来是件喜事,但家庭和生活的沉重负担使"我"心中酸多甜少。在"孩子读书,丈夫也读书"的难题面前,妻子还是同意"我"上大学。作品通过"我"上大学前酸甜参半的描写,既写出了山里人的追求,也写出了人生的艰辛。可以说,"我"的酸甜苦辣带有点关于人的价值的哲理味道。

叙述故事婉转细腻,是蓝汉东小说的艺术特征之二。蓝汉东小说的故事没有大波澜,既不求险也不设惊,但仍然引人入胜,秘诀之一就是他叙述时,从情节单纯的故事中提炼出丰富的细节,细腻地描绘和烘托人物形象的精神世界。如《卖猪广告》《辣》《上大学之前》等作品都具有这种特色。他叙述故事不仅善于揣摩人物的内心世界,还善于在能够掀动读者感情活动的关节点落笔泼墨,粗细结

---

[1] 农学冠,黄日贵,苏胜兴:《瑶族文学史(修订本)》,广西民族出版社,2001年。
[2] 农学冠,黄日贵,苏胜兴:《瑶族文学史(修订本)》,广西民族出版社,2001年。

合，有相当大动人以情的力量。

对比手法的运用，是蓝汉东小说的艺术特征之三。他运用对比手法来写人物时有两种情况：首先是人物间的对比。如《辣》中的蒙卜努老汉和勒带两个人物。蒙卜努老汉从来没有做过亏心事，心像山泉水一样明净，"言行比桄榔树还直"，他的心地善良纯正。勒带却损人利己，去买猪崽时，他使用欺诈手段在猪潲里偷撒辣椒粉，使小猪吃不下猪潲，就一口咬定是病猪，逼迫别人廉价卖给自己。《飞奔》中的罗秋兰，孝敬公婆，思想进步，敢于改革，对新生活执着追求；罗秋兰的公公袁老汉却保守落后，对新事物不但看不惯，而且还抵制和反对。在这些作品中，蓝汉东运用对比手法，鲜明地突出了他们的个性，给读者留下深刻的印象。这是人物间的对比，它的主要作用是突出人物个性的差异。其次是人物不同时期情况的对比。在《卖猪广告》中，盘龙由勤快人变成大懒汉，又由懒汉变成勤奋人，由穷困变为富足；罗秋凤由一个无神论者变成相信命运的有神论者。这都属于此类对比，它表现了盘龙在"左"倾的思想盛行时期和落实生产责任制后截然不同的情况，展示了罗秋凤怎样从一个曾经带头破"四旧"的人，由于生活的挫折使她相信鬼神的过程。又如《风流桥轶事》一文写人事厅长原先对自己的丑妻体贴恩爱，离休后却对她产生了反感，萌生了对旧情人的爱恋。这类对比的主要作用是展示人物的生活遭遇，揭示人物性格的发展变化，在发展过程中表现出"这一个"来。

具有浓郁的乡土风味，是蓝汉东小说的艺术特征之四。在他的笔下，桂西瑶山的自然风光，瑶寨的风土人情，形形色色血肉丰满的人物的心理素质，还有那瑶寨圩镇，都具有桂西一带特有的乡土风味。这一幅幅动人的风俗画，提供了人物活动的环境背景，使其作品富有浓郁的生活气息和地方色彩。如《团圆》[①]写黎荣成的家

[①] 蓝汉东：《团圆》，载《民族文学》1986年7月号。

乡:"这儿,罗汉果的气息,香草的芳香,野葡萄的果实,绿竹的美姿,山泉的叮咚……"蓝汉东用通感中的嗅觉、视觉、听觉来描绘瑶族人民多色彩的生活,既有浓郁的生活气息又有地方特点。又如蓝汉东这样写瑶族的恋爱方式:按瑶族风俗,定亲时男方要用蜜罐装着五市斤冬蜜作为礼物送给女方。"这个定亲礼物也叫作'定亲蜜'。按照这里的风俗,如果女方接过定亲蜜,说明对方已真正同意了,表示两相情愿共过甜蜜的生活。"银镯也是瑶族订婚的礼物,"只要女方收下,不用任何言语和明誓,就表示像日月经天一样与男方团圆;反之,或表示还在考虑,或表示不同意。"读者可以通过这两幅瑶族恋爱的风情画,从中领略到瑶族的爱情风味。《辣》里还有一段民族风俗的叙述:"老庚来往,女婿走动,不管是谁家的客,从不分你我,一家有客全村喜,一人有事百人忧。"显示了瑶族十分好客的民风民俗。总之,蓝汉东的小说由于对瑶山风土人情进行了描写,因而给作品增添了生活实感和审美情调。

蓝汉东的散文主要收入在《太阳和月亮底下的世界》[①],这个集子收入 51 篇散文。他的散文看似单纯却很丰富,看似轻松却很深沉,其中不少篇章读后颇耐人寻味。散文是生活的博物馆,蓝汉东的散文题材十分广泛。"有腊肉村的香味、弄场的韵致、山野的风情、小巷的真谛、闹市的节奏、商潮的意趣、门店的诗意、校园的青春、铁窗的滋味、文人的清苦、老者的晚唱、少者的风流",世态人情,斗转星移,主观体验,生命价值,都在他的视野之内,他都能用挚诚的笔墨敷衍成文。蓝汉东对如此众多题材的描写,都是触景生情、由情入理、情动于中的。生活中的某件事,某个场景,引发了蓝汉东的某种感情,而从这感情中,蓝汉东又提炼出某种道理、哲理、真理来。当然,在他的作品中,景、情、理三者是融为一体的。如《红水河之魂》中对"窄窄一条红线穿过山谷,熊熊一江燃

[①] 农学冠,黄日贵,苏胜兴:《瑶族文学史(修订本)》,广西民族出版社,2001年。

烧液体盘山绕岭"的红水河绘声绘色的描写;《山》中对门前、屋后那"白白的崖,陡陡的峰"的描绘;《弄场》中对"波峰浪谷间,深深的渊,凹凹的槽"的桂西弄场的描述。这些既是景物描写,又融入了蓝汉东的情与理,但他并没有花太多笔墨去做单纯的抒情说理,而是通过尽情地写眼前的一景一物,让情与理自然而然地从文字中流淌出来,表达他的思想感情。蓝汉东的散文,无论是抒情,还是记人叙事,语言只求传情达意,质朴无华,没有故意修饰的痕迹,给人以清新、淡远的美感。

颇富地域特色的小说创作:裴志勇

裴志勇,生于1957年,广西富川人。系广西作家协会会员,中国戏剧家协会会员,广西戏剧家协会理事。20世纪80年代开始文学创作,发表作品百余万字,部分作品获各级奖励,并参与大量艺术策划、组织、评审工作。

裴志勇发表在《人民文学》上的短篇小说《踩台》[①],以颇富瑶乡地域特色的精确描摹,将读者带入一个新奇而令人安宁愉悦的独特场景中,蛋黄般的日头沉沉地坠下了那个山叉叉,把几团千奇百怪的斑斓云彩留在了天空上,慢慢地,那湛蓝的天空就浸染上了迷蒙的灰色,而那灰色笼罩下紧挤作一排的山峰,则静穆地显示出一种庄严的深黛来……嗒,嗒嗒,哐才哐才哐才……先是几下脆生生的板鼓打头,紧接牵出了阵阵凝重热烈的锣镲声,把山凹凹里的小村子敲得沉沉地颤起来。如听到召唤一般,裹在暮色中的那些高高矮矮、新新旧旧的屋子里,不约而同地开始有人影钻出门来了,影子们沿着那些七拐八叉的小巷朝村中央那条青石板路汇去。踩台清一色是成年男人,连小男孩都不得跟随父亲参与。父亲一句:"嘿,

---

① 裴志勇:《踩台》,载《人民文学》1989年第7期。

踩台煞气重，小娃仔看不得的！"更勾起了读者一探究竟的好奇心。这踩台是怎么回事？听说是老一辈的规矩，新砌戏台煞气重，要踩台收煞才得平安。花脸、台板、地羊子是这部短篇小说的几个关键词。踩台收煞跟后面的文明村荣誉在无形中形成鲜明对比。

四爷杨苟四是短篇小说《小镇人物》[①]中人物之一。这部短篇小说写出了时代变革洪流中小人物对真善美的坚守以及追求。杨四爷本来是瑶乡小镇上的少爷，父亲留给他几百亩田地和五六间铺子，且有二叔给他管家。杨四爷没什么演戏的天赋，演旦角、老生都不成，甚至上个探子都口吃，急得一旁看的人搓脱脚毛，最后却因练龙套而中邪惹上戏瘾。喜富几个捏住杨四爷的软肋，每每要杨四爷填凑谷子请戏班的大窟窿。"庆丰社"戏班的班主也捏住杨四爷善良而戏瘾大的软肋，利用花旦水芙蓉套住了杨四爷，逼迫杨四爷倾家荡产也要请戏班长期在小镇上演戏。在二叔也因杨四爷贪耍不顾及家道而愤懑地辞去管家一职后，杨四爷仍然执迷不悟地当了戏班班主，并娶水芙蓉为二房。喜富再次利用杨四爷的善良慷慨让杨四爷出资演戏给其母送葬，此后，镇上人也都跟了风。二叔常常长叹"杨家要败喽……"中华人民共和国成立后，养戏班败了家的杨四爷却因祸得福，划成分时只被划了个小地主，且被免了挨批斗的皮肉之苦。杨四爷的善良得到了回报。在那特殊的年代，水芙蓉也坚决不肯上台控诉他。即使多次被喜富利用甚至伤害，杨四爷仍然给失势的喜富投了一票。在急剧变革的时代洪流中，三乌龟、喜富等小人物于无意中暴露出可怜的丑陋人性，衬托出杨四爷身上的真诚、善良、仗义以及大智若愚更加熠熠生辉。

茂爹也是《小镇人物》之一。茂爹是位十分看重家谱的老人，因为某省省长与他同姓同辈，便误认为是同族兄弟。在那特殊年代，

[①] 贺州市文学艺术界联合会：《贺州文艺精品选（小说卷）》，中国文联出版社，2013年。

当从报纸上看到那位省长兄弟被冠以罪该万死的罪名时，茂爹惊惶之余，给对方写去一封信试图安抚，不料这信却落到了当地造反派三乌龟的手中，这给老人带来了前所未有的灾难。在屡次被批斗的折磨中，茂爹始终没有丧失做人的良知，并且身体越活越硬朗。后来得知，同姓同辈的省长兄弟其实是在当了红军后改的姓名，是无意中跟茂爹撞上的辈分，茂爹于是感到羞愧。当茂爹接到平反后的省长兄弟寄来一千元钱，邀请他到北京会一次面时，茂爹选择退回钱，也放弃了上北京认亲的机缘。茂爹成功塑造了一个坚守传统文化的可亲可敬的普通农民形象。

《旌旗红　芷花白》[①]是裴志勇与陈爱萍、王飞虹合著的长篇小说。这是一部以中华人民共和国将领为原型创作的革命历史题材的小说。穷苦农村少年王魁阴差阳错地在当地农民赤卫队进攻地主的行动中立了大功，并在共产党员周世明的引领下逐渐认识到革命的意义，从此走上了革命道路，先后参加了抗日战争、解放战争、西南剿匪等重要历史事件，并凭借自己的聪明才智，逐渐从普通红军士兵成长为解放军高级将领……小说结构精致，文字流畅，艺术再现了一位中华人民共和国高级将领王魁充满传奇色彩的革命生涯，展示了我党、我军在战争年代的真实风貌，热情讴歌了一代又一代革命志士不屈不挠的爱国、爱党、爱军的革命主义精神，真情演绎了战争年代军人的事业、爱情和家庭故事，由此折射出他们对理想信念坚定不移的追求……

酒歌铿锵吟风情：唐玉文

唐玉文（1957—2023），广西富川人。曾任广西壮族自治区富川瑶族自治县文联主席，贺州地区作家协会副主席，中国作家协会

[①] 裴志勇，陈爱萍，王飞虹：《旌旗红　芷花白》，漓江出版社，2011年。

会员，广西民间文艺家协会理事，二级编剧。1981年开始创作，先后发表诗歌300多首，出版了诗集《误过花期》《野渡》，小说集《血箫》，散文诗集《青春风景线》。《误过花期》荣获第四届全国少数民族文学创作奖。他与人合作创编的桂剧《茶情缘》荣获第三届全国少数民族题材剧本"团结奖"。此外，他还发表了长篇小说《乡酒醉人》和"郎蛮山系列"中短篇小说100多篇。

唐玉文的《误过花期》分为三辑，第一辑"血太阳"，第二辑"太阳雨"，第三辑"黑土地"，总共98首诗。《野渡》也分三辑，第一辑"野渡"，第二辑"江南雨"，第三辑"烈性酒"，选入47首诗作。

唐玉文在《误过花期》的后记里明言："瑶山多酒，酒是我生命的一部分；瑶人好歌，歌也是我生命的一部分……我的诗中充满了酒意，我的歌中充满了激情。绘人生，写历史，讴歌我们伟大的祖国我们神圣的民族，便是我诗的主题和灵魂。"[①] 读唐玉文的诗，确实会感受到一股强劲的雄风，一股阳刚的豪气。如《走出门去》歌咏"降生在这个星球"的龙的子孙：

走进深山

用汗滴将绿之爱神挽留

奔向大海

用心帆将海之恶蛟征服

飞入蓝天

用长缨将天之狂雕锁住

用青春点燃太阳

将理想嵌满苍穹

用才智拓开万里荒漠

使人间赛过天堂

[①] 唐玉文：《误过花期》，广西民族出版社，1991年。

诗人以铿锵的语言、明快的节奏，表现了当今中国人民在改革开放的大潮中勇于开拓、勇于创新的雄壮气魄。《煮海》一诗以神话的笔触描绘"煮海"的雄壮景象，"煮新了日月，也煮活了历史"，既是歌颂"将心火汇成万里岩浆"的"每一朵浪花"，也是赞美浪花般的平平凡凡的人民们觉醒起来的伟大力量。诗人在《我们的时代》一诗里融政治激情于广阔的自然空间，演化出一幅绚丽壮阔的图景。如：

有个叫雷锋的星座

把亿万颗年轻的心牵引

广袤的原野春意盎然

山清水秀，风和日丽

遒劲的诗行沿田垄钢轨走来

热血浸染的青春旗帜

高高飘扬在蔚蓝色的天空之中①

这无疑是对改革开放的中国的写照，是对物质文明和精神文明建设齐头并进的社会主义中国的写照。唐玉文的诗充满政治激情，格调高昂，韵味浓烈。诗人关于酒的题材或涉及酒趣的诗相当多。诗行里凝聚着诗人对酒的理解和感情。在瑶山，酒是力量和胆量的源泉。寒冬腊月，"只有瑶家的火塘在呼呼地燃，瓜箪酒盛满碗，咕嘟，一团烈焰腾起在心田"，喝了瓜箪酒的猎手和扛锄山民，"让山魂龙魄烧红你的血管，去熨平被冬扭曲了的地平线"，瓜箪酒"把山里人铸成了铁打金刚"，诗篇道出了瑶家人酒后的豪情。酒也是瑶族人民欢庆丰收的琼浆玉液，"满街的红脸满街的笑声从酒碗中走出"，"放开怀来一次彻头彻尾的痛快……不醉不歇手，我八月的故乡好海量"，诗中充满了瑶族人民对生活的美好憧憬。瑶山里的酒，不是买

---

① 农学冠，黄日贵，苏胜兴：《瑶族文学史（修订本）》，广西民族出版社，2001年。

来的，是山里的男人和女人酿造出来的。《酿酒妹子》写道：

> 瑶山里的妹子会酿酒
> 香糯、红枣和复杂的少女心事
> 再加上她们的青春她们的柔情
> 一股脑儿被酿成男人热辣辣的日子①

唐玉文的诗，有火辣辣的酒味，给人振奋，给人力量。他的诗更注重把握宏观，气魄恢宏，而对个体意象的创新和营造显得比较薄弱，一旦在这方面增强力量，他的诗将能大踏步地前进。

他的小说集《血箫》收入24篇作品。笔涉郎蛮山、郎蛮河的古今世事，熔刀光剑影、儿女情长和民俗民风于一炉，聚社会、人生百态于一隅，生动地展现了桂东北独具特色的山乡风情。如《山镰》抒写山女山娃及他们父母的恋情，颇有韵味；《粥香妹》抓住几个生活片段，展现了粥香妹高尚的情操和靓丽的心灵；《柳叶飞》以明快的笔锋点染了武艺高强的女绿林的灵气；《汉子》颂扬了山狗妻对丈夫的忠心；《碑》以出奇的结尾赞美了憨厚、纯朴、勤奋和默默为人凿碑的青年农民石匠。而在《验贞》《血柱》等篇中，作者则以锐利的眼光批判了害人至深的封建旧俗，呼唤人性的回归。

《血箫》②描写失恋、腿折的酒店麻老板用10000多元钱从桂东山区买回了一个美丽的老板娘，他懂得老板娘爱箫，便买箫来挂在床头逗她开心。老板娘生下个大胖小子后，便不再想箫，也不再皱眉，一股脑儿将箫和磁带锁入箱底，两口子实心实意地挣钱养娃了。但好景不长，一个下肢萎缩、皮肤黑黑的癫子来到酒店门前吹了一曲长箫，呼喊着："萧萧，你在哪里？"那癫子真癫吗？且听癫子的心声："人人都说我的萧萧是个仙女，到了天堂去享福，害得我找了

---

① 农学冠，黄日贵，苏胜兴：《瑶族文学史（修订本）》，广西民族出版社，2001年。
② 农学冠，黄日贵，苏胜兴：《瑶族文学史（修订本）》，广西民族出版社，2001年。

一万年也找不到她！萧萧，天堂真有这么好，你连哥都不要了？天堂真有这么远，我从生到死都找不到？萧萧，你听着，再难再远我都要找到你，就是找上十万年我也要找到你！看，那不是萧萧吗？我找到萧萧了。……"

他痴心不改，每见一个靓丽的少妇从自己身边走过，他都呼唤着萧萧的名字。真正是萧萧的老板娘在癫子多次的呼唤中逐渐清醒，请癫子进店喝酒，送钱给癫子。癫子训斥着："为了钱，可将良心喂野狗，至亲骨肉也肯卖！面对花花的票子，情无情，爱不爱，什么赌咒发誓都是假的！有情人成不了眷属，心上人见了面不能相认，萧萧啊萧萧，要不是为了你，我哪会像这样人不人鬼不鬼地变成个癫子？！"为了爱情而癫的阿亮哥不是批判萧萧个人，而是对社会上拜金主义风气的诅咒。由于萧萧心灵的忏悔，癫子便"死在老板娘的怀里"。这个结尾很耐人寻味。

还值得提及的是《酒系家庭》，小说中分别写了"酒仙"（父亲）、"酒怪"（儿子）和"酒癫"（女儿）三人的命运遭遇，反映了从20世纪40年代到20世纪80年代桂东山区的历史变革，勾勒了各阶层人物的种种心态。唐玉文的"郎蛮山系列"影响颇广，被誉为"瑶族风情史诗"。

散文诗集《青春风景线》分为三辑："青春风景线""给你片温馨"和"龙的图腾"。唐玉文在后记中赞美道："我的青春浸在酒坛中，泡在歌海里，潇洒在瑶山那苍劲的松竹秀美的山水之间。因此，我的诗文是一坛坛醇纯的酒，一支支质朴的歌，一幅幅清丽的画，一兜兜一捧捧心装不完眼盛不下的乡恋、乡情！"

唐玉文这一番话也可以用来概括这本集子的主题和情调。清新，甜美，酣畅，构成了这部散文诗集的格局。

时代风云笔下涌：唐克雪

唐克雪，生于1958年，广西平乐人。曾被聘为广西作家协会合同制专业创作员。担任过《珠海特区报》副刊部编辑，广东珠海市对外文化交流办公室干部。1997年加入中国作家协会。至今笔耕不辍。

唐克雪服役时曾在军队内外报刊、电台发表过诗歌、散文、小说、广播剧以及新闻报道，多次荣获部队的文艺嘉奖。回地方后发表的第一部中篇小说《山月落在小溪里》引起关注，中篇小说《冷太阳》荣获第三届全国少数民族文学创作奖"新人新作奖"，电视剧本《冷太阳》获第二届全国少数民族题材电视艺术"骏马奖"，中篇小说《杂色河湾》荣获《民族文学》杂志1991年度优秀作品奖。他创作的长篇小说《雄枭阴鸷》叙述20世纪30年代发生在桂北的瑶族人民大起义的整个过程；《裸性生灵》反映了20世纪40年代中国共产党领导下的游击战争风云；《情圣》着力演绎一场知青梦和二十年的不了情。《中国中考状元报告》是唐克雪搁笔十年后创作的第一部纪实类作品。2018年，唐克雪在《民族文学》发表了散文《那些远去的味道》。

中篇小说《冷太阳》写的是李、莫两个宗族为争夺风水宝地而进行的一场流血冲突；《山月落在小溪里》叙述山月和薛志清的爱情悲剧；《水怪——河魂》讲述的是柳林渡口摆渡人的传奇经历；《杂色河湾》描述了蘸蘸和蒂悲欢离合的爱情故事。这些作品没有停留在对有关道德、家庭、婚姻的社会故事的一般描述上，而是采用了大量生动具体的细节描写来表现人物的性格特点和他们在矛盾冲突中对生活、对世界、对人生的态度。例如，《杂色河湾》[1]中的蘸蘸回心转意与城里的女人离婚返回大松山找蒂，蒂为了考验他，在切

---

[1] 农学冠，黄日贵，苏胜兴：《瑶族文学史（修订本）》，广西民族出版社，2001年。

西瓜时拿出两包药末撒到西瓜果肉上,两人吃过后,蒂对蕹蕹说:"再过半个时辰,老天爷就会来接我们了。"她说她撒在西瓜上的是砒霜,准备与他共赴黄泉。"蒂说着就微闭了眼像摊烂泥瘫在蕹蕹的怀里。蕹蕹抱住蒂,也禁不住地淌下了眼泪。"蒂的呼吸在加速,蕹蕹也觉得肚子里翻江倒海般的不好受,但他仍然抱起蒂奔向医院。突然,她的眼中闪烁着幸福的泪花说:"那不是砒霜,连苍蝇也毒不死的。"蕹蕹终于明白了蒂的苦心。《冷太阳》①中对李家人去跟莫家械斗前举行的誓师酒会时这样描写:"那碗血酒由二叔公握惯杀猪刀、粗壮如松树疙瘩的手端着,送到水崽的嘴边。水崽在二叔公慈爱的目光下闭眼喝了一口,呛得眼泪鼻涕横流。'好崽!'二叔公说,把酒递给下一个,把水崽抱在怀里拍屁股……"《山月落在小溪里》②中的薛志清病愈回到山中的学校,"呼地涌出一伙学生娃,大声硬气地问老师好,咋咋呼呼地争着帮老师拿行李。末了,又抢着拉薛志清到他们家吃饭"。从这些描写可以看得出来,作者的生活基础厚实,对生活、对大松山子民们心灵世界变化的体察深入细致。这些细节描写,有的平中见奇,内涵丰富;有的是一幅美妙的瑶族风俗画。小说通过这些描写让我们感受到当时的气氛。

《冷太阳》中的二叔公教水崽用锋利的铁条捅死莫大南的细节表现出二叔公的野蛮性格;《山月落在小溪里》的盘凤荣,当他发现薛志清与山月在一起,用鸟枪对准薛志清的细节表现出他嫉恶如仇的性格,当他了解到薛志清是山月以前的情人后,他又产生了同情之心,请薛志清到家里吃饭的细节,说明他心胸开阔;《杂色河湾》中的蒂看见生活穷困已无心思报考大学的蕹蕹,她给予其精神鼓励和物质帮助的细节,表现了她心地善良的性格特征。这些细节都抓住了人物的本质特征,通过生动的描写刻画出他们的性格,给人留

---

① 农学冠,黄日贵,苏胜兴:《瑶族文学史(修订本)》,广西民族出版社,2001年。
② 农学冠,黄日贵,苏胜兴:《瑶族文学史(修订本)》,广西民族出版社,2001年。

下难忘的印象。

《山月落在小溪里》中的守山人盘凤荣以自己独特的方式去爱山月和竹叶，生活不好时，他虽时常打骂山月，但总是等她们母女俩吃饱了，他才捧碗。当他发现薛志清与山月在一起时，激起了他的愤怒，恨不得用鸟枪崩了偷情的男人。可当他知道薛志清是山月以前的情人，竹叶是薛志清、山月的女儿后，他又产生了同情之心，他对薛志清的态度由仇恨变为友好。盘凤荣就是这样一个性格复杂的人物，性情粗野，爱说脏话，但豪爽侠义，嫉恶如仇，心地善良，心胸开阔。《杂色河湾》中的蘸蘸是个知识青年，高中毕业后因没有考上大学而回到家乡。就在他生活上走投无路，精神上十分苦闷的时候，蒂同情、关心、帮助他，在这期间他们产生了爱情，确定了关系。他从蒂处得到精神力量，坚定了对报考大学的信心。然而，大学毕业后，他却和一个城里姑娘结了婚。作品叙述了他与城市姑娘结合的经过，揭示了其复杂的内心世界。一是他经不住那个姑娘的进攻，"做了对不住蒂的事"，二是"他很难不想起蒂"，甚至"感到自己窝囊，觉得自己没出息"。最后，他与那个女子离了婚，回到大松山，回到蒂的身边。蘸蘸在艰苦的环境中长大，他和蒂的感情是在他身处逆境时建立的，自然他的思想斗争是痛苦的，作品这样描写他的内心复杂性，既真实又可信。如果不这样处理，把他写成一投入城市女人的温柔乡就再也不想蒂了，那就把生活的复杂性和人物的思想感情简单化了。

《雄枭阴鸷》真实地再现了20世纪30年代桂北瑶民暴动的历史面貌，刻画了众多性格鲜明的人物形象和他们的命运。作家既塑造了盘三公、雷王子等瑶族人民的典型，又创造了姜德仁这样无恶不作、骑在瑶族人民头上作威作福的反面典型，还勾勒了县长蒋伯温那样肆意欺压瑶族人民的"狗官"形象。人物可谓是形形色色，描写有浓有淡，显示了作家创作人物群像的意图。作品中着墨较多的人物有隐婆婆、盘三公、盘天保、虎林和雷王子等。

隐婆婆是个在人与神之间上传下达的人物，通过她传达先祖盘王的旨意号召瑶族人民揭竿而起。就是在暴动失败后，人们似乎还能听到她那"盘王我的祖先哟啊喂，你功盖苍天举世无双，你把伟大勇敢传给儿女，他们个个力大无穷武艺高强"的歌声。这歌声既能激起瑶族人民对自己的先祖盘王的怀念之情，又能鼓舞人们继续斗争。

武秀才盘三公是个被批判的人物，曾任民团的团董。尽管他也恨倚仗权势对瑶族人民胡作非为的姜德仁，但又对国民党政府抱有幻想，总想用告状的方法扳倒姜德仁，从而争取瑶族人民的平等生存权利。这简直是异想天开。更可悲的是，当他和虎林等人被姜德仁当作共产党抓进监牢时，仍然不醒悟，可见其麻木到何等程度。就算后来他被国民党委任为区长，还是免不了惨遭杀害。

盘天保是暴动队伍中一个打仗勇敢的战将，暴动失败后，他带领一支队伍打到湖南境界沦为土匪，仍然坚持斗争。可是，他既经不起国民党当局封官许愿的诱骗，更经不住女色的勾引而惨遭杀害。虎林在暴动失败后，带着妻子逃到桂林找到了中国共产党。行侠仗义的雷王子也还干着"占山为王"的"劫富济贫"的行当，最后他惩罚了作恶多端的姜德仁和在县长蒋伯温头上刺上"狗官"二字，并继续带领瑶族武装活动在莽山的密林深处坚持与国民党反动派进行艰苦斗争。读者从虎林和雷王子这两个人物身上感受到了作家那颗充满民族自尊心和自豪感的赤子之心在强劲地跳动。同时，从这两个人物身上，也让人看到了他们不屈不挠的斗争精神和民族的希望之光。

整部作品充满浓郁的瑶族风味。那庆祝盘王节的盛大场面，那崇拜祖先的宗教信仰，那民族史诗、神话传说，那民情风俗、饮食习惯和着装服饰等，这一切都描写得真切生动。需要指出的是，唐克雪的思想艺术追求不仅是展现这些充满瑶族特有的文化氛围，而是通过对这一文化氛围的渲染，展示一幅幅瑶族人民前仆后继反抗阶级压迫的壮丽斗争画卷。由此可见，唐克雪最主要的思想艺术追求是把瑶族历史和瑶族人民的命运结合起来描述的。通过作品，读者可以看出唐克雪的描写重心是表现瑶族的斗争生活，表现虎林和雷王子等人的历史命运，从而挖掘瑶族那英武剽悍、嫉恶如仇、热爱生活、要求自由、渴望安宁的民族性格特征。

唐克雪的小说对细节的描写具体、丰富和生动。唐克雪作品中的人物绝大多数写得个性鲜明，血肉丰满，栩栩如生。这在很大程度上得力于唐克雪准确地把握住人物性格特点，并通过细节把他们表现出来。唐克雪的小说努力刻画出人物性格的复杂性。他在塑造人物形象时充分注意到人物性格的复杂性、丰富性，多方面揭示人物性格，没有单一化、脸谱化的毛病，因此，他作品中的人物都被刻画得颇为丰厚，具有立体感。

民族土壤长出的诗树：唐德亮

唐德亮，生于1958年，广东连山人，1978年开始诗歌创作，发表作品。中国作家协会会员，广东作家协会理事，广东作家协会诗歌委员会副主任。至今已在国内外200多家知名报刊发表文学作品2000多篇（首），出版诗歌、散文、文学评论、杂文集9部、长诗1部，诗集《南方的橄榄树》获第八届广东省新人新作奖、诗集《苍野》获第七届广东鲁迅文学奖，长诗《惊蛰雷》获首届中国"阮章竞诗歌奖"。

唐德亮是从瑶山走出来的少数民族作家，长期生活和工作在基层，与人民群众和社会现实关系密切，他的文字始终充满浓郁的乡土味和瑶族风情，始终贴近原始自然，充满对瑶族乡民的痴爱，对底层人民生存状态的关注，和对其精神状态的盘诘。吉狄马加发表于2018年5月13日《羊城晚报》上的评论文章《在诗歌现代性中融入民族性》里，对唐德亮的诗歌做出了恰当的注解和定位："在当下不少诗歌存在着碎片化写作的情况下，唐德亮却积极地去把握时代脉搏，注重把个人生活与时代、社会、人民紧密联系在一起，写出了许多健康向上，给人温暖，给人力量的好作品。"

　　唐德亮曾被评论家誉为文坛的"创评双枪将"，其创作体裁涉及诗歌、散文、评论、小说、报告文学、儿童文学和散文诗等，但总的来说诗歌成就最大。唐德亮的诗歌《苍野》《深处》和《地心》中收录了大量的乡土诗、民族诗。唐德亮在《民族文学》发表了组诗《粤北石灰岩印象》，其中《石灰岩山区》写道：

该贫乏的却很富有
该富有的却很贫乏
硌牙的石头
让目光痉挛
巴掌般的泥土屡屡
被阳光针灸得冒火
而水总躲在云彩后面
藏在干涩的梦里
栽一株玉米于浅土
荒凉中的叶片摇曳着单调的春天
喂养着瘦弱的温饱
痴情贫瘠祖祖辈辈
纵使被贫瘠的石头
切割得伤痕累累
仍然像一株耐旱的玉米
不愿舍弃这一片
灼热的石浪[①]

[①] 唐德亮：《粤北石灰岩印象》，载《民族文学》2002年第4期。

这首诗蕴含着诗人对生养他的故土岩浆般滚烫的热爱，开头两句"该贫乏的却很富有，该富有的却很贫乏"，高度概括出了石灰岩山区的特点，透露出诗人对改变家乡贫困面貌迫切的心情。"硌牙的石头，让目光痉挛"，表达的是诗人"哀民生之多艰"，对家乡父老的疼惜。石灰岩山区贫瘠干旱，只能将玉米栽种于浅土。顽强的玉米象征顽强乐观的民族精神，抒发了诗人对大瑶山山区父老乡亲坚韧不拔的生存意志的敬佩之情。这首诗劲道十足，让人过目不忘，感人至深，透露出诗人强悍的写实功底。

组诗《风从田野来》则更多流露出对家乡变化的欣慰以及对山居生活的哲思。其中一首《沟底》写道：

> 两座山之间
> 一条沟在狭缝中穿行
> 像当年的某人在绝壁下
> 捡拾阳光的碎金
> 我捡起一根鹰的羽毛
> 它还带着体温与呼吸
> 我听见了它主人飞去的方向
> 在山色渐朗的额头
> 闻了闻自己的影子
> 一片红叶打了个旋
> 落在沟的唇边
> 沟口装着村落、大树、溪水……

《红头巾白腰带》则更多传达出对本民族习俗的欣赏、自信和欣喜。比如，其中一首《瑶歌穿越山野》写道："古铜色的瑶歌响起，山峦便汹涌成一条，苍茫深邃的河流……"瑶山因国家扶贫政策和旅游开发带来的富足，带来的热闹，跃然纸上，诗人也因感动而让"眼角的一滴泪,濡湿了记忆中的那片,亘古荒原"①。

唐德亮先后在《人民日报》《文艺报》《南方日报》和《羊城晚报》等发表了200多篇散文,多次获全国、全省报纸副刊奖,并有作品被《散文选刊》转载,有多篇散文入选全国散文选本和多个省市中学中考、期末考语文试题,出版有散文集《心路漫漫》。唐德亮的散文多取材于自身经历,依然以粤西北那片瑶乡故地为写作的心灵根据地,写出了一批抒情散文,一些追忆童年往事、人生历程的叙事散文以及歌咏瑶山风物和祖国壮丽河山的游记类散文。唐德亮的散文不局限于琐碎的浅层次的抒情和叙事,而是包容万象,体物得妙,富含思想的火花和深刻的哲理,熔自然、生活、人生、社会、历史与文化于一炉,给读者强烈的人生启迪。②《造物记》《记忆中的香》《草根》《遥远的乡梦》《田间》《古树》《父亲》《农活的滋味》和《两个队长》等均是作者优秀的散文代表作。

唐德亮一直在报社工作,具有媒体人的强烈使命感和社会责任感,他的杂文作品多取材于工作经历、所见所闻和新闻素材。他发表的杂文作品近200篇,入选各种选本,入选多个省市中学中考、期末考语文试题,其中有60余篇被《杂文选刊》《杂文月刊·文摘版》转载,并入选多种杂文年选、排行榜,且多次获奖,著有杂文集《上帝造石与赫氏评画》。唐德亮的杂文紧贴时代脉搏,有感而发,不平则鸣。他对人生百态、官场贪腐、世态凉薄和社会见闻等作出了鞭辟入里的分析,针砭时弊,爱憎分明,激浊扬清,颂扬真善美,鞭笞假恶丑。《唤醒麻木的心灵》《拍案惊奇》《怀念一万只断臂》《读经热冷析》《说阴险》《批评难》等作品从不同侧面对社会病相作了鞭挞和揭露,有思想深度,催人警醒。尤其是他不畏权势,当某些"问题官员"还在任上时,也敢于撰写杂文、长诗批判他们,

---

① 熊国华:《清远当代文学史》,花城出版社,2010年。
② 熊国华:《清远当代文学史》,花城出版社,2010年。

显出了其胆识与刚正。他的杂文,既有"杂",更有"文",辛辣,尖锐,活泼,幽默,可读性与文学性都很强。

唐德亮还是一位有建树的评论家,为当代作家和诗人写了许多评论,还有针对某一文学现象而写的学术性文章,著有评论集《文学的烛照》。他的评论,最可贵的品质在于敢讲真话。他在《文学自由谈》接连发表九篇评论并上了其中一期的封面人物,批评文坛种种歪风邪气、不良作品与现象,敢于提出自己的观点,凌厉深刻,引起较大反响。

第九届"骏马奖"诗人:黄爱平

黄爱平,生于1962年,笔名江村,湖南江华人。1985年开始文学创作。曾任永州市作家协会副主席,2008年加入中国作家协会。著有诗集《边缘之水》《黄爱平诗选》、组诗《楚辞》《苍茫时刻》《一厘米的忧伤》《遥远的河》和长诗《茫茫大草原》等。1989年获《湖南文学》杂志社青年文学大赛二等奖,诗歌《边缘之水》获1991年《芒种》杂志社全国诗歌大赛二等奖。《黄爱平诗选》荣获第九届全国少数民族文学创作"骏马奖"。

黄爱平的诗为瑶族诗歌史平添了一道亮丽的风景线。在20世纪80年代后期的湖南诗坛上,黄爱平的诗歌已渐入佳境,他在《芙蓉》和《诗神》特别是《湖南文学》上不断地发表诗作,不仅在数量上不胜枚举,而且在质量上堪称上乘。发表在《湖南文学》1989年3月号的《归途》,由于它将大瑶山的情境做了典型化的处理,而被收入《湖南新时期十年优秀文艺作品选·诗歌卷》。黄爱平是深爱他的瑶山,深爱他的同胞的。正是这种爱造就了他的诗歌的厚重感。

平和宁静和骚动不安是黄爱平诗歌形象的二重性。我们在谈及黄爱平诗歌的内涵和艺术的时候,首先不要忘了古人钟情的一个词——采铜于山。这山,就是中国广大的民间,对黄爱平来说,即生于斯长于斯的大瑶山。可以说，他所有的诗都是采铜于瑶山或采铜于民间的，因此不仅为诗歌找到了养料，也使诗人得到了滋养。如组诗《沼泽》中写道：

> 道踪失踪
> 浑浊的雨点敲打着
> 苍茫的岁月
> 生命流逝
> 我的躯体
> 布满了经验与教训
> 思想与情感
> 一如秋天裸露的河床
> 因此我开始漫长的跋涉
> 穿过城市和乡村
> 独自来到这灰寂的沼泽边
> 构筑了多风多雨的诊所
> 等候着
> 病者和垂暮的世纪
> 前来叩打窗门①

这是一个形而上的抒情诗人的自我形象，他以诗的主人公身份为这草原献上一杯烈酒，作为一个被灾难演奏得剽悍威武的民族的后代，仅凭着一匹马、一条牧鞭，走过无人区，走过沼泽，走过断碑，走过残墓，走过阳光的遗址，走过历史的断章，走过风和雪，走过沙砾填充的眼帘，走过自然的积水区，走过卓立的白草与暴怒的荆棘……为了活下去，为了最基础的生存状态，必须策马前行，哪怕每一次停顿都经受一次死亡的危险。然而，他的民族歌谣

---

① 胡宗建：《瑶族诗人黄爱平诗歌论》，载《理论与创作》2006年第3期。

却"赋予我亢奋的夜晚",于是,深不可测的草原之行,成了少年的"天然运动场,我放马任缰"。因此,"我"沉浸在祖父英勇的飞翔里和与妻子浪漫的故事里,自然也更平添了"我"对草原珍贵的感情。

《茫茫大草原》的雄浑壮美、慷慨激昂的格调源于草原民族特有的风土人情、生活习惯和它特有的文化心理结构和民族性格。黄爱平微妙地表现了这种不同,以其特有的线条、色彩、节奏、语词、韵律形式和动静结合的构图表现了这种不同的特色和格调。

《时间和爱情》中写道:

时间每走一步都伤害着你
这和爱情一模一样
时间慢慢会露出它的本质
这也和爱情一模一样
不同的是——
时间会忠实地陪伴你
而爱情,常常在半途中
拍下满身灰尘,转身走了[1]

"拍下满身灰尘,转身走了",这对当下现实的针砭可谓有千钧之力。爱情为何像时间一样在伤害你呢?因为市场化以来,爱情的诗性理解遭到了空前的颠覆,爱的双方逃脱了精神的抚摸,将人性中最美好的感情搁置在一边,人们彼此之间的交流没有了心灵的温存,没有了爱的缠绵,留下的只有一种带有原始动物状态的"性"操作的演示。唯其如此,他们事后也就形同路人了。"拍下满身灰尘,转身走了",其形象感和概括力让人叹为观止。

这个意象包含着相当深刻的现实概括和哲理意味,但读者从这个形象体味出的深刻思想仍然不是理性思辨的逻辑力量,而是对意

---

[1] 胡宗建:《瑶族诗人黄爱平诗歌论》,载《理论与创作》2006年第3期。

象本身的领悟。即是说，作者深刻的思想内核依然是隐藏在意象本身的内在张力上，而不在形象外部明晰的逻辑中。这也是黄爱平的风格。对于他来说，珍贵的不是思辨的理性逻辑，而是审美的直觉。诗人对生活的评判和思考都渗透在对形象的感悟中。他的艺术力量不在于理性的表述，而在于感情内蕴的真挚和深沉。

但是，情感要受理性的约束，任何一个情感型艺术家都会有自己的理性支柱。当黄爱平在《时间和爱情》中以整个身心来感受生活时，他关注的中心已是人，是在一个特定的时代下被漠视了的精神价值的守卫和提升。正因为这样，这首诗才引起了人们心灵的共鸣，并震颤人的内心。

黄爱平的诗歌越来越成熟，是他从创作瑶族歌谣开始，一步步实验，不断地突破、超越、发展与再生，不断在颠覆中速构诗的形式本体，包括隐喻结构、情绪节奏、心理逻辑等的内形式本体和包括词语、体式、音节、韵律色彩等的外形式本体。他深知，诗歌向内心的突入促成了内形式建构，而外形式是对诗人的基本技艺和语言智性的验示，凭借它来凸显出诗的表征。没有外形式，内形式就失去了依托；同样，内形式是对诗人的灵魂和生命体验的显影，没有内形式，外形式也成了空壳。黄爱平的诗作，由于他不断激活自身，不断创新求索，开拓出新的诗意空间，内、外形式日趋完美和谐。

复杂人性的深度挖掘和探讨：光盘

光盘，生于 1964 年，原名盘文波，广西全州人。曾任《桂林晚报》文娱部主任、《南方文学》主编。广西第四届、第六届、第七届签约作家，中国作家协会会员。2017 年 9 月，当选广西作家协会副主席。曾荣获第十届《上海文学》奖、第五届广西文艺创作"铜鼓奖"、第七届广西青年文学"独秀奖"、第十三届全国少数民族文学创作"骏马奖"等。出版长篇小说《英雄水雷》《王痞子的欲望》《烟雨漫漓江》等及中短篇小说集《广西当代作家丛书·光盘卷》《桃花岛那一夜》《野菊花》。中短篇小说入选多个选本。

光盘的小说喜欢把命运的偶然性、荒诞性、神秘性及其带来的不可把握推到极致,颇有个性,而且他的小说结构和构思往往显示出其不可忽视的才气和智慧。如长篇小说《王痞子的欲望》[1]讲述,1924年冬天,一场突如其来的大火在玫瑰镇里的豆腐坊燃烧起来。老板王痞子被大火困在其中无法脱身,最终吓昏过去。王痞子醒来后,发现自己躺在大街上。人们告诉他,镇上大户人家刘光顶的儿子刘阿水冒死救了他。而此时刘阿水已经离开现场,正走在回家的路上。王痞子爬起来追上刘阿水叩头致谢,说:"我给刘少爷当牛做马。"刘少爷却说:"不成,你生个女儿给我做妾!"王痞子答应下来。怀揣着这个诺言,王痞子开始了艰难的生女生涯。开始时媳妇老不能生育,后来讨了一个小老婆,好不容易生下一个女儿,却又被满腔仇恨的两个儿子弄死。在日本鬼子进攻玫瑰镇时,王痞子不甘心,他又开始了讨第二个小老婆的计划,可是他没想到,事情竟然是那般艰难和出人意料。万般无奈中他打起了养女的主意……生个女儿嫁恩人,这一诺言贯穿了王痞子的一生,他也因此付出了极大的代价。

小说的语言别致,情节跌宕起伏,读起来不会让人因为年代久远而心生抵触。让读者好读爱读,是作者的追求。同样是以大火作为故事的触发点,更能体现叙事荒诞、人性真实的是光盘的另一部长篇小说《英雄水雷》。《英雄水雷》中的水皮是纵火者,却被当作救火英雄,成为被羡慕、学习和追捧的对象,他想摆脱英雄的称号但摆脱不了。雷加武是真正的救火英雄,却被当成贪图名利的骗子,

---

[1] 中国作家协会:《新时期中国少数民族文学作品选集·瑶族卷》,作家出版社,2013年。

他想证明自己是英雄却无人相信。三十年来，他们都生活在无法证明真相的痛苦之中。

光盘的小说创作彻底摆脱了一些前辈作家那种单纯的政治性和民族性，对复杂人性的深度的挖掘和探讨似乎成了光盘小说创作的追求。

瑶族作家光盘是广西"后三剑客"之一，是国内近年来崛起的重要作家之一。光盘在小说领域获得巨大成功之后，开始有意回归少数民族题材，光盘在《民族文学》2015年第1期发表了短篇小说《跳盘王》。

善于讲故事的光盘往往在小说的开头就能紧紧抓住读者，我们来看看《跳盘王》的开头：

天刚放亮，我就听到了师傅的脚步声。这声音我无法形容，师傅一定穿上了与众不同的那双鞋。

跳盘王，瑶族的祭祀仪式。合村共祭，通常由寨老主持，用一头猪，若干只鸡，选三对未婚男女着盛装充当"唱歌仔"，代表盘王子孙，他们在巫师（师公）楼缅翁的引导下唱《盘王歌》《流落歌》《千家峒来历歌》以及爱情歌，协助巫师，以祈求保护族人五谷丰登、人丁兴旺。

师傅穿上"与众不同的那双鞋"，暗示了跳盘王活动的神秘和庄重，体现了大家手笔风范，一开头就勾起了读者的探究兴趣，不过比起光盘其他小说的开头，这篇《跳盘王》显得平实许多。

再看同样发表在《民族文学》的作品《重返梅山》的开头：

爷爷再次重返梅山的愿望没有实现。也就差一点儿他就实现了。可是在成行前几天他病倒住进医院，再也爬不起来。临终前爷爷对我说："我要去梅山，借你的眼睛看看梅山。"

多年后的春天，我手捧爷爷的大幅照片，带上爷爷的灵魂去往梅山。我不知道逝者有没有眼睛，不管有没有，我就是爷爷的灵魂之眼。爷爷的灵魂应该是趴在我身上的，因为我感到身子重了许多。

……爷爷在梅山待过多年，早年当土匪，后来成为抗日英雄。①

这个开头显然比《跳盘王》的开头更吸引读者。爷爷对孙子说："借你的眼睛看看梅山。"这个说法很新鲜，一般的作者想不到，一下子制造了一种神秘氛围，仿佛爷爷真的在天有灵，"爷爷的灵魂应该是趴在我身上的，因为我感到身子重了许多"。紧接着又来一句，尤其是"重"字用得极妙，既诙谐又庄重的气氛就出来了，使得读者的阅读变得轻松有趣，然后才点明爷爷"后来成为抗日英雄"，使得阅读一松一紧，张弛有度，不容易产生审美疲劳。光盘善于在严肃题材里给读者一些轻松幽默，他近期的长篇小说《湘江战役之后》同样是在庄重肃穆的氛围里不乏幽默诙谐，这也许是他的小说引人入胜的原因所在。

特色鲜明的女诗人：唐小桃

唐小桃，生于1964年，笔名紫瑶，女，广东连山人。文学创作以诗歌为主，以特色鲜明的少数民族女诗人的身份跻身广东诗歌界。曾任清远市作家协会主席、文学期刊《飞霞》杂志执行主编。广东省作家协会第八届、第九届理事，广东省作家协会诗歌创作委员会委员。出版了五人诗歌合集《五彩梦帆》，诗集《酒玫瑰》《唐小桃短诗选》《自由时光》，散文集《飞花飞梦》等。《中国诗歌三十年——当今诗人群落》中对其有专门的评介。有作品入选《新时期中国少数民族文学作品选集·瑶族卷》。出席第六届全国少数民族文学创作会议。

---

① 中国作家协会：《新时期中国少数民族文学作品选集·瑶族卷》，作家出版社，2013年。

唐小桃最受欢迎的一首诗是《牛一直吃着我记忆中的草》,《作品》杂志社长、著名诗人杨克认为,这首诗超时空地将"我"和牛连接起来,不同的时空里是不变的场景,奇妙而有张力。如:

牛一直吃着我记忆中的草
那些春天里带着露珠的草
冬天的冰雪下还冒绿的草
那些远离村庄城市的记忆里
柔软缠绕我的草
……
牛吃了童年的草,再吃少年的草
有时还回过头来吃
在一条不确定的道路上吃下去

唐小桃的诗歌大多是她在个人情感竖琴上弹奏出的幽婉旋律。尽管她也坚信一首好诗"功夫在诗外",也追求"大胸怀""大境界",强调"只有对社会现象进行认真的观察和思考,才能写出情感、思想、艺术都闪烁光芒的好诗",但无论从数量,还是从艺术水平上来说,其表现情感和心灵律动的诗篇都要略胜一筹。爱情是古往今来的诗人反复吟咏的永恒话题,唐小桃也擅长书写爱情诗。在她的诗集《酒玫瑰》中,爱情诗就占了很大比重。这些诗不仅在情感上表现得一往情深,缠绵痴迷,令人心动,更可贵之处在于其无论是"抒写对爱情的期待和追求,表现对爱情的坚贞和执着,歌唱爱情的幸福或惆怅,还是议论爱情的种种状态",都力求在意象运用和语言上别出心裁,给人一种新颖别致的感受。《给你》《天边的玫瑰》《酒玫瑰》《音色》《我是你的风筝》《春天狂想曲》《虹桥》《红豆》等诗篇都抒发了诗人被爱情淹没的幸福和陶醉,她这样无所保留地表白自己:

因为爱你被你爱

我才飞翔

我是你放飞的一只风筝

风托举着我

雨敲打着我

风风雨雨

我愿被你牵扯一生

现代人追求人格独立，即使在爱情中，平行生长的两棵树才是理想的爱情模式，而唐小桃似乎还沉浸在古典的爱情理想中，她说：

如果你是旷野的一棵树

我就是庭院里的一株花

当你枝荣叶茂地回报泥土

我却在自家低矮的围墙上

景仰你

当社会越来越现代时，人们的心灵却越来越回归传统，这种古典式的爱情理想其实包含了对爱更深刻的理解：欣赏、牺牲和奉献。

在意象运用和文字选择方面，唐小桃往往别出心裁，比如《酒玫瑰》中通过想象将酒和玫瑰结合起来，赋予玫瑰新的意蕴。玫瑰花形如酒杯，一朵玫瑰就像一只斟满美酒的酒杯，玫瑰象征爱情，"酒玫瑰"的意象很直观地给人一种为爱陶醉的感受。再如她在《红豆》中写道：

月亮还没有出来

思念就已经发亮

我无法拒绝聆听

红豆的心跳和花开的声音

无数记忆的宝藏

爬上绿色的格子

肥沃了许多的诗情

这首诗歌表达了诗人强烈的思念之情，月亮、红豆和花等意象并不新颖，但大胆的想象使她笔下的意象和语言生动起来，产生了新鲜别致的诗情。唐小桃的诗歌数量不多，但她在意象和语言方面的匠心独运，使其作品在艺术上达到了较高的水平。

随着视野的拓展和思想的成熟，唐小桃在诗歌创作上开始摄取更广阔的社会生活画面，她写下了《大地乐章》《向前走啊，清新》等直接反映时代生活的作品，虽然艺术上还有待提高，但显示了诗人创作上尝试突破的追求。唐小桃不仅擅长写情诗，其他题材也同样不乏佳作，如《忧伤组合》中的《绝壁》，塑造了一位面对世俗，"选择了黑暗""选择了痛苦""睁大勇敢的眼睛，与前面的绝壁，对视"的孤傲形象，既新鲜又突出。

乡情与同情是人们的共同情感，也早已被人们反复歌唱过千万次，但是这些共同情感一到唐小桃笔下即别开生面，《故乡行吟》就是例证。如：

当最后的北风漫过

故乡我是你远足归来的游子

……

每一个足迹都是乡音田园的风

吹我回到陶渊明的东篱

琅琅的书声

洗涤我一身的尘俗

历史尘埃

故乡，今日我仍是你池塘里

一支不染的荷

歌唱抗洪抢险英雄是政治性很强的题材，由于她所选择的角度与众大不相同，所以给人面目一新的印象，如《绿军装》中写道：

一夜间那些沉浮的生命
都长在你绿色的脊梁上啊
……
狂风暴雨
惊涛骇浪
拍打出无私无畏的韵律
拨亮了一个新绿的主题
绿——军——装——呵
只要你一个劲地绿
世界便一个劲地光明

绿，是军装的颜色，也是生命、青春的象征。唐小桃用"绿"来赞颂英雄，比直接赞颂更为感人。

唐小桃还有一些作品是"行走的诗"，它们是诗人云游时的所见所闻所感，而这样的诗特别是散文太多了。故而笔者推崇其中的《透过车窗我看到你的脸》。如：

那时，我和你在不同的两台车
因为同时敞开的时间和地点
我们传递表情和微笑
透过车窗我看见你的脸
在这旅途之上
在城市纵横交错的十字路口
因为一盏暂时的红绿灯
我看见了一座静穆的峰峦
一棵临风的树

轻轻与我擦肩

眼睛瞬间的抓拍，定格成诗，两个陌生人交会的一刹那，在城市的十字路口，心灵微微发生了碰撞。诗将短暂变为永恒，这就是写作的魅力和意义所在。

在唐小桃的新诗集《自由时光》里，唐小桃的诗歌创作有了质的突破，她不再是个囿于自我天地的倾诉者、一个自我陶醉者，而是立身于土地上，在苍茫大地间感应着民族、历史、文化和时空，解读生命，用心去传承岁月的声音。在这样的时刻，诗人是被折服者，她被民族久远的历史强大的生命力折服；诗人又是传承者，她承担着传承文化精魂的使命；最终，诗人是解放者，在传承中，她被滋养并感悟，直至心灵得到升华，从而得以延续文化的精魂。这样的解放，是真正的释放，是飞翔！

这部诗集最有价值的地方正在于此。瑶族的历史和文化在诗人笔下摇曳多姿，被吟唱得如此深情而旷达，诗人的声音激动而充溢爱意，清晰地表达出诗人的心仪、膜拜、感恩和怀想，以及独特的感悟。唐小桃写瑶族千家峒的传说，写阿贵的歌声和莎腰妹的刺绣，写十二节牛角的期待，写瑶山火种、长鼓舞、耍歌堂，以及阿爸及乡亲……奇特的民俗，粗犷的民风，自由而飞扬的心性，在一行行诗里活泛起来，明朗起来，成为愉悦的景致。例如，《"千家峒"，梦里的故乡》中写道：

一牛角的水酒后
醉红的双眼牛一般坚韧和刚强
千家峒，我们和你很近
眉眼之间鼻息之间心胸之间
无处不是你的影子
站在岭南峰顶
沐浴湿漉的朝阳

吹响牛角

高亢委婉雄壮

新一出乐章

洒落在南岭的山岗

这样的诗句已非女性婉致的吟哦,而是有了力的雄浑,有了沉实厚朴,是思索之后的眺望,是眺望时宁静的伫候。

除了表现瑶族的历史和文化,这部诗集还有一个新的突破,即对现实社会、公众生活的关注和表现。唐小桃的公民意识、人性良知和社会责任感,让她把目光更多地投向现实生活,去对存在进行思索、追问,并有所承担。

饱含激情的哲思诗人:帕男

帕男,生于1965年,原名吴玉华,湖南江华人。曾任楚雄文学院院长,主任记者,楚雄彝族自治州作家协会副主席,中国少数民族作家学会会员,云南省作家协会会员。帕男1982年开始业余文学创作。出版有诗集《男性高原》《落叶与鸟》《帕男诗选》,报告文学集《高原潮》《阳光地带》,散文集《多情的火把花》《一抹秋红》,长篇报告文学《裂地惊天》《穿过神话之门》《一个皇帝出家的地方》《梦断天堂路》,长卷散文《天地之孕》《魂牵五台》(合著),长篇小说《爱过了就分手》《墙外佳人笑》等。先后有50多部作品获得了全国、省、州的奖励,其中长卷散文《天地之孕》、长篇报告文学《裂地惊天》分别获得了第一届、第二届楚雄彝族自治州"马缨花文学奖"一等奖;《帕男诗选》获全国鲁藜诗歌奖。

在《男性高原》之前,帕男曾有《高原潮》《梦断天堂路》等著作问世,无论是对语言、技法和技巧的展现,还是对自然、生命和生活的悟性书写,该诗都义无反顾地向读者供奉了真挚、沉郁、深刻和哲思的灵性探寻。走进《男性高原》，一如走进诗人刻骨铭心的生活轨迹和心路历程，其真实的声音和声音之后的反思在这本诗集中得以完完整整的栖息。帕男对高原圣歌的灵性探寻、灵性歌吟是其对生活享受之后的灵性报答和灵性酬谢。诗集随处可以听到来自高原的、民族的和欲望的灵性讴歌。正如帕男在《自序》中所言："敢大恨，亦敢大爱，要做个彻头彻尾的真人，才会有真诗。真心做人，真心为诗，这是我一生之所求。除了诗，我别无他好。只是担心，人做到了家而诗写不到家，有诗而不被诵读，岂不悲乎？"这种诗心、诗欲，这种大恨大爱在《男性高原》的每个角落都体现了诗人真心为诗、真心做人的超凡气度，也难怪诗集里的绝大部分篇章都融入了诗人观照生命、观照生活的真情实感。

《男性高原》与其说是一部诗集，不如说是帕男入滇十多年来对灵性高原倾情感悟和热情讴歌的一本高原诗史集。在《冬季回响》组诗里，诗人写道：

虔诚
如丁当作响的风铃，悠远的斜乜
一驼远去的队伍
响鞭终未拉响
凝固的脚步①

诗人欲擒故纵的诗意表达，将高原冬季的形象半遮半露出来，其火候掌握可谓恰到好处。

在《守林人》与《大循环》两诗中，帕男采用了两种不同的表达方式以期再现过去和现在人与自然这个历史主题，一种负重的责任感和使命感激起了诗人与常人相同的忧虑、焦灼、期待和观望，但这些已定格成历史的呐喊却出自诗人对自然、对生活的深切体验。

---

① 帕男：《帕男诗选》，云南民族出版社，2010年。

此种关注,在《男性高原》里随处可见。呐喊过后,诗人把视野投向了各种情感,乡情、友情、爱情、亲情皆有,诸如《致石榴子》《四公公》《船工》《分手》《乡情》等诗,这大概与抒情这个被诗坛所长期流行和厚爱的主题有关,只不过诗人抛弃了固有的传统,另辟蹊径,用密集的语境作铺垫,采用跳跃式的技法、完整的语感将万古乡情、爱情、友情和亲情淋漓尽致地展现出来,令人流连忘返。

在《男性高原》里,诗人用大量冷静的自传性诗歌将记忆锁定在特定的区域,把经历过的和未经历的经验转化成体验,并打破原始经历和经验的外壳,直接进入核心的内在体验的真皮里,诗人的"我"自然而然便得以超验,得以探寻。这在《我的传说》《随想》《野山之恋》《荒欲》和《悼》等诗中显得尤为强烈和明显。诗人在《和陶渊明的一次对话》中写道:

我没有你那份烦恼
但喝啤酒写诗我都会
诗找不到销路削价
只要一块三毛六就能买瓶啤酒
你是不会有啤酒的
南山下的那片杂豆
酿不成啤酒
不过每当荷锄归来
哼的那曲小调
已在东篱之下发酵
你把什么都忘了
偏忘不了自己死去很久[①]

这是诗人对古与今、生与死、过去与现在的超验,是生者和死

[①] 帕男:《帕男诗选》,云南民族出版社,2010年。

者的灵性对话。诸如此类的超验和灵性探寻，在诗集《男性高原》的第三辑、第四辑里比比皆是。

在《男性高原》这部诗集中，帕男大胆与时代接轨，浓墨重彩地讴歌了时代生活。这里面，既有对生活以外的世界的描写，也有对内心世界的间接倾诉；既有对明朗、高昂和乐观等感情形态的礼赞，也有对沉郁、忧郁和痛苦等另类感情形态的抒写；既有民族化和现代化的统一，又有大众化和层次化的相互渗透。可以说，这是一部充满民族特色和高原特征的具有时代精神的灵性诗集。

从事新闻工作的帕男偶尔写诗，在多年后的1996年才出版了他自己的第一部书《男性高原》，在写诗的同时又开始涉猎报告文学写作，也就在同一年出版了他个人的报告文学集《高原潮》。继而又有多部散文集或长卷散文出版发行，帕男的散文开始被文坛关注，并进入了一些评论家的视野。

帕男在报告文学创作上吸收了小说的描写技巧、戏剧的对话艺术、电影分镜头的叙述方法以及诗歌的跳跃手法等。帕男的报告文学往往凭借散文和诗歌语言，戏剧和电影的叙述方式，化平庸为神奇，或以全景式、集合式，抑或卡片式等方式对重大事件进行还原、记录和展示。帕男一共创作了《高原潮》《阳光地带》《穿过神话之门》《裂地惊天》《滇 我的那个云南 云南生态文明记》《芳泽无加》《大江歌罢》7部作品，共计170多万字。这些作品中影响最大的是《裂地惊天》。《裂地惊天》以反映大姚"7·21"地震抗震救灾为内容，在地震发生不到一个月，帕男就完成了这部长达25万字的长篇作品并由云南民族出版社迅速出版，作品还获得了第二届楚雄彝族自治州"马缨花文学奖"一等奖。

从帕男的一系列的报告文学作品来看，他对待报告文学写作的态度是严谨的，没有一部作品敢草率应付，从选题到创作和出版的每个环节都是一丝不苟，这取决于帕男对文字、文学的敬畏。诸如《滇 我的那个云南 云南生态文明记》，该选题是平实的却又意义重大。不但站在全省的高度，而且以生态屏障的世界眼光，以真情实感观照生态文明建设，难能可贵。帕男的这部作品构架全省，撷取典型，深入细节，以诗歌的灵动跳跃，散文的形散神聚，小说的丰富细致，电影的运动重组，戏剧的突转发现等，加上帕男独特的语言风格，使作品极具魔力。

长篇报告文学《大江歌罢》是对大项目全景式的描述，全面反映了"西电东送"金沙江中游水电梯级开发大战略中的观音岩水电站移民搬迁的完整图画。帕男又马不停蹄地开始《格局——楚雄经验的密码》的创作。帕男说，选择了《格局——楚雄经验的密码》就选择了挑战，但为了宣传楚雄，他可以全然不顾，不遗余力，担当起一个写作者的责任。

沉郁的归隐者：陈茂智

陈茂智，生于1968年。中国作家协会会员，中国少数民族作家学会会员，湖南省作家协会会员，江华瑶族自治县作家协会主席。作品在《民族文学》《湖南文学》《作品》等期刊发表，出版有中短篇小说集《静静的大瑶河》、长篇小说《归隐者》《金窝窝，银窝窝》《红薯大地》等，有作品入选《黄冈语文读本·高三语文》等多种选本，获"2001—2002《小小说选刊》全国优秀作品奖"，获第一届、第二届永州文艺奖等奖项。

在永州文学界，陈茂智是一位值得关注、让人期待的作家，他总在不经意间给人带来一些振奋和欣喜。2012年10月，线装书局出版了陈茂智的第一部长篇小说《归隐者》。小说描写了一个名叫程似锦的落魄男人因身患绝症对人生彻底绝望，在寻找解脱的流浪中突然闯入南方山林香草溪，在这个封闭、原始的古老瑶寨，他身心的累累伤痕得到良好的医治，他融入其中，并以报恩的心态全力回报这片土地和善良的人们。在次年举办的"神州瑶都（中国·江华）瑶族盘王节"期间，《文艺报》、湖南省文艺评论家协会、《创作与评论》杂志社联合举办了《归隐者》研讨会。与会专家认为，这部作品将优美的自然风光、奇异的民俗风情与潇湘人文掌故融合在一起，通过浓浓的乡土叙说和颇具禅意的灵魂追问，对当前社会现实进行了深刻剖析，图书界将其誉为"现代版的《桃花源记》、中国版的《瓦尔登湖》"有一定的道理。

陈茂智的创作，始终以广阔的江华瑶山为背景，有着浓郁的民族特色和鲜明的地域特征，"大瑶河""风城""香草溪"已成为他作品中特有的地理坐标和文学符号。在创作长篇小说《归隐者》的过程中，他阅读和收集了大量与潇湘人文地理有关的资料，对永州本土文化进行了深入的钻研与思考。他认为，永州是一本读不尽的大书，有取之不尽的创作资源。他现在的创作计划很多，如有关清末"中兴将帅"王德榜回乡募勇抗法的历史演义小说《血溅金牛角》、有关瑶族抗日的抗战传奇《神土》等，这几部作品都已经开笔，有的已经写了几万字。他说，完成需要时间，也需要机缘。有时想到一部作品耗费大量心血完成后却没有出路，还真的感到悲哀和害怕，经常有一种放弃、落荒而逃的想法。这不是懒惰。

这种创作的艰难与无奈，常常使陈茂智陷入沉郁与忧思。但他没有颓废和消沉，他的文字始终是清丽而温暖的，以他作品所传递的悲悯与善良，于暗夜中点亮一荧灯火，在雾霾中擎起一星火光，照亮自己也照亮别人。他就像一位固执的农夫，守望着自己的文学领地，守望着一块春天的麦田。陈茂智的长篇小说《金窝窝，银窝窝》是一部以湘南大瑶山天河水库扩建移民搬迁为背景，表现瑶族千年迁徙历史的长篇小说，由九州出版社出版发行。金棚、银棚是大瑶河边两个古老的瑶寨，一条河相依，一座山相隔。历史上两个寨子因争夺山场矿产而结下冤仇，老死不相往来。时间到了21世纪初，外出打工的浪潮让金棚、银棚的年轻一代逐渐摒弃深仇旧怨，开始互相融合。也就是在这个时候，天河水库扩建工程移民工作队也进驻瑶山……小说将瑶族苦难、漫长的迁徙历史与瑶族群众对美好生活的渴望集中展示，融瑶族奇异风情与瑶山生态美景于一体，描绘改革大潮中瑶山大地波澜壮阔的社会生活画卷，赞美瑶族人民坚韧顽强、包容大度、乐观进取、为国奉献的民族精神，塑造了一组为民、务实、清廉的县乡干部群像。《金窝窝，银窝窝》被列入湖南省作家协会2015年重点扶持作品。

科普作家：欧阳临安

欧阳临安，生于1968年，广西富川人。中国科普作家协会会员，广西摄影家协会会员，贺州市作家协会会员。作品散见于《人与自然》《旅游纵览》《第二课堂》《贺州日报》《中国诗歌》等。出版了《昆虫在野——镜头里的美丽邻居》《奇趣昆虫》等图书。

欧阳临安的创作以生态散文为主。2017年7月，在南京市高淳区文联主办的第四届"一字街文学天地"网络征文大赛中，其散文《荒野传奇》获二等奖。2021年8月，在中国科普作家协会主办的"与自然同行的故事——首届生态科普短文征文活动"中，其散文《化蝶》获创新作品奖。2022年1月，在广东科学技术协会等单位主办，广东省作家协会等单位支持的第十五届广东省科普创作大赛中，其散文《蜕变》获科普文学类优秀奖。2024年2月，他的生态散文集《昆虫在野——镜头里的美丽邻居》被科技部评为2023年度全国优秀科普作品奖。

光明网2023年5月17日在《以文艺美为广西生态美赋能添彩》一文专题报道："散文摄影集《昆虫在野——镜头里的美丽邻居》用镜像语言讲述一个个生命故事，实现科学摄影与艺术摄影的结合、观察力与想象力的结合，得到中央电视台科教频道《读书》栏目特别推介。"

除了生态散文，欧阳临安也写过一些诗歌。2016年5月21日，他在《贺州日报》发表诗歌《古寺与新绿》。2016年5月27日，在《贺州日报》发表诗歌《山中寻蝶》。2016年8月30日，在《贺州日报》发表诗歌《古村福溪》。

云南自然与文化遗产保护促进会副会长、《人与自然》杂志视觉顾问范毅先生在给欧阳临安的散文集《昆虫在野——镜头里的美丽邻居》所作的序言《生命的赞歌》里说："《昆虫在野——镜头里的美丽邻居》仔细读来，感觉作者不仅有着对昆虫物种准确的认知，还有对它们生存方式的深入了解，以及精确运用的拍摄手法。书中精炼的文字描述，微距摄影的经验分享显示出这一点，最重要的是他不以人类的价值水准来评判昆虫世界，而是将自己化身于其中。他相信昆虫之间也有一套自己的信息交流方式，在它们的召唤下，和它们对话，十年的光阴里，从未间断。他的工作热情化作一篇篇自然观察笔记，除了记录时间、天气、行程和自己的简单生活外，这些日记中的重点是记录他所观察到的昆虫行为，从早到晚，在林中与昆虫为伍，想它们所想，思它们所思，观千姿百态，讲家长里短，娓娓道来……"

《昆虫在野——镜头里的美丽邻居》中写道："溪边的草叶上，一个鱼蛉的卵块黄澄澄的，像一团糯米饭。卵块有动过的痕迹，已经被跳小蜂寄生。最先孵化出来的是跳小蜂。我说虫妈你为何不在一旁守护呢？""这些盾蝽卵色彩艳丽，晶莹剔透，美如龙珠。得此杰作，虫妈欣喜若狂，感情战胜了理智，决定在山顶的亭柱上展览——谁知第二天'龙珠'就被盗，展览匆匆结束，很遗憾！"

这样的文字，亲切、生动有趣，是文学的语言，像一位和蔼的智者对年幼的晚辈循循善诱，很容易将读者带入生机勃勃的昆虫世界中，并激发读者进一步探究的热情。

清新隽永奏喜乐：盘春华

盘春华，生于1969年，曾用名唐咸华，笔名南柯，广西全州人。1992年加入广西作家协会。现为贺州市文联兼职副主席，广西作家协会理事，贺州市作家协会主席。1987年以来，盘春华陆续在全国几十家报刊发表作品。1990年被评为中国散文诗研究会优秀会员。1991年出版诗集《夜歌》。作品曾获"东北文学"全国精短文学作品大赛一等奖、《当代作家评论》全国青年散文大赛优秀奖、广西报纸副刊研究会"八桂潮"小说奖等。作品入选《新时期中国少数民族文学作品选集·瑶族卷》等。

盘春华在《初晴的日子》中有这样的诗句："我年轻的天空出奇地蔚蓝。""蔚蓝"铸成诗人的诗魂。不论写人还是写物，盘春华都洋溢着一种纯真的诗情，表现出对乡亲们的挚爱，对生活的热恋。他对于周围的花草树木也灌注了青春的活力。总体上说，盘春华思路开阔，由近及远，虚实相生，自然而然地构筑起巧妙的艺术世界。如《母亲》中写道：

> 我会记住，说话要像
> 水流在石头上一样透明
> 友谊，要像老酒
> 醇香与年份同增
> ……我会记住
> 像相信月亮一样
> 相信美好的日子会来临①

"我会记住，说话要像／水流在石头上一样透明"，这样的诗句清新隽永，使得盘春华迥然有别于他的前辈瑶族诗人；这样的诗句

---

① 贺州市文学艺术界联合会：《"生态贺州长寿胜地"全国摄影大赛优秀作品集》，广西人民出版社，2017年。

使人想到顾城、海子等当时国内的一流诗人,盘春华的诗歌创作仿佛一开始就有了承上启下的划时代意义。又如在《瑶家子孙·密林》中,我们看到了瑶族青年敢于搏击风浪的岩鹰精神。

风雨中坚持
长空里专注
历程在羽翼下起伏、伸展
现在你滑翔到商务里盘旋
在众声喧哗里沉默
在对方犹豫中出击①

诗中也传递了瑶族人民在商潮中不断成熟的新信息。

"70后"诗人刘春在给盘春华主编的《诗意岭南——贺州现代诗选》写的序言里说:"读完《诗意岭南——贺州现代诗选》,心里是一阵由衷的欣喜。作为一个诗人,以前我说到贺州,会忍不住地提到姑婆山、黄姚古镇、贺州温泉,提到汤松波、盘春华、林虹。这些都是我到过的好地方,是我见过的好诗人。"

来吧!少年一路呼喊又歌唱
来吧,来吧!少年的脚步高过了雨声
左脚是身世,右脚是前程
少年腰边斜挎着梦想,山重水复,柳暗花明
山路,荆棘和独木桥是一程
火车,广场和大学也是一程
迎风疾走,闲庭信步,用的都是脚②

---

① 贺州市文学艺术界联合会:《"生态贺州长寿胜地"全国摄影大赛优秀作品集》,广西人民出版社,2017年。
② 贺州市文学艺术界联合会:《"生态贺州长寿胜地"全国摄影大赛优秀作品集》,广西人民出版社,2017年。

盘春华这首《大雨就要来临》让刘春记忆深刻，认为它简直就是一代农村孩子的真实写照。他们"左脚是身世，右脚是前程"地经过山路上火车，从农村奔往城市，在是"迎风疾走"还是"闲庭信步"中艰难抉择。类似于这种在现实与梦想、城市与乡村中奔突徘徊的描述，盘春华还写有很多，比如《山峰》《夜读古籍》《密林》和《暮色渐蓝》等。

近年来，盘春华转向了散文诗创作，仍然保持着那种明亮得令人欣喜的清新脱俗。如《动车穿越》中写道：

你来了，你终于来了——
穿越隧道高山，原野丘陵；穿越城镇乡村，寒暑晨昏——
路上栉风沐雨，摧枯拉枯；一路上披荆斩棘，天堑通途——
流光溢彩的田畴是一程，鳞次栉比的高楼是一程，炊烟袅绕的村庄是一程，机器轰鸣的工厂是一程，托举理想的大学是一程，提速增效的山岭是一程，思想徜徉的广场是一程——①

2014年12月26日，这是一个令贺州223万民众欢呼的日子，贺州将大步跨入高铁时代，随着一曲《坐上高铁去贺州》的欢快旋律唱响大江南北，诗人盘春华也抑制不住激情澎湃，一首《动车穿越》喷薄而出，诗中写道："你来了，你终于来了——"诗人喊出的是223万民众压抑已久的心声。"一个旷日久远的梦想与脚下接轨。一个千家万户的夙愿在落地生根。"即使是写秋天，盘春华也能写出一种积极的意蕴。

动车在贺州大地上呼啸而过，车窗里充满了一双双惊奇的眼眸，而诗人早已内心平静，开始沉静内省，"秋水沉静，一如我们的内省"。在自觉的内省中，诗人甚至悟出了《佛光》。

---

① 中国作家协会：《新时期中国少数民族文学作品选集·瑶族卷》，作家出版社，2013年。

这里是高处，最高处。已成名山，姑婆山——广西贺州姑婆山。

它曾经是海，曾经是海底。海底的海，海底的底。曾经是海底的石床，礁群。

造物主说："你上。"它上来了，不乏自己的倔强。它现在鹤立鸡群，它现在高处俯瞰。我在黎明前的朦胧里，仰望、攀扶，亦步亦趋，我也上来了。①

只有热爱生活，自律自强，内心纯净的人，才能有别于匆匆路过的游客，有别于汲汲于功名利禄的忙人，有闲情逸致发现姑婆山顶的佛光吧！佛光却由憨厚老实的挑夫喊出，可以看出诗人对靠体力吃饭的平民百姓的敬意。《佛光》这首诗沉静内敛，感情真挚，让人读后若有所思。

身份焦虑者的内心突围：冯昱

冯昱，生于1970年，广西贺州人。中国作家协会会员、中国少数民族作家学会会员，广西作家协会理事，贺州作家协会副主席。鲁迅文学院第十八届中青年作家高级研修班学员。目前为《贺州文学》主编。冯昱1990年还在桂林民族师范学校读书时，即在国家级刊物《民族文学》发表文学处女作——散文《雨哟，归路漫漫》，之后又相继在《广西文学》《文学天地》《民族作家》《南国诗报》等发表作品。曾一度停笔十余载。《消逝在远山的过山谣》在《民族文学》2009年第12期发表，散文《雨哟，归路漫漫》入选《＜民族文学＞30周年精品选·散文卷》。中篇小说《想看看城市的灯火》获首届贺州市文艺创作麒麟尊奖，中篇小说《栖息在树梢上的女娃》获

---

① 贺州市文学艺术界联合会：《贺州文艺精品选（诗歌卷）》，中国文联出版社，2013年。

第二届贺州市文艺创作麒麟尊奖,散文《消逝在远山的过山瑶》获全国少数民族作家庆祝新中国成立60周年"祖国颂"征文优秀奖、第三届贺州市文艺创作麒麟尊奖。中篇小说《拔草的女孩》曾经被《小说选刊》"佳作搜索"发现。2017年出版中篇小说集《火又笑了》①。

冯昱从瑶寨怀揣着传奇出发到了小城,小城的故事无法抹去大瑶山的传奇,心灵羁绊生出的梦幻常常遭遇现实的冲突,亦真亦幻中,他渐渐成就着他魔幻而现实的瑶乡,正如马尔克斯所言:"对预兆和迷信的信仰和不计其数的'神奇的'说法,存在于每天的生活中……现实生活远比我们想象的神奇得多。"于是,《栖息在树上的女孩》《生长在古树上的亚先》《还愿》和《火又笑了》等,一个个现代性冲击下的瑶乡巨变使冯昱从魔幻走向现实,并呈现出与"寻根文学"深层关联的小说气质。当然,冯昱的故事情节一个追赶一个,有时候在叙述上太实太满。

但是,《南方文坛》的主编张燕玲还是有感于瑶族作家那如血液般潜行在作品里的原乡况味与远方意识,犹如民族的暗语,如此动人。从前辈蓝怀昌,到今天的光盘、红日,再到年轻的纪尘、林虹、冯昱。文学的河流漫上瑶乡两岸,他们沿着河走,纪尘、林虹、冯昱的潇贺古道,光盘的漓江,蓝怀昌和红日的布努河与红水河,山里小溪、大川一同汇入珠江,流向南海乃至太平洋,流向远方。

冯昱自己也说:"从魔幻走向现实的瑶山。我是在森林出生并长大的。居住在山林里的瑶族人,自古相信万物有灵。……瑶山的世界,就是一部活生生的《百年孤独》。我最初的小说写作也就自然而然地带上了魔幻现实主义色彩。《栖息在树梢上的女娃》写成精的松树,写由芭蕉精幻化的青衣哥哥,写由于受父母歧视而身体变得轻如一朵云的小女孩果子。《拔草的女孩》则是幻象与现实交替,一

---

① 冯昱:《火又笑了》,宁夏人民出版社,2017年。

如我母亲的生活,她生前就常常游走在幻象与现实之间。但瑶族其实又是一个很容易接受新事物的民族,这既是可喜的,同时也是可怕的。在接受新式教育和接受外来文化的同时,我们也逐渐忘记了本民族的传统文化和自己的信仰。随着原始森林遭受人为破坏和民族传统文化在现代化进程中的日渐式微,魔幻的瑶山在现实中已不复存在。我的小说也和瑶山近半个世纪的历史一样,从魔幻走向了现实。今年在《民族文学》《飞天》《延河》发表的三部中篇,便是如此。"

《拔草的女孩》以一位小女孩亚莲的叙述视角呈现人性的温暖情怀和善良愿望。《想看看城市的灯火》则写出了如"陈飞梦们"等小人物和平凡人面对"中心——边缘"的心理效应和文化冲击,以及"城市灯火"对山乡文化沙漠的深层吸引。《栖息在树梢上的女娃》《想看看城市的灯火》《拔草的女孩》三部中篇小说无疑构成了冯昱的"瑶乡女娃三部曲"。它们开启了冯昱的文学想象,以温暖为底色,描写瑶族心底潜藏的对现代文明"城市灯火"的想象以及对种种民族符号意象的文化盘点,暗含了"不同区域文化之优劣比较,预示了文化中心地区对文化边缘地区的吸附力和支配力"。《落花流水》是以广西壮族自治区贺州市八步区步头镇"八山"本地人生活为素材的中篇小说。《还愿》《生长在古树上的亚先》《每个夜晚的花朵》等中篇小说则开启了冯昱"崩冲系列"寻根之旅,冯昱怀着朴素的梦想,延续其寻找"城市灯火"的热情,渴望分享现代文明的温暖之光。

冯昱的小说缩短了城乡的时空距离,呈现出一种独特的人文情怀。面对文学市场化的冲击和民族文化的转型时期,冯昱的这种人文情怀的表达和言说不免显得有些无力和脆弱,注定要经历一个又一个艰难的"爬坡"过程。《民族文学》主编石一宁在冯昱的中篇小说集《火又笑了》的序言《直面乡村之痛》里说:"读冯昱的小说不是一件轻松的事情,或者说是让人颇感沉重的一件事。不是他的小说不好读,而是读了让人心痛,让人陷入长长的思考。"

冯昱中篇小说《拔草的女孩》在《民族文学》发表后,《小说选刊》在第 8 期"佳作搜索"栏作了推介:"这是一篇充满想象力的小说。作者以一位小女孩的叙述视角,以飞机草的小白絮为媒介,在现实和梦想之间自由往返、穿越,以童真的眼光认真地打量这个复杂多义的世界。小说中,周老师的形象是一个有意味的象征,美好、洁净、温暖,是女孩稚嫩的心目中一个明亮的希望,是黑夜中的一盏灯。"

暖色调的脐带之思:李万辉

李万辉,生于 1970 年,云南文山人。中国少数民族作家学会会员,云南省作家协会会员,文山壮族苗族自治州作家协会理事。至今有各类体裁文学作品 500 余篇(首)在《星星》诗刊、《扬子江诗刊》《民族文学》《边疆文学》《散文诗》等发表。2006 年获云南省边疆文学新人奖。出版诗集《村庄的声音》《朝着村庄瞭望》等。有诗歌入选《新时期中国少数民族文学作品选集·瑶族卷》。

李万辉的诗集《村庄的声音》共分为"村庄的深处""河流是一道村庄的眉毛""站在汹涌澎湃的旷野上""我的父老乡亲们""朝着村庄瞭望""时间呀,时间""一座村庄倒映在水面"7 辑。156 首诗都有一个共同的指向——故乡。在他的笔下,如果故乡是一个星期,那么 7 辑就像 7 天,在崭新的每一天里,诗人有条不紊地用眼睛和心灵去认真梳理故乡的山川、河流、草木、虫蚁、鸟兽,用情感和笔触为村舍、小路、炊烟、农事、节令和父老乡亲发声。李万辉在纸上所还原的每一张真实图片,是对生活过的故乡的深度阐释,也是"脐带之思"。

故乡在每个异乡人心中是"生命的召唤",在这样的召唤下,每个人一步一步走在人生的旅途,也一步一步走向心中的归程。但在这样的归程上,很多人往往会被"走出故乡"与"遥望故乡"的双重情感纠结所羁绊、所影响,这也成了异乡人内心永难消解和治愈的一道"硬伤",无形中把"乡愁"中的"愁"无限放大,甚至淹没了故乡更美好的东西。欣赏和救赎是治愈乡愁的一剂良方。

读李万辉的《村庄的声音》就会发现,他的故土之思和乡愁之感正从大众化的乡愁文学里侧身抽离出来,在他笔下,没有过多的修饰与伤春悲秋,山林是暖的,河流是暖的,村庄是暖的,这样的暖像涓涓细流,所到之处润物无声。用眼睛和心灵写出的"生命之歌",描述的故园别念与乡愁情怀陡然上升。如《鸡叫三遍》中写道:

先是水在竹渠流淌的声音
再是风绕过树叶的声音
聒噪的鸟把后山松林的梦吵醒
河水在朦胧中秘密流淌
岸像一把上锁的门慢慢打开
绵延的灌木丛和竹林露出茂盛的暗影
隐隐地,还听见山坡上茂密的树叶
传来它巨大的扫帚打扫大地的声音

再如《村庄的速度》中写道:

村庄在坚持着它的慢
慢慢地播种,耕耘,收获
慢慢地歌与唱
慢慢地舞与蹈
慢慢地给每个男孩过成人节
慢慢地安排着村民们的油盐生活
安静地过日子,对于紧性子的我

那一刻，差点掉泪了

可以说，这是一部充满暖色调的故乡人文绘本，李万辉手中的笔尽量做到了客观，同时增加了一份责任。

人生，从离开家乡的那一刻起，注定了每个人都是远行的过客。据悉，李万辉虽然大学毕业回到文山壮族苗族自治州方志办从事编辑工作，后来又到州纪委监委宣传部，虽然不算真正意义上的远行客，但出于工作原因，依然不能时常流连于故乡的山水之间，但他的心灵重返故乡的原野山水，寻找到故乡的感觉，并通过写作来再现这种地理单元上的行走，实际上，这是在完成一种精神意义上的"故土回归"。如《一根拐杖斜靠春天的门边》中写道：

现在，这根无主的拐杖
孤单地靠在同样老去的门槛前
眼睁睁地看着光阴从面前走去
而迈不出一丝相依为命的步伐
因为它缺少一个与它相依为命的主人

在李万辉的笔下，心系家乡而又不能回到家乡，对父老乡亲一丝一缕的牵念也在他心中逐步丰盈起来。家乡的"暖"，家乡的"疼"都与之息息相关，这是一个俯观故乡文人的悲悯和低声的呜咽。这样的悲悯情怀多次跃然纸上，又仿佛是某种超越生死的大爱升腾在故乡的上空。

反观当代文学，写故乡情结的乡土文学多数是为自己的家乡著书立传，其中，歌颂传扬的成分占较大的比重。但李万辉的写作却没有走上这样的道路，他的记叙、描写和抒情并没有代替理智思考，而是将其导入了内省和反思，表现了一个心怀故乡、认源认根的写作者所具备的敏锐的感悟天分和体察生活的能力。他是由内而外，由表及里地刻画和呈现真实的生养之地的地理面貌，一方水土的风土人情，真实还原故乡的大地上生长的万事万物最本初和原生的样子。如《时间》中写道：

> 我想回头，去眺望昨日的景色
> 那火红的早晨和逝去的黄昏
> 那藏在风中安静的远山和树林
> 那树林中归于平静的鸟叫
> 那被翅膀扇动的风和枝丫
> 那被鸟叼走的叫作时间的草根

李万辉没有太多的歌颂传扬，一切都是水到渠成的客观和感悟，这样的真实在理性上是别开生面的，表现出诗人一种洞察幽微与富于提炼精神的心灵体验。因为对故乡朴素的爱，所以避免赞美，因为心系故乡的悲悯，所以真实，太多的赞美往往会失真、无效，也会导致读者眼里的真实被同化、被剥离，甚至充满了乌托邦的意味。

> 一阵风，从门前走过
> 像路过的人，轻敲扉门
> 想歇一下脚，吃一顿热饭，讨一杯香茶
> 甚至想讨教一下喝木薯酒的经验

纯粹的记叙、客观的描写或平实的议论，诗人在不断的行走中，为我们再现了一个个生动、鲜活的"现场"。在追寻与实录的同时，传达着一种对个体存在、自感自悟和自我超越的生命思考，让我们见证了一个具有历史责任感和社会担当的写作者的文品、人品。

再说《村庄的声音》这部集子，篇目众多，但记录故乡、守望故乡差不多是其内容的全部。大多篇目，字里行间都保留了源自故乡山川景物的纤细、柔美、俊秀和纯朴的乡土韵味。

李万辉在《三叔》一诗中这样写道：

但三叔是个责任心很强的男人
他身强力壮信心百倍
他的目光就是燃烧的阳光
他的内心像手中的镰刀一样闪亮
他发誓要像对待阳光一样对待生活

还有节选自《砍柴的人》的砍柴人说：

树木已经干透，多好的柴火呀
一个灶塘在家中等待，一股炊烟是
村庄温暖的血液和饭菜

从这些诗句中我们不难看出，李万辉在记录故乡时，其着眼点并不仅止于自然山水，而是更多地在关注人和物的基础上，升华起在这块故土上生活和由不同生活场景所构成的父老乡亲的生活建构及其始终不曾改变的热爱。这就使得作者的写作在很大的程度上打上了乡土人文烙印的特质。

李万辉作为家乡山水风情、大社会背景下家乡发展的记录者，通过写作让自己的"身心回家"和"灵魂归乡"。这是一位瑶族汉子纯朴心性的袒露，一路走来的所见所思，他奋斗，他改变，他记录，每个文字都倾注了他的感情和心血。这种以切身体验为直接反馈的写作方式直击太多的异乡人柔软的内心，这也是为什么读者手捧《村庄的声音》就爱不释手，因为读者心中的故乡太完美，也太残缺。

"文学即人学。"或许，这正是这本诗集的成功之处，它让读者跟随着书写者的文笔去到现场，去感知这份真实，感受万事万物的根基之处，有的是沃土，有的是石缝。每个人的生长环境并不相同，每个人对故乡致敬与回报的方式也不相同，作家做的，不是把生长的地方美化、同化，让人看到这个地方的完美无缺，而是用自己的笔墨去呈现、铺开、反思督促和解决，期望与践行，这种去伪存真式的揭示，并从中寻找出路，找到救赎的文学本心，就像一株莲面对脚下的淤泥，一朵花面对生养它的牛粪，努力出众于它，又深情依偎着它。

李万辉在向世人展示其弥足珍贵的见证价值的同时，也向世人亮出了书写者对故乡所孕育的生命的坚贞、自信和坚持。乡土对曾经有过的延展况味，对精神苦难的理解，对命运的深层思考与终极关怀。这是一种使苦难转化为人性智慧的资源，具有深刻的体验、反省和导向的意味。

李万辉在短篇小说《埋枪》[①]中讲了一个进山打猎的老猎人，遇到了一群白鹇，在与之周旋的过程中，老人回想起一生打猎的际遇，产生了心灵的震颤和对于生命的重新认识。这是一种仪式书写，既是对于既往生活生产方式的告别，也是一种对于文化和传统的缅怀。当今社会传统日益受到挤压是不争的事实，但随俗从变也是一切文化所必然要经历的蜕变过程。

温婉清丽著华文：林虹

林虹，生于1971年，女，广西昭平人。曾任贺州市文学艺术研究所所长，中国作家协会会员，广西作家协会理事，贺州市作家协会副主席。鲁迅文学院第二十二届中青年作家高级研修班学员，上海戏剧学院2015高编班学员。曾在《作家》《诗刊》《民族文学》《散文选刊》等刊物发表小说、诗歌和散文。有诗歌、散文作品入选《2006中国最佳诗歌》《2007中国最佳诗歌》《2010中国最佳诗歌》《2010中国年度诗歌》《70后诗歌档案》《散文选刊》等选本。出版有小说集《清澈》，散文集《时光深处》《两片静默的叶子》，诗集

[①] 李万辉：《埋枪》，载《民族文学》2011年第8期。

《十万朵桂花》，散文《江山交付的下午》曾获2014年度华文最佳散文奖、2017年度中国少数民族作家学会文学奖，获第五届广西少数民族文学创作"花山奖"，大型舞剧《瑶妃》获广西第八届剧展剧目桂花金奖、桂花剧作奖。

林虹的诗歌创作开始于20世纪90年代初期，创作于2014年中秋之夜的《十万朵桂花》是她的诗歌代表作。如：

山河静
中秋月又明
这个圆月看了多年
渐渐归于平淡
从前它寄相思
仿佛十万朵桂花
一朵都不多
现在人闲桂花落
想要爱的
比如指尖轻轻划过
一朵黄昏的玫瑰
长于一生的一次相遇
或者月夜下牵手走走
然后就分别
山河静
静至心里
如果没有月光
一年一次的相思
越来越淡①

---

① 林虹：《十万朵桂花》，宁夏人民出版社，2017年。

林虹这首诗如清泉石上流，纯净透明，寂静温馨，"低语"是这首诗的诗眼，正如著名诗人王久辛的点评："噢，你听，十万朵桂花，在月光里低语。"为什么是"低语"而不是"歌唱"呢？这两个词儿，显然不是一回事儿。虽然语境相同，语意与语义却有很大的差异。歌唱是声情并茂的，而低语则是内敛、用心、轻微的，是有所控制，是限定了语境范围的。然而，我们设想一下：按林虹的诗意来理解，十万朵桂花同时在月光里低语，那该是一个多么辽阔壮观的低语啊！这个低语与十万个低语的汇合，又该是一个多么恢宏无际的低语啊！所谓的写诗而造境，谁又能说这个境造的不是独一无二却又令人动心的境界呢？

林虹的散文语言像随处散落的阳光，温暖、细腻、散淡、安静，散发着属于它的光泽，如《江山交付的下午》里的一个片段写道：

> 母亲说："我和你爸聊到谁先去的事了。""妈——"我心里一酸，停下来，剪刀夹在苦丁茶叶之间。"妈，你和爸身体健康，活到百几岁呢！"我说着，继续剪苦丁茶，眼角有些涩，低下头。"傻的，人生不满百，哪有百几岁的？"母亲淡淡地答，她手中的苦丁茶咔嚓咔嚓，剪得很匀速。"有的，您看巴马的老人百几岁还上山砍柴呢！"我说。"有也是少的。"母亲回答得很慢。①

《南方文坛》杂志主编、著名评论家张燕玲在贺州瑶族三作家纪尘、林虹、冯昱研讨会上说："林虹也常常独自远行，瑶乡贺州昭平，不仅诉诸笔端，更成了她远方的参考系。不同于纪尘的出世，林虹世事洞明，冰雪聪明于她的诗歌、散文和小说创作中，散文集《两片静默的叶子》满是亦真亦幻的女性情感、庸常生活的无奈，以及在梦与现实夹缝中的挣扎与疼痛。直至去年，她获得'2014年度

---

① 林虹：《十万朵桂花》，宁夏人民出版社，2017年。

华文最佳散文奖'的《江山交付的下午》,不仅少了她以往略显单薄的唯美,而以真诚深切的写实精神、鲜活的生活细节,将家事与心事,仅以一个庸常的午后便在娓娓道来中,写出大动静。尤其关于前姐夫的淡然描述,独特优雅、内敛宽容,人性的柔美和幽微跃然纸上,直抵人心。于是,林虹便有了文学上的惊鸿一瞥。"

林虹的小说善于捕捉富足宁静生活表象下人心的微澜,加以细腻的描摹,读她的小说,也能读出她诗歌和散文的韵味。林虹的小说使人想起冰心的小说,那种温暖,那种平和,那种内心深处的微澜。

留住乡愁:房春桥

房春桥,生于1972年,广东连南人。中国少数民族作家学会会员,广东省作家协会会员,广东省散文诗学会会员,鲁迅文学院第三十一期少数民族文学创作高级研修班学员。其散文、诗歌散见于《中国民族报》《民族文学》《散文诗世界》《诗人地理周刊》《散文选刊》《佛山文艺》《飞霞》《贵港日报》《清远日报》《韶关日报》等。

在文学创作方面,房春桥的主要精力花在散文写作上,用他自己的话说,就是"用文字留住乡愁"。近年来,他勤奋耕耘,收获颇多,尤其是散文创作渐入佳境。纵观其文学创作,思想纯正,感情充沛,语言艺术色彩缤纷,他饱含热情写家乡的人物景观、历史变迁,写得生动细腻,读来十分感人。

2016年,房春桥的散文《河畔绿道》在《中国民族报》上发表,拉开了房春桥散文创作的序幕,他在文中写道:"于是我每天都到绿道走走,定时定量,几乎风雨不改——晨起喜迎旭日东升,暮归惜别夕阳西下,晴日水映蓝天绿树,雨天雾染青翠群山。河畔绿道,朝霞夕阳,晴雨变幻,我心依然。"

有人这样点评《河畔绿道》道:"青山依旧在,几度夕阳红。

虽白驹过隙,亦从容面对,重整山河,在人间添黄鹂四五声。"

2018年,房春桥参加鲁迅文学院第三十一期少数民族文学创作高级研修班学习,之后他的散文创作迈进一个新的阶段。这一年,他创作了《母亲的守望》《北京的门》《卢沟晓月》《从善如登》《椰风海韵醉天涯》《让文学点亮生活》《情醉瑶乡》等散文。

2019年,房春桥的散文《九龙寨》获评为广东省清远市"我和我的祖国"征文活动"十佳征文",并在广东省第六届网络文化精品评选活动中评为"十佳文字精品"。

2020年是房春桥散文创作丰收年,他创作了《记住你的脸》《家里的事情交给我》《樱花朵朵,你美丽的轮廓》《端午至今诗人归》《宁静,也能点亮人生的精彩》《红与黑:诉说瑶族婚宴的今昔》《长长红头巾:缠绕瑶歌千古流传》等散文。其中,《樱花朵朵,你美丽的轮廓》获得清远市道德征文二等奖,并获得第十一届"新月文学奖"入围奖。

2021年,房春桥创作了《一盏照亮中国的马灯》《瑶山的脸庞》《民族之光照瑶山》《天府明珠都江堰》《马头冲里霜叶红》《益咏园》等散文。

2022年以后,房春桥创作了《排瑶过年的习俗》《油岭古寨》《牛皮酥的华丽转身》《三江河上桥梁多》《三江新八景》《黑房子 白房子》等具有浓郁民族特色的乡土题材的散文。其中,《黑房子 白房子》[1]是房春桥散文创作的一个里程碑,其内容、语言、情感等方面都有所突破,低沉而不失真切,含蓄而又有深情,读《黑房子 白房子》,"黑"与"白"这两道岁月留下的辙,也会深深地印在读者的心上。

《黑房子 白房子》的结尾这样写道:"黑房子,白房子,过去的岁月苦难而又朴素,新时代生活幸福而又多彩。山乡巨变,许多

---

[1] 房春桥:《黑房子 白房子》,载《民族文学》2024年第4期。

事情都被今天的幸福所冲淡，许多记忆也随之淡忘，唯有黑与白，这两道岁月留下的辙，深与浅，曲与直，窄与宽，暗与明，在我的心灵深处碰撞、激荡。"

乡村巨变让人感慨万千，幸福的生活实在是来之不易，警醒人们珍惜再珍惜！

房春桥的散文创作涉及的题材很广，其中不乏写人的文字，他把人物写得鲜活。如在《樱花朵朵，你美丽的轮廓》《桃李春风暖瑶山》《豆腐公房飞龙》《山茶花开淡淡香》《瑶山风来稻花香》和《孟州韩愈：贤明阳山令》等散文中，他笔下的医生、教师、创业者、团干部、农民工匠和古代贤哲等形象跃然纸上。

评论家马忠先生这样评说："房春桥散文的贡献在于对少数民族题材的书写上，他的诸多篇什以连南瑶寨为叙述背景，将那些沉淀在自己记忆中的人物、事物、事件经过长期的浸泡和发酵，一点点地过滤还原出来，具有强烈的民族文化标识。他的散文情感丰沛，不事雕琢，艺术地展现了瑶族同胞当下的生活境遇和精神变迁。"

文学路上苦行僧：莫永忠

莫永忠，生于1973年，曾用笔名丑孩、莫炎，广西富川人。中国少数民族作家学会会员，广西作家协会会员，贺州市文联委员、贺州市作家协会副主席。1992年开始在省级文学刊物发表作品。2016年成为贺州市首届宣传思想文化签约人才。其散文集《假如动物会说话》曾获第二届全国教师文学图书专著奖（叶圣陶教师文学奖前身），中篇小说《荒地师魂》获叶圣陶教师文学奖提名奖，还曾经荣获第五届、第六届、第八届贺州市文艺创作麒麟尊奖等。

1991年冬季里的一天，北京市丰台区六里桥南里胡同里的出租房窗户外面大雪纷飞，莫永忠没办法走十几站路去白石桥北图书馆看书了，他用棉被裹住瑟瑟发抖的身子，伏在灯泡昏黄光晕下的大桌子上奋笔疾书，写下了不到2000字的散文《毛獐》，感觉身体暖和了许多。他把《毛獐》的手写稿寄给了广西壮族自治区梧州市塑料厂一位从未谋面的女文友，女文友读后，感觉不错，就给他垫了五元钱参赛费，帮他寄给了《长江丛刊》。几个月后，由于父亲无力继续支持，莫永忠被迫离开北京回了家乡，进一家村办企业当了煮脂工。《长江丛刊》的副主编何帆到处寻找莫永忠，通知他去武汉领奖，《毛獐》荣获全国散文大奖赛第三名，奖金150元，比莫永忠后来代课的月薪高出将近三分之一。由于当时山区通信落后，莫永忠错过了领奖机会，也错过了成为《长江丛刊》改刊的《今日名流》记者的机会。但是《长江丛刊》辗转多个渠道，终于将汇款单送达莫永忠手上的善举，再次点燃莫永忠心中的文学圣火，他得到《人民文学》创作培训部推荐，被复旦大学作家班录取。可惜，他只去了一趟上海报名，就因家里没办法支持他读书而黯然回归南方石漠化山区。

莫永忠用笔名丑孩发表在《长江丛刊》1992年第3期的散文《毛獐》，语言深受沈从文的影响，而童年记忆、对母爱和对大自然的眷恋，对人性美和人情美的摹写，则成了莫永忠散文永远写不完的母题。虽然身处底层，过着朝不保夕、颠沛流离的打工生活，但他对文学的虔诚从未改变，他写下了不少有关母爱以及童年记忆的散文。他的童年是美好的。2013年春，在万物复苏的季节，莫永忠深情地写下了《母亲，听，阳光在歌唱》的怀念散文，首发于《富江文艺》2015年冬季卷，被《西部散文选刊》2016年第5期选登，荣获首届"漂母杯"全国母爱亲情散文大赛三等奖、第六届贺州市文艺创作麒麟尊奖。这篇不到3000字的散文浓缩了母亲勤劳节俭、心灵手巧的一生，可以看作是一篇特别的悼念亡母的祭文。莫永忠感情深沉，本来回忆亡母是一件悲恸的事，他却偏要将这寒冬般的悲恸，放到春暖花开的季节里去抒发，他眼含热泪，深情呼唤母亲醒来，继续在如今早已被进城打工的青壮年抛荒的广阔田地上栽种。

在莫永忠想来,无所不能的春风与煦暖的太阳一定能唤醒热爱劳作的母亲。

2012年,莫永忠写下了有关童年记忆的动物散文100篇,2013年将其结集为《假如动物会说话》,由中国文史出版社出版,这100篇动物散文散发着莫永忠对佛教爱惜生命的虔诚敬意。散文集《假如动物会说话》荣获第二届全国教师文学图书专著奖。

莫永忠的中短篇小说创作基本上可分为两大块:一块是有关家乡富川瑶族自治县独特风情的"风俗画小说",另一块则是以城市为背景的带有自传性质的中短篇小说。莫永忠的中短篇小说,一是写善,一是写恶,《正月》《桃源洞》《北京欢迎您》《荒地师魂》《火种》等可谓写极致的善良;《饲虎》《万物生》《杀生》等可谓探讨极致之恶的代表。

中篇小说《荒地师魂》写北漂文学青年山青回到桂东北老家,到荒地村教学点当了代课教师,本来沉醉于教学,甘于清贫,但女友水秀跟村主任的暧昧使得他神思恍惚,在救上溺水学童之后不幸献出了年轻的生命。中篇小说《桃源洞》写瑶族小伙子柳远洲为了赶会期许下的一句诺言,只身勇闯桃源洞,最终赢得美满爱情。这个小说写的是瑶乡未被外来商业文明冲击前的人性美、人情美,就像一幅美好的瑶乡风俗画卷,使人想起沈从文的《边城》。《正月》这个短篇是《桃源洞》的预热,写的是富川瑶族自治县20世纪80年代中期平地瑶独特的赶会期以及男女青年对山歌自由恋爱的美丽与忧伤。《唱山歌》写高中生罗鸣亮寒假期间偶然去赶了一场会期,朦胧而又不可遏止地爱上了一个擅长唱"蝴蝶歌"(山歌)的瑶家姑娘,到了暑假,他决定凭自己的能力挣钱买套新衣服,再去赶一场会期,期望邂逅那位姑娘。他预感到赶会期这种独特的美好风俗,在外来野蛮文明的冲击下,即将荡然无存。他伙同村里的伴儿进山偷过山瑶的杉木,却被同班好友无意中滚石头砸死了。同班好友得知情况后,录了几盒"蝴蝶歌"带子给他送到坟前。《信物》写"信物"是一只水牛角的十二分之一,七百多年前,千家峒十二姓瑶族人因战乱各执一截分头逃生,相约五百年后子孙后代以牛角为信物重聚千家峒。奶奶在弥留之际,回忆起有关牛角和千家峒的种种往事和传说。

广为家乡文友所称道的是莫永忠早期的小说《正月》和《桃源洞》,广西作家协会会员、贺州市作家协会理事莫伊曾对《桃源洞》写过评介性文字:"令我惊喜的是,富川籍瑶族作家莫永忠先生创作的中篇小说《桃源洞》,这篇以故乡特有的乡村节日风俗为背景,用细致唯美的笔触线条和情感饱满的乡土语言'梧州话'创作的中篇小说,堪称一部中国文坛难得的爱情小说佳作。《桃源洞》最初发表于1999年第6期的《民族文学》,说来惭愧,作为文友,我却不知道他曾经26岁之前就创作出来过这么一部杰出的爱情小说,直到他出版了他的作品集《用故事教育孩子》,我才得以见到这篇《桃源洞》。当我在今年春节品读到这部作品时,已经相距这部小说公开发表十三年之久,但是我仍然被它所呈现的美好的人物心灵和绚丽多姿的乡村节日风俗场景所吸引,一口气读完,读完之后并不满足,又读第二遍,并深深陶醉在作者用与他当时年龄不相称的成熟老到、精美细致的文字所构建的意境中。"

著名编辑家、评论家顾建平认为,莫永忠的短篇小说《饲虎》前半部分纯写实,后半部分是有荒诞气息的魔幻写实,底子里则是有宗教精神的大绝望和大悲悯。《大藏经》里有多处讲到摩诃国小王子舍身饲虎的故事,这则故事启发了自述主人公林显富,既然在现实中不能成就自我,也不能阻断他人之恶,不如解除内心仇恨,消泯欲念,以身饲虎,以肉身的消灭来引导灵魂飞升。短篇小说《饲虎》中描写最奇特的段落如下:

这个经过我自己改编的故事,就像一剂麻醉针注射进了我的身体,在老虎咬破我喉管的时候,让我不但没感觉到疼,反而获得灵魂得以飞升的快感。是的，我的灵魂就像一只破茧而出的春蚕，化蝶起舞。田小禾的灵魂也化了蝶，与我相伴。我们引领着老虎的躯壳越笼逃跑。

顾建平先生在《饲虎》发表于《青年作家》2019年第2期所做的主持人语《值得期待的写作》一文里说："贺州在广西诸多地市中政治经济地位不如桂林、柳州那么靠前，但如以文学而论，则不遑多让，值得我们期待。"当时中山大学中文系中国现当代文学专业在读博士管季在《从底层走入荒诞——评贺州作家创作小辑》一文里说："莫永忠也曾有一篇早期作品《桃源洞》，描绘了世俗之外那个未被污染的精神之乡。……从虎到人、以人饲虎的转变，也是人类精神归根的一种隐喻。在这里用到奉献、大爱、牺牲、悲悯这种概念，丝毫不显得突兀，而是作者根植于底层人物的生存现实。……我们可以看到一些人性中最为珍贵的东西，体验到一种荒诞之外的真实。从个人心灵的困境，到整个时代的困境，再到人类自身的兽化与回归，都在作品中被真实地表达出来。这种真实感不仅仅是作品带给我们的，更是这个时代给予文学的某种最珍贵的启示。从底层走入荒诞，从荒诞回归人性，文学在以它独特的方式表达人类的灵魂，并引领人类精神走向自由。"

2020年以来，莫永忠引起读者关注的中短篇小说还有《火种》《网红村诞生记》《火笑有客来》等。2018年春，为了照顾年老多病的父亲，莫永忠再一次从私立学校辞职，回到富川。在这些艰难困苦的日子里，文学一直烛照着他，成为他"独善其身"必不可少的忠实伴侣。2023年底，莫永忠完成了新时代"山乡巨变"自传体长篇小说《回头山》43万字的初稿。

瑶族的神秘之光：瑶鹰

瑶鹰，生于1973年，原名蓝振林，广西巴马人。中国作家协会会员，曾为巴马瑶族自治县文联主席。其散文、中短篇小说发表于《芳草》《广西文学》《民族文学》等。

早在二十多年前，瑶鹰就与文学结下了不解之缘，他曾独自一人在黑暗的山野里爬行，感到十分的乏力和困顿。在近几年的文学创作道路上，他确实是凿开了"南楼"的一堵墙，戳出了一个透光的小洞。是"南楼"的那束亮光，点燃了他的灵感火花，让他在文学创作的道路上越走越顺，从一个不知名的小作者成长成为广西少数民族新势力的作家。他说："可以这么说，是南楼的灯光，照亮了我前行的道路，拯救了我即将崩溃的灵魂。"

2013年，瑶鹰的万字散文《母亲石》在全国知名的刊物《芳草》发表，继而被许多报刊转载。之后，他的长篇散文《神光闪耀的陀螺》以及中篇小说《颤抖》相继在《广西文学》发表，这些带有民族神秘色彩的文学作品的诞生，奠定了瑶鹰在广西文学青年作家中的地位。

瑶鹰的小说和散文秉持现实主义精神指向，主要写日常事物，生活中的点滴见闻和作为，然而在平实的语境中，却氤氲着几分浪漫的情思，并且二者忻合无间。因而，整部作品显得质朴而充盈。他的《八音劫》虽然不是在城乡关系中展开叙事，但城市作为另一种图景隐约可见。作品中的主人公天香从农村或者说从城郊走向城市，对城市生活怦然心动，于是为了生存，不得不做自己不想、不愿、不该做的事。从她的身上，我们看到了不少民族地区的妇女在改掉各种乡村老旧的生活习惯后，城市还是冷漠地拒绝了她们。瑶鹰在作品中触及城市时显得漫不经心，但这恰恰暴露了作品中另一位主人公蓝桂山对自己从农村到城市生活这个转变过程中造成的创伤性记忆的刻意回避，乡土在城市的压制下精神的自卑已然构成了小说隐含的事实。

在现代文学中,乡土曾经是城市之外的乌托邦,寻根派可以涂抹各种色彩的民族记忆,或者是现代启蒙者审视的对象,底层写作怜悯的苦难人群。但从瑶鹰的《八音劫》这部作品来判断,一方面,瑶鹰出于本能的自尊拒绝让当代农村心理创伤无止境地弥漫,另一方面也拒绝以自恋的方式赋予乡土历史和文化的意义。

从瑶鹰的小说《八音劫》以及已经发表过的《颤抖》和散文《母亲石》《神光闪耀的陀螺》《故事像花瓣一样飘满故乡》等作品中,充分反映了瑶族的民风民俗。瑶鹰所写的乡土是一堆零碎的当下生活,乡土曾经给一个富有浓郁民族文化底蕴的民族提供了应有的精神空间,但当下的现实却使一些年轻人显得百无聊赖,正如《八音劫》里面的天香一样,不得不出轨卖身。即使身处偏远的瑶乡,这些年轻人的生活还是折射出现代人无聊、荒诞的精神处境。

在叙述当下瑶乡人的生活时,瑶鹰的小说采用了第一人称"我"。对于瑶鹰看似过于散乱的小说而言,这个"我"的作用是至关重要的,他是一个组织叙述,推进故事情节,给予其他人和事物以存在方式的人物。正如赵兴红老师所说的那样:"小说的叙事不能太平,而要有一种'流',像流水一样,有激流险滩,有漩涡,有波涛,也有静水,这就是我们所说的'阅读流'。"《八音劫》中的另一位主人公"我"或者叫蓝桂山,其浑浑噩噩的心理状态和绵长的小说语言结为一体,小说由此可以用"我"的视觉去任意描述各种无关紧要的细节,直到后面才出现转折以完成小说的故事,这就大大增强了我们的"阅读流"。而且这部作品在描述过程中不断地耽搁于生活细节,形成了一种张弛有度的戏剧效果。作品中一直不露声色地讲述几段男女的情感,"我"到后半段才显身,就此介入前面的故事,实现了对小说中人物复杂关系的营建。这也正是赵兴红老师所谓的"小说的戏剧性"特征在这个作品中的展现。

在瑶鹰的小说中,很多地方都能看出作者是一个尽情玩弄叙述的记叙者，这个叙事者不再是先锋小说时期那种形式上的实验，他活生生的存在，以他的观点、他的情绪让小说不断偏离故事中心，游离于各种琐碎的生活，以实现瑶鹰对叙事的偏爱。瑶鹰成功的地方在于不以作者议论的方式进入小说，而是在其中设置强大的叙述者来完成对小说的操控。这样的创作过程是愉快的，瑶鹰无须过多地在情节安排上花费精力，也无须去分析人物心理，瑶鹰的小说读起来确实能感受到一气呵成之快意。

拥抱快乐的童心：梁安早

梁安早，广西灌阳人。中国作家协会会员，中国少数民族作家学会会员，广西儿童文学创作委员会副主任，桂林市作家协会理事。鲁迅文学院十二期少数民族文学创作培训班学员，桂林文学院签约作家，曾获广西首届文艺花山奖新人奖（2018）、广西第七届文艺创作铜鼓奖（2016）、第五届少数民族花山文学创作奖（2014）、第四届读友杯全国少儿短篇小说优秀奖（2018）、2018年冰心儿童文学奖佳作奖等。在公开发行的刊物发表小说、散文200余万字，《少年的荒原》《靠靠你温暖的胸膛》《大耳朵狐狸和长尾巴兔子》入选2019年农家书屋重点出版物推荐目录。出版长篇童话《教科书失踪了》，长篇少儿成长小说《少年的荒原》等近20部。

2019年，作家梁安早应桂林师范高等专科学校中文系和校友办的邀请，在观文楼109梯形教室给中文系汉语言文学专业2019级的250多位同学做了一场励志报告。梁安早以他幼年、少年、青年、中年四个成长时期所经历的常人难以想象的种种挫折、坎坷为例，强调努力追求和坚持阅读的重要性，以此勉励同学们要利用大学时间全身心投入学习中，学好扎实的基本功，养成良好的阅读和写作习惯，不断磨炼心性，努力做到学有所成，回报社会。他还勉励同学们要规划好自己的人生，并且成就一个强大的自我。

梁安早接触的第一本书叫《木偶奇遇记》,他被书中那曲折的故事情节、幽默的语言、大胆丰富而夸张的想象所吸引,从此迷上看书,尽一切力量去找书来看。随着阅读量的增加,他在初中的时候萌生了想当作家的冲动,因此,在中学时代写了大量的"作品"。

《黑桑》这部少儿生态小说讲述了机智少年柳金和孤独小豹黑桑的动人情谊,展现了人与自然相互依存、和谐相处的美好图景,描绘了"五岭逶迤"之都庞岭的壮阔、富饶、神秘、刺激,展示了桂北瑶寨独具特色的民族风情,具有浓郁的冒险元素和地域特色。瑶寨少年柳金在深山里意外救助了一只受伤的小金钱豹黑桑,并与其结下深厚的友谊。后来,山外的偷猎者重金诱惑柳金的阿爸去猎杀黑桑。柳金为了保护黑桑,也为了阻止阿爸犯法,千方百计与偷猎者周旋。在偷猎者和阿爸进山打猎遭遇野猪群攻击时,柳金和黑桑联合击退了野猪群,救了大家。阿爸幡然醒悟,不再猎杀金钱豹,在进山采药材时失足跌落悬崖,黑桑再次救助了阿爸。一个风雨交加的深夜,黑桑闯入寨子里猎食,村民们如临大敌,设下陷阱捕捉黑桑,柳金勇敢地站出来保护黑桑。不久,在大家的帮助下,黑桑再次返回丛林。

寓言以及行走中的凝思:纪尘

纪尘,生于 1975 年,女,原名蒋月英,广西富川人。鲁迅文学院第四届中青年作家高级研修班学员,曾供职于贺州市文联,现旅居德国,广西第五届签约作家。2000 年开始文学创作。中篇小说《九月》在 2003 年全国首届"华夏作家网杯"《中华文学选刊》文学大赛获得一等奖,长篇小说《美丽世界的孤儿》获第三届广西少数民族文学创作"花山奖"。2007 年第 7 期的《青年文学》又推出了纪尘的力作《第三支牙刷》,这是一部"为了探寻某种事物的本质与意义"的转型之作。2011 年创作《海市蜃楼》,贺州学院教授肖晶说："这是一篇具有突破性的成长体验的中篇小说,也是纪尘结集智慧和才情的又一次出发。"旅居国外后著有长篇小说《冰之焰》等。出版散文集《乔丽盼行疆记》《宠物记》。曾独自行走亚非欧30多个国家或地区,著有旅行文学作品多部。《中华文学选刊》2020年第3期转载了纪尘发表于《天涯》2020年第1期的行旅散文《沉睡骆驼——西非四国行记》。

纪尘的小说创作,更多的是建立在一个个寓言基础上的女性书写。这种女性书写是一种富于开拓意味的新探索。她的《九月》《第三支牙刷》《缺口》《美丽世界的孤儿》等文本以有别于男性的人生经历和视角,为我们展示了一个又一个五彩缤纷、精彩纷呈的大千世界,同时也为我们描绘了一个又一个深邃真切、颇具人性深度的寓言世界,从而使她的创作所呈现出的社会历史广度和深度都达到了一个高度。因此,纪尘的作品把我们引向这样一个向度,即女性化的寓言叙事。"纪尘把作品的哲学意义延伸到女性生命意识中去,其女性生命意识与生存状态相互交织并挤压出生活的本质就是:社会生活难以区分的混乱不堪,照出了男人卑微的内心世界以及女性的反抗情绪。纪尘的小说一再验证着作家为何无法用平静的眼睛坦然地看待错综复杂的世界,以及面对即将改写或被改造的世界所产生的种种无力感和无奈感。"[①]因而其小说呈现出语言丰富、想象奇特、跳跃性大的艺术特色,构成了诗性的唯美意境。比如,她在《九月》中写道:

这情景使我在成长后回顾往事时,总惊诧于自己对母亲的记忆并非那个伴着我成长的温和妇人,而是一幅陌生的抽象画。我想从小我就是个擅长装假的家伙,特别是那天之后我更肯定了这一点。我一声不吭地将满腹恐惧生生咽下,在床上翻了几个身,呼吸便一下冗长均匀起来。对那个晚上最后的记忆,是母亲投在墙上被拉得

---

① 肖晶:《2012—2017年度广西文艺评论文选》,广西人民出版社,2017年。

细细长长的身影。记忆重现了我对于女人身体的初次感受。在那之前，我不曾想过也不知道母亲的腰会如此纤细，白天那些没有曲线的裁剪，使身为女人的母亲的女性风情消失殆尽。

从纪尘的小说中，我们可以看到各式各样的男人和女人的状态。这些状态都是在焦虑的巨大作用下被无限延伸着。这种延伸的结果必然就引向了另一个远不能逃避的问题：生存的焦虑。这是一个有关女性的寓言叙事，它证实了作家一旦进入写作这一精神活动的空间，对民族文化的依恋和回望会不自觉地贯穿于作品中。那是作家精神家园的根之所在，灵魂的归宿地，也是纪尘坚定的文学实践。

纪尘的创作总是试图在人文理想和民间社会的审美价值之间找到属于自己的立足点，尽管这有点难，但她从不放弃。这在很大程度上源于纪尘对生命个体的尊重。在纪尘的创作中，她一直在为求得一份人格独立的尊严和人与人之间惺惺相惜的个体尊重不懈努力。与此同时，纪尘更容易从平凡个体的角度，以平等、尊重的姿态去体悟民间万象，也更容易真诚地为处于弱势的民间世界代言。因此，关注现实的作品，不管是主流抑或非主流，文体自觉显得尤为重要。

纪尘的文学体验更多的是一种对生命与艺术自身的敬畏与虔诚。她的作品文字美丽而有悟性，呈现出更多的艺术品位和独特的审美气质。她的长篇小说《美丽世界的孤儿》是一篇女性成长小说，有女性作者切肤的生命体验和痛楚，在追求理想的绝对彼岸的过程中绝望地燃烧，沿途充满了致命的诱惑，却通向宿命的结局。

纪尘同时又是一位有着相当自觉的女性意识的青年作家，这种女性意识在她的小说中不同于那种女性的反叛与对抗的盲目张扬，而是带有一种神秘轻柔的南方气质和少数民族文化特质的神韵。她的中篇小说《第三支牙刷》则显露出一种新的审美气象。在这里，小说是写人的，却用一个物品作为标题，暗喻了物对人的统治。纪尘以十分特殊的荒谬感和矛盾性对现实发出诘难，对存在的荒诞境遇进行了隐喻或表达的一种策略，完成了一次审美的飞跃。于是，作家的叙事有了温暖的质感和现场感，在一个日趋浮躁的时代，纪尘仍然坚守内心的审美诉求，在挣脱宏大叙事的束缚中获得了飞升的机会，开始去触摸一种崭新的自我领域。

2011年，纪尘完成了《海市蜃楼》的写作。《海市蜃楼》这部中篇小说以巧妙的构思叙写了一个被寄养在城市中的少年，在寻找乡村中的自己的同胞兄弟的过程中经历的梦境般的人和事。有巷子中的儿童，有社会最底层的民众，有养狗的母亲，有给母亲送水果的瘦人，有"我"抚养的小人儿。这些人物身上充满了人性的忧伤与企盼，他们或在逆境中隐忍，或在异化中变质，或孤寂地逝去，或执着地等待。作者极富深意地探讨了城市与乡村的精神气质，探讨了信仰价值、人的灵魂问题，立意深远、厚重。写作手法闲散而沉稳，有堂吉诃德的骑士风格，有玄幻感和魔幻意识。结尾人物角色的错位，奇怪而富有意味，有某种寓言色彩，显示出作家良好的创作修养，在看似零乱、没有章法的叙述中，纪尘的故事更为纯净透明，她对民间世界审美意蕴的追索也更加直接而纯粹。

《海市蜃楼》这部作品着眼于人类最本质的孤独。灵与肉的分离是根本痛楚。人类的孤独、迷失，只有爱才能拯救自己，只有爱才能填充内心的孤独，于是，行走就成为通向心灵、寻找信仰价值的唯一通道，成为人类自我求证的通行证。

《海市蜃楼》不仅仅是一个语言实践事件，它有超越历史语境的原因。它变化无端，又有难以言说的神秘和分裂的实体象征。作为一种基于生命个体和精神层面的内在同构意识，其文本具有穿透打击力极为直接而强烈的自白语气，构成其丰满性的一部分，小说由此获得了一种人生确认，有关生死，亦无关生死。当纪尘游走于边缘的叙事体验时，她对于故乡的念想，对于边民的身份认同，内心是复杂的，难以言说的。于是，她的文学体验就带有了更多的

"海市蜃楼式"的飘忽的感觉，如一个精神行走的梦呓者，远离主流，充满幻想和疏离感，对生活充满不确定性。我们不难体悟，也许小说的一些角色看似病态，事实上却比所谓的正常社会更为清醒理智。恰恰是这些角色对生命有深刻的认识，他们对人类的终极归向，对现代社会"精神迷失，病态价值观"是一种有力的批判。

近年来，纪尘的行旅散文越来越广泛地引起了国内文坛的关注。著名文学评论家、散文家张燕玲女士认为，纪尘是敢于游走冒险的一位瑶族人，也是广西颇具艺术天性的女作家。十几年里，纪尘永远偏居一隅，哪怕身居闹市也远离人群，不断游走。纪尘的精神之花始终自由而蓬勃地盛开着，灿烂而沉静。刘铁群在《天涯》杂志推荐语中写道："……作家纪尘风尘仆仆，在西非四国的土地上行走，她是游离的，她不愿感性地沉潜其中，以免被这些土地上的多难历史裹挟和伤害，她只想冷冷地旁观、游走和一言不发。可她冷静的文字中，又饱含了深重的情感，她的笔尖指向当前西非灰秃秃的环境与无望之人的眼神，这对现实的刻录也就有了对历史的回望、对未来的忧思。"纪尘的行走既是身体的行走，也是精神和灵魂的行走，她在《爱与寂寞》中写道："为什么在过去的几十天里，自己会在意一双灯火下捧着碗的双手白天是怎样把握耕具，是什么促使我写下'已忘了如何书写，自己的名字，日复一日。我只，呼吸海水和盐'这样的句子，而一个擦身而过的陌生人，又何以令我双目湿润……"纪尘所追问的为什么，答案就在她行走的足迹中。行走是用脚步丈量世界，用眼睛观察世界，用心灵感悟、思考世界。纪尘行走的收获不仅有神奇的景观，还有丰饶的精神世界。纪尘行走着，感悟着，思考着，带着女性坚强的行走拓展了文学的宽度，带着女性敏锐的感悟提升了作品的温度，带着女性智慧的思考延展了文学的深度。

纪尘在《沉睡骆驼——西非四国行记》里有一篇《加纳：战士之王》中写道：

那些金子是黑色的。

那些金子市价仅值两瓶朗姆酒或五发子弹，但数量众多，且还会诞下小黑金。

那些金子曾如深深埋在几内亚湾的宝藏，如漫步丛林的古老象群，在炎热却丰裕的西非大地祖祖辈辈，素面朝天。

他们腰佩砍刀，赤足穿行于常有蛇蝎出没的丛林，头顶沉重的饭蕉和木薯；他们划着独木舟，从慷慨的海洋捕捞仿佛取之不尽的鱼虾；他们用泥和棕榈筑起圆顶小屋，在参天大树下开辟出吉祥如意的祈祷和议会场所……永恒的阳光下，他们的肌肤如下坠的芭蕉花，深沉、黝黯、生机勃勃。

纪尘的散文用精练、准确、深沉、内敛的文字白描出大多数中文读者未曾去过却心向往之的世界，画面感十足，人物形象生动饱满，故事情节张弛有度，带给读者阅读小说甚至观赏影视剧般的内心体验。

荒诞中的温情叙事：钟二毛

钟二毛，生于1976年，原名钟润生，湖南江华人。作家、编剧、导演，中国作家协会会员，第五届广东文学院签约作家。出版有长篇小说《小中产》《小浮世》《完美策划》《我们的怕与爱》，短篇小说集《旧天堂》，中篇小说集《四个叛徒》等书。中短篇小说集《回乡之旅》入选2019年度"中国少数民族文学之星"丛书。曾获第十七届百花文学奖，《民族文学》2012年度文学奖，第二届广东省小说奖，第九届深圳青年文学奖等。编剧、导演电影作品有《死鬼的微笑》，并获第60届美国罗切斯特国际电影节"小成本电影奖"，入围第27届美国亚利桑那国际电影节、第三十二届加拿大埃德蒙顿国际电影节"全球最佳短片"单元、第五届重庆青年电影展

"最佳编剧"。

《旧天堂》是钟二毛首部短篇小说集，八个故事的主人公均来自一个地图上不存在的小地方——月拢沙。在城市人的身份中，他们有魔术师、二手书店老板、街头霸王、独居老人、按摩女郎……有人通过奋斗被城市接纳，成了城市新移民；更多人用双手建设了城市，却不能享受自己的劳动成果。故事中，荒诞与现实并存。在城与村的夹缝间，故乡对于他们是想回也回不去的远方。钟二毛给读者留下深刻阅读印象的是他的两个短篇小说《旧天堂》和《回家种田》。短篇小说《旧天堂》是他小说集《旧天堂》里的代表作，写一个二手书店老板感人的精神追求，钟二毛塑造的这个人物形象会使读者联想到前些年爆红的网络人物，引起微妙的共情。

《回家种田》（又名《香港的稻田》），首发于《民族文学》2012年第7期，《小说月报》2012年第10期选载，获《民族文学》2012年度文学奖。

说来可笑又可疑，我每晚的梦里都装满了大片大片的稻田。这个时候，稻田已经落败，未割尽的禾根，在雨水和冷风的侵蚀下，近乎朽掉，人一脚踩上去，它们化成泥水。

偶尔，偶尔有一个老人会出现在田野上。

这是《回家种田》的开头。这部短篇小说具有典型的双层叙事结构，即在表层叙事结构之下隐藏着深层结构。文本以戏谑的笔调讲述了一个令人辛酸的故事：18岁高中毕业的"我"选择回家种田，但由于家人和村里其他人的不理解，"我"只好踏上外出打工之路，大城市的冷漠与歧视让"我"找不到任何认同感和归属感，于是我再次回家种田，但已无田可种。这正是文本的表层结构所要告诉读者的。但在文本的深层结构中，它是一首无"家"可归的悲歌，家乡固有的生产生活方式已经被冲击得七零八落，"我"在冷漠的城市与面目全非的农村中被挤压到边缘地带成了彻底的边缘人，找不到精神的家园。

读钟二毛的小说集《回乡之旅》仿佛进行了一次丰富的现实旅行。五篇小说涉及多个场景，《回家种田》和《死鬼的微笑》是从农村到城市，《回乡之旅》是从城市到农村，《无法描述的欲望》和《爱，在永别之后》是城市，但又是不一样的城市，前者是成功者的城市，后者是未成功者的城市。不同场景中的人物生活在完全不同的世界，但又都是当下中国社会的一个侧面。钟二毛对现实生活的描绘真实而贴切，对各阶层人的心态把握比较到位。钟二毛在现实题材小说创作中已经突破了个人生活体验的束缚，找到了适合自己的表达方式，可以在不同场景自如切换。

在《死鬼的微笑》中，看似不可理喻的疯狂背后竟是夫妻情深，而这样一个略带喜感的故事中却有着深深的无奈和淡淡的忧伤，这是现实的残酷与温情。在《回乡之旅》中，随着主人公"我"清明节回乡的行车路线一路回忆，勾勒出一个小镇青年的成长图景。原本一路感慨而美好的旅程，却在县城留宿的连锁旅馆遭遇了困扰，打破了宁静。人的记忆总会偏爱想要的样子，现实却总是毫不留情地撕下面纱。《爱，在永别之后》采用了"遗愿清单"的俗套，意外失去爱人的女孩青竹在朋友帮助下想要达成爱人生前许下的五个愿望，以告慰突然离世的爱人，也是给他们的爱情画个句号。小说结尾以时间邮局来信的方式，让原本是新田的爱人对自己提出的五个愿望变成了对青竹提出的五个愿望，让青竹这次实现愿望不再是单向的付出，而是两个人的心有灵犀，这样巧妙的反转让爱情这一主题得到了升华。《无法描述的欲望》最出其不意。小说重点塑造的几位老板和女性形象都有着鲜明的现实性。人物的心理塑造深入而细腻，写出了商场中生意人的种种心态。

无论是《回家种田》和《爱，在永别之后》中的年轻人，还是《死鬼的微笑》《回乡之旅》和《无法描述的欲望》中的中年人，他们的境遇各不相同，但有一点是相同的，那就是他们身上都有活生生的烟火气。他们都是在以自己的方式追求美好生活的人,他们的青春都是在奋斗中度过的,他们用自己的双手打拼美好的未来。

《爱,在永别之后》缘起于一个悲剧,一个努力工作期待美好明天的大好青年突然因过度劳累猝死。小说没有直接去写他的死亡,而是写他死后爱人和朋友如何努力克服悲伤,继续前行。在实现愿望的过程中,间接或直接地把这个青年的优秀展现出来。小说以青年的奋斗为背景,以爱情这一永恒的命题为主题,以实现愿望的方式,给人物一个超常规出牌的机会,却又在现实允许的基础上去实现,最终给我们带来一个精彩又感人的故事。

现实题材小说的一个难点在于如何把握好与现实生活的贴合度。过于贴合或过于传奇都会减弱小说的感染力。钟二毛的小说集《回乡之旅》较好地掌控了这个度,用现实热点做基础,以人物情感为表现重点,更写出了青春飞扬的奋斗精神,从而让读者既享受到读小说的乐趣,又汲取到积极向上的精神能量。

钟二毛长篇小说《小中产》[①]以轻松、爆笑的语言,描述当今中产家庭的一地鸡毛,通过生动的故事,深刻剖析、解读"中国式中产",探讨、反思一个新兴阶层的困惑与困境,并记录中国近十年的变化与进程。长篇小说《小浮世》表面上写了一个中年企业家的个人感情沉浮与自我救赎,其实是想反思今日时代社会的浮躁、人的精神世界的荒芜和理想的缺失。长篇小说《完美策划》的主线围绕一个策划高手带领一个"90后"女孩参加一档"中国最动听"电视选秀节目展开,讲述策划高手如何通过事先设计的一系列新闻事件和内部运作,一步步把"90后"女孩包装成红人,以及欲望的不可控制、毁灭和自我救赎。长篇小说《我们的怕与爱》从日常生活中的底层小人物入手展开叙事,小说以"末日"作为切入口,描写了四个普通青年的人生经历,他们都是"80后",职业分别是公司

---

① 钟二毛:《小中产》,重庆出版社,2014年。

白领、机关公务员、教师和摇滚歌手。故事讲述他们在爱情、婚姻、职场、理想上的困惑与冲突，深入探讨了"80后"年轻人对爱情、生活、理想的态度，这四个年轻人的故事结局很好地阐述了这样一个主题：无论世界如何浮躁，光明依然存在，理想从未放弃。

深埋心底的故乡与生命哲思：杨剑华

杨剑华，生于1977年，女，籍贯湖南江华，生于广西贺州。曾任《贺州文学》编辑部副主任、《贺州文学》主编，贺州市文联秘书长，广西曲艺家协会理事，贺州市文联专职副主席，中国曲艺家协会会员，广西曲艺家协会副主席，广西作家协会会员，鲁迅文学院第一期少数民族文学创作培训班学员。曾获广西小戏小品一等奖，第二届贺州市文艺创作麒麟尊奖。戏剧小品《今宵月圆》2006年获广西"八桂群星奖"文艺比赛银奖。话剧《真麻烦》发表于《剧本》2009年第9期，获广西第六届曲艺文学奖，第三届贺州市文艺创作麒麟尊奖。发表于《民族文学》2017年第3期的散文《水流向远方》入选王剑冰主编《2018中国年度散文》。

贺州学院肖晶教授认为，杨剑华的创作以散文见长，杨剑华的故乡埋藏在心底的最深处，与其说她对土地怀有深切的爱，不如说她对故土不离不弃的深情，对生命进行有深度的理性的哲学思考。杨剑华在《土地里生长的生命哲学》一文里有这样的描述："与生命轮回的各种现象朝夕相见，农人自然习得了一套大自然授予的生命哲学。他们知道，每一株鲜嫩的新芽都孕育着不可避免地凋败的预言，村头苍翠了百年的古树终究逃不过枯枝萎叶的命运，汛期暴涨的河水总会在枯水期裸露出干裂的河床，生老病死在他们眼里，是瓜熟蒂落，是月亮升起来，太阳落下去，是顺应天命地理一茬茬生长的庄稼，扬花、抽穗、灌浆、结实，然后收割。农人甚至比哲人更清楚，从踏上生路的那一天起，人就注定了要与衰老病弱不期而遇，而死亡，默默地等在路的尽头。"在文本中，杨剑华认可人类与自然的生存法则，对故乡的眷恋以及生命轮回的各种现象，表现出难能可贵的洞察力和审美概括力。生命的"瓜熟蒂落"，是"月亮升起来，太阳落下去"，也是"顺应天命地理一茬茬生长的庄稼，扬花、抽穗、灌浆、结实，然后收割"，这是作家对人生哲学进行有深度的思考。

杨剑华《家在心底最深处》中描述的是客家人艰难迁徙的历程，从客家民谣《月光光》的传唱中指出，"明月朗照的心底最深处，那是客家人永不荒芜的精神家园"，杨剑华在彰显民族性的同时，并不局限于对本民族的叙述与史诗构建，而是努力超越民族和地域，书写人类的生命体验。杨剑华散文《家在心底最深处》入选《新时期中国少数民族文学作品选集·瑶族卷》。

日常生活的诗意提升：罗晓玲

罗晓玲，生于1977年，女，广西富川人。中国作家协会会员，广西作家协会会员，富川作家协会主席，曾任贺州市评论家协会常务副主席。鲁迅文学院第十一期少数民族文学创作培训班学员。获第四届、第五届贺州市文艺创作麒麟尊奖，有诗歌入选2014年《安徽文学·年度诗选》、2015年度《红豆》诗选、2017年度《文坛桂军二十年·诗歌精选》以及2017年《广西诗歌地理》等。出版诗集《月光照在黛瓦上》。散文《远和近的苍茫》获《广西文学》2019年度优秀作品奖。出版散文集《像白鹭寻找池塘》。

罗晓玲早期以写诗为主，她的诗让人印象深刻，如《冬日河边》里写道：

草木深沉
我看到杂乱中掩藏的孤寂

> 我认识这些孤寂
> 它们当中的一些已经潜入我的身体
> 河就要干涸了
> 水深喑哑无力
> 河床裸露
> 随便扔个什么石子
> 都能击中要害①

这是《冬日河边》的最后一段,很容易就被读者记住。像那条干涸的河流一样,读者也被这首诗"击中要害"。这个"要害"是什么?是与河流一样干涸、贫乏的人的灵魂。人的孤寂、困苦到一种地步,一点小小的力量也会将之摧毁,在广西很容易见到这种枯水期的河流,它深陷在山岭中,水面枯瘦,河床乱石嶙峋如史前废墟,这情景总让人心生怜悯,仿佛是在怜悯自我与他人的一种处境。在罗晓玲的诗中,读者读到了这种情感与经验,会觉得她的表达是相当精妙而有力的,她在写河流,却击中了人的要害,她在意象选择上,独具匠心,而且非常准确,在用词和情感的抒发上,非常节制,她的写作十分高明,看似简约,但其实非常有力。

> 掉落的叶子
> 是一棵树想说的全部
> 我想说的话
> 回不到曾经的枝头②

这是罗晓玲的另一首诗《像树叶一样落下》中的一个段落,全是寻常语词,但意象和情感非常让人感动。这首诗,即使只有这最后四句,都是一首杰作。树上掉落的叶子,可能是零星的,一片两

---

① 罗晓玲:《月光照在黛瓦上》,宁夏人民出版社,2017年。
② 罗晓玲:《月光照在黛瓦上》,宁夏人民出版社,2017年。

片,但却是一棵树想说的全部,"掉落的叶子"和"全部"之间有一种情境的对比与意蕴之间的张力。这里的"树",仍然指向人,"我"想说的,其实只有一个意思,所以一两片树叶的掉落,乃是"想说的全部"。前两句和后两句之间所形成的对应也极让人感慨,该丧失的都已经丧失,一切都无法回到曾经,正如那掉落的树叶,不可能再回到枝头。在"我想说的话"和"回不到曾经的枝头"之间,如果按照散文的方式,其实应该还有类似"像那些掉落的叶子"的话语,但这里没有,"话"连接的是"枝头",这恰是诗歌的方式,在断裂的叙述中成就更多的意蕴,更契合现代诗的表达式。

罗晓玲的诗歌常常传达出一种深切的人生经验,作为言说经验的诗作,她在情感上特别节制,主要靠意象和境界说话,那个作为叙述者的"我"的内心,非常深切、平静,需要读者去好好体会。比如,《霜降之夜》中写道:

> 秋天终于交出最后的余温
> 退到时间底部
> 我坐在床上
> 一本书还未读到结局
> 双腿已经冰凉麻木
> 窗外的风吹往它要去的地方
> 落叶归根虫子隐没
> 冷气终在露珠上结成正果
> 夜晚静谧
> 一切事物都有去向
> 而我不知道
> 这样的深夜
> 在一个季节的阵痛以后

是该交出微笑还是沉默①

这首《霜降之夜》，语调非常冷静，秋天即将过去，秋天是丰收的季节，在这个季节过后，"一切事物都有去向"，但是"我不知道"自己生命的"去向"，"阵痛"过去了，未必就是甘甜与完满，所以在这个"霜降之夜"，"我"不知道"是该交出微笑还是沉默"。诗作传达出一种难以言说的人的迷惘，诗作到这里戛然而止，也让它显得意味深长，在"沉默"一词之后，诗作似乎有更广阔的空间。

几片就好
菊瓣卷曲，舒张
它扮演一名刺客
唰地一下
出其不意，击中秋天
来自内蕊的力量
将夏天推出原野
不必见南山，何必退隐
该来的
总会到来②

在罗晓玲的这首《秋菊》中，动词的运用非常高明，效果非常好，如"击中秋天"，被"击中"的当然是秋天的人，这种言说方式让读者在不经意间又一次被触动。

写诗确实需要灵感，需要有词语上的天分，有人一辈子都在写盛大的情怀、满腹忧患的灵魂，但最终只是塑造了一个唯有自我欣赏的浪漫主义诗人形象，在诗歌的局部，少有动人之处，在其作品中，很难寻觅动人的词语和意象。在罗晓玲的作品中，这种词语与

---

① 罗晓玲：《月光照在黛瓦上》，宁夏人民出版社，2017年。
② 罗晓玲：《月光照在黛瓦上》，宁夏人民出版社，2017年。

意象的风景，如同她所在的桂东地区，击中人的景致随处可见。

总的说来，罗晓玲的诗歌写作，在安静中显得阔大，在阔大中埋藏着精巧。她有一种安静而优雅的气质，诗作也有一种如水流的清澈、灵动与深切。例如，《水过村庄》写道：

  水流过的村庄
  没有谎言
  就像你清亮的眼睛
  只接纳干净的风声、鸟鸣
  古老的时光
  随流水走远
  未来的时光
  正从三里外的深潭
  汩汩冒出
  而我站在这里
  时光恰好
  水从身体里流过
  留下暗纹、光波、积雪
  和你静静流淌的慈悲[①]

罗晓玲的部分诗作，虽然取材于少数民族风情，但不是靠这种边地风情、民族景观取胜，击中读者的，仍然是她的诗歌技艺、普遍的人生经验，她来自广西，她的诗有广西的地方印记，这是一种独特的气质，但这种气质不是一种仅限于地域性的美，它是蕴藉在不凡的诗歌技艺之中的，这就是她的诗歌写作，既有某种地域性的来源，又有某种超越性的气质。

[①] 罗晓玲：《月光照在黛瓦上》，宁夏人民出版社，2017年。

紧扣时代脉搏的深沉书写：寒云

寒云，生于1977年，原名石肖永，号刁江老鸟，广西都安人。广西作家协会理事，广西文艺评论家协会理事，鲁迅文学院少数民族文学创作培训班学员，第七届全国中青年文艺评论家高级研修班学员。2013年列为广西文联文学桂军人才培养"1+2"工程学员，师从著名作家东西先生。1993年开始发表作品，迄今已在《民族文学》《北京文学》《天津文学》《广西文学》《扬子江诗刊》等刊物发表作品200余篇（首）。著有中短篇小说集《裸奔》，长篇报告文学《山青水秀——来自广西河池市红水河水电站库区的报告》。有作品入选《新时期中国少数民族文学作品选集·瑶族卷》。现为河池市文联副主席、河池市作家协会副主席。

《裸奔》是寒云首部小说集，收录了中篇小说4部、短篇小说5篇、小小说10篇。寒云的小说取材于现实生活，关注当下，很接地气。著名作家红日在给他写中短篇小说集《裸奔》的序言中，认为寒云的小说"关注农耕时代的终结，触角触碰到时代的脉搏，思考的是现代科技对传统生活颠覆过程中人们的生存处境和内心惶惑"，具有较为深远的现实意义。寒云的语言幽默风趣，能巧妙利用方言、山歌等，独有风味，耐读耐品。

寒云发表于《民族文学》2015年第9期的中篇小说《神石》[1]讲述了一个民族地区壮瑶两族清除民族仇恨，共同抗击日寇的悲壮故事。怒山瑶寨头领蓝头率领青壮年在"灭猺关"一带阻击日本鬼子，无奈日本鬼子武器精良，瑶族同胞死伤惨重，蓝头自己也幸亏得到青年蓝火龙的及时救助才幸免于难。担心寡不敌众的蓝火龙试图说服蓝头联合山下的壮族头领潘凤岳共同抗日，却引来蓝头的质疑。潘凤岳的祖父就是当年在瑶山上刻下"灭猺关"三个大字的怒

---

[1] 中国作家协会：《新时期中国少数民族文学作品选集·瑶族卷》，作家出版社，2013年。

山瑶族同胞的仇人。为了争夺怒山上的怒河神石,潘凤岳更是跟蓝头结下半道抢妻的深仇大恨。大敌当前,为了拯救瑶族同胞,蓝火龙背着蓝头偷偷下山约会壮族头领潘凤岳的千金潘小凤,却被蓝头委派的阿虎当作叛徒押回了山寨。日本鬼子冲着怒河神石打上山来了,关键时刻,潘凤岳暗中指挥伪军倒戈,与蓝头率领的瑶族抗日队伍并肩作战,共抵外侮。原来,潘凤岳当年从蓝头手里抢走的莲姑已经不堪忍受日本鬼子的侮辱含恨自尽。蓝火龙的情人潘小凤正是莲姑所生,却是蓝头的骨血。蓝头同潘凤岳一起设计将日本鬼子引到了经过挪移的怒河神石旁边,最后引爆地雷,与日本鬼子同归于尽。"灭猺关"改名"灭日关"。潘小凤建议蓝火龙建社,两人商议叫它"壮瑶神石社"。

《神石》把人物放在了特定的历史背景下来状写,使得人物性格、矛盾冲突真实可信,故事情节引人入胜,营造了独特的氛围,它从人物性格出发,推动情节发展,成功塑造了蓝头、潘凤岳、蓝火龙等几个生动的人物形象。

晴耕雨读闲作文:韦克友

韦克友,生于1977年,曾用笔名古人,广西宜州人。广西作家协会会员,南楼丹霞文学社会员。1994年开始发表作品,迄今已在《民族文学》《小说月刊》《广西文学》等发表作品100多篇(首)。著有待出版的中短篇小说集《留给回忆》一部,散文集《蝴蝶飞飞》一部,诗集《如果不回家》一部。有作品入选《新时期中国少数民族文学作品选集·瑶族卷》等。

广西戏剧家协会副主席、散文家何述强先生在《草根的呼吸》一文里写到韦克友时说:"也许,我还应当说一下宜州的韦克友,这个以文学青年自居的人从学校毕业后由于种种原因没有找到很满意的工作，如今在一个蚕种站做保安员。此前，他在过一所小学、一所初中和一所高中，当然，也是保安员。我们可想而知，他在夜晚牵着一只眼睛发光的狼狗在空旷的院子里逡巡的情景。可是，他的写作从来没有间断过。即使是在和病魔作斗争的日子里，他常常茫然地从乡村赶到我所在的校园里的南楼丹霞文学社，而在他身后几十米远的地方，跟着他的老父亲。他移动，他的父亲也移动。他停下来，他父亲也停下来。这样做，是为了不让他发现。这五十步和一百步的现代版，却让人怎么也笑不起来。文学，似乎是他在溟蒙的森林里唯一投奔的去处，是潮湿的人间唯一有灯火的一蓬茅草屋。他写了不少小说，但是大多数小说还沉默在稿子上。有些稿子明显已经发黄。他最近在《南楼丹霞》发表了一整版的诗歌，吸引了一些人的目光。据我所知，他不知道诗坛的所有事情，也没有上过网，不知道网络的世界如此精彩。他完全是凭着自己的感觉在写诗。诗歌是他本性的流露，像泥土一样朴实，像草叶一样青黄。在这些萤火虫一般的诗篇中，我不仅读出了他的呐喊和泪水，也读出几分哲思和智慧，更读出了他对文学的真诚和严肃。

　　我之所以写下他们，写下这些挣扎在生存第一线的极普通的写作者，是因为我觉得文学像雨水一样，它不仅抚摸树的枝干，同样抚摸草的根部，渗入所有植物的体内，让它们焕发出理想中的春华秋实。文学的光亮抵达每一颗心灵时，都是神圣的，平等的，没有分别。他们的写作，和生活直接的现实息息相依。无论哪一方面，都更接近草根。也因为太接近，便常常为人们所忽视，甚至有被践踏的危险。

　　草根，含在口中，可能有点苦涩，轻轻嚼下去，慢慢地，会泛起一点绵长的甘甜。草根卑微，却是昏昧的泥土中运行的真实！有着最本原的滋味和最天然的色泽。土地的呼吸，它听得最真切。底层的疼痛和热情也最容易通过它涌上被风裹紧的帆一样美丽的小小草叶!"

韦克友的短篇小说《打赌》[①],讲述了民国年间,土匪周世炮与游击队队长刘河的一场血赌与炮赌。韦克友把人物放在特定历史的背景下来状物绘写,情节看似简单,却扣人心弦。他用凝练的笔墨使人物性格、矛盾冲突历历在目,栩栩如生。可以说,《打赌》简洁精悍,是一个有着豪侠胆略或气概的、令人大受正能量感染的国共纷争的历史题材小说。

儿童文学作家:盘晓昱

盘晓昱,生于1980年,广西桂林人。广西作家协会会员,南宁市作家协会会员,鲁迅文学院第十一期少数民族文学创作培训班学员,"广西2014—2015年重点文学创作扶持项目"签约作家。曾获"金千灯"诗配画创作大赛三等奖,获2017年冰心儿童文学奖新作奖。在《儿童文学》《少年文艺》《儿童文学选刊》《中国儿童画报》《世界儿童》等发表500余篇儿童文学作品。出版绘本《火车哐当哐当哐》《疯狂吸尘器》《天上掉下一朵云》等,幻想小说集《喂,你在等一列火车吗》,童话集《你看见我的梦了吗》《第一颗牙齿掉下来的1000种方式》。与广西电视台合作编写多部动画片剧本。有诗歌入选《新时期中国少数民族文学作品选集·瑶族卷》。

盘晓昱是广西的儿童文学作家,也是一位儿童刊物的编辑,写童话也写童诗。这位生长在桂林的瑶族儿童文学作家,他的童话也带有来自家乡桂林的山水风情,语言富有儿童诗的韵律美感。童话童诗简洁、单纯,直抵人心。在盘晓昱的童话书里有许多充满诗意的童话,比如稻草人和长在沙漠里的小树,它们既有诗的意境,也有童话的天真。

---

① 韦克友:《打赌》,载《小说月刊》1999年第10期。

童话集《第一颗牙齿掉下来的1000种方式》适合4岁到7岁的儿童阅读。小孩子的世界总是可可爱爱，什么都可以比一比，就连谁掉的牙最多都成了比赛项目。"我"尝试了许多种办法想让摇摇晃晃的牙齿掉下来，如大声唱歌、啃苹果、跳绳……甚至都想用鞭炮把牙齿炸下来，用绳子拽下来！作者葆有童心，贴着儿童心理虚构故事，所以情节很吸引小读者，甚至成人读了都会发出会心一笑，仿佛回到童年时光。《喂，你在等一列火车吗》是一部幻想小说集，以家为载体，围绕着同学、老师展开故事，以此关注被繁忙的日常忽略了的少年之心以及他们纯真美好的情感。

盘晓昱发表在《少年文艺》2013年第11期的诗歌《你不在时》，保存了浓郁的瑶山乡土气息。如：

你不在时
你家水缸里的月亮是我舀出来的
你家柱子上的阳光是我剪掉的
你家门把上的稻草结是我捆上去的
你家门上的泥巴是我扔上去的

你去城里时
我在你家老屋做了很多坏事
就是想气气你，让你赶紧回来跟我玩
你在电话里说，你会给我寄来冰激凌
给我捎来肯德基
可现在村庄到处都是冰块
哪有你寄来冰激凌
村口，村尾，屋顶上都是公鸡、母鸡和小鸡
哪有你捎来的肯德基

冬天的风又起了

城里是不是也一样的冷
我们一起用旧铁碗做的火盆
现在就在我的课桌下
又好像让我闻到了
我们背着老师
在课堂下烤玉米的香味

从水缸里舀出月亮，既写出了瑶山旧有生活的诗意，又写出了瑶山儿童的天真活泼，淘气可爱。玩泥巴是以前的瑶山少年儿童的娱乐方式，往门上扔泥巴这一动作，既写出了瑶山儿童对失去玩伴的失落，又写出了瑶山儿童渴望友情，向往城市生活的复杂心态。最后，瑶山儿童还是让对瑶山旧有的生活方式和执着的爱占据了内心，以深沉真挚的友情呼唤玩伴的归来，同时也是对已经逝去的旧有生活方式诗意的一种挽留。

乡土的回馈：甘应鑫

甘应鑫，生于1983年，广西天峨人，毕业于华中师范大学，中国少数民族作家协会会员。2004年秋开始在《广西文学》等发表短篇小说，且入选多种文学年选。微型小说《狼叫》一发表即被《小说选刊》《读者》等转载，入选《2017年中国微型小说排行榜》，荣获首届全国小小说大赛优秀奖以及"扬辉小小说奖"。

《谁先看见》《想飞》《无羽之鸟》《抵达》《彼岸》《回来》《回家》《爱情诗》《生命的断想》等是甘应鑫早期的作品。当鸟的"有羽"变成"无羽"，"能飞"变成"想飞"，飞翔本是一种自我的姿态，现在却要固执地追问"谁先看见"，这种惊恐和惶惑是否也是鸟的"生命中不能承受之重"？返乡的回归之旅也许只是生命受不了残酷现实的砥砺而选择的短暂的出逃。这些主题在他小说中若隐若现。

《彼岸》是甘应鑫对校园中另类情感的叩问。小说并不仅仅是满足读者猎奇心理而进行的冲击感官的肉体描绘，而更关注处于这场情感中的主人公的心灵的悸动和震颤，以及自己对生命、对两性关系的思考。处于这种情感边缘的人比起享受一般男女情爱的人更焦灼、更彷徨、也更决绝。一方面，他们忍受着外界不怀好意的猜测和眼光；另一方面，当他们面对自己的内心时，也是无时无刻不在受着灵与肉、道德和情欲的煎熬。在他们眼中如同废墟般的城市里，他们已经找不到皈依的彼岸，只好选择爱情作为抵挡虚无的最后武器。但他们忽略了爱情有一种一夜之间就消失得无影无踪的特质。于是蒙蒙死了，于是"我撕碎信件把一手碎纸在微风中撒开"，最终"该得到的尚未得到，该丧失的早已丧失"。当生命最后一丝光线被遮蔽，他们脆弱的双眼无法接受黑暗，宁愿选择毁灭。

　　如果说《彼岸》讲述的是人在凡俗生活下所做的最后一丝挣扎，那么《回来》则是讲述人在生活重压下不可逆转的臣服和异化。《回来》以左左的失踪开始，又以左左的回来结束，但回来的不再是活生生的人，而是冷冰冰的尸体。在左左的这趟回归之旅中，"我"、邵逸、简单和简单的狗一个个轮番登场，上演着早已没了色彩的生活。故事中的人如同被关在时间的门里，所有声音都被关在里面，门外的人听着门内时间断裂的声响。当左左的死抽丝剥茧地逐渐清晰，当每个人的生命还没来得及绽放就已经枯萎，这出峰回路转的戏也随着欢欢回窝睡觉而落下帷幕。这个举重若轻的结尾又为本就沉重的故事增添了一丝带泪的微笑。

　　《太阳偏西》走出了校园小说的局限，甘应鑫将目光投向更为复杂的社会，更为深刻的人性以及血浓于水的亲情。保华和奶奶从小相依为命，后来保华当上警察，在一次意外的行动中殉职。故事就围绕要不要和到底如何把这一悲惨消息告诉保华的奶奶而展开。说或是不说，这是对人性严峻的拷问。小说一开始就在为保华的奶奶担忧，她仿佛一个走进电影院的观众，无论情节安排多么巧妙，悲痛的结尾都是她"生命中无法承受之重"。这样的叙述让人既不愿看结尾又不忍不看,这无形中对作家的功力将是极大的考验。幸好这次并未让我们失望,结尾处保华的奶奶举起那颗早熟的柿子,如同舞台上的聚光灯,揪住了读者的心。

在《回来》《彼岸》和《无羽之鸟》三篇小说中,都出现了同一个内容:一个同学的死亡。不同篇章描写了不同的死亡形式,自杀或者他杀。在作家的现实生活中或许真有一个朋友发生了意外,作家在用想象力填补着这个惨事的空白。很多时候,事情并不是我们看到的那样,生活的不确定性就像身后的影子永远跟随我们,作家为死亡提供了不同假设,无须追问哪种假设更接近事情本来面目,各种假设本身就是对死亡命题极大的尊重。甘应鑫虽尚未形成自己的独特风格,但他的语言却是新鲜而出彩的。他语言富有个性、艺术性,细腻而逼真。

微型小说《狼叫》巧妙描写了广西河池革命老区一个扶贫对象家的养女自强不息求学求生的故事。甘应鑫大学毕业后曾做过文学编辑、大学教师,现在深圳某跨国企业工作。巧合的是,这篇《狼叫》与他在2001年创作的成名作《最后一只狼》都是跟"狼"有关。十多年来,他每年都抽出时间驻村,帮助贫困学子,观察乡村变迁,吸收田野的灵气,收集创作素材。2017年夏,他深入河池革命老区采风,从"精准扶贫"的视角审视中国乡村的巨变,大处着眼、小处着手,行文简练、思想深刻。因作品"既有家国情怀,也有人文关照",2018年初,《狼叫》被中国文艺界权威媒体《文艺报》选发推介。"这是一个纵向观察生活而又难以捕捉到的好题材。"学者江富军认为,甘应鑫的小说质朴无华,写得不急促、不跟风,情感埋得很深;以乡村、狼叫等陌生化效应构成的美让人暖心和揪心。"他的写作姿态质朴而别开生面,他的《狼叫》凝练有力,充满了意想不到的转折;在乡野山林和世道人心中,养父和养女的守望相伴,既有磨难与悲苦,也有虔诚与感恩。"世界华文微型小说研究会秘书长凌鼎年认为，《狼叫》把乡土情感与文化观念熔铸在多重的叙事当中，通过一家脱贫户的生存境遇和心理世界完成了对人心的蜕变和时代蜕变的双重揭示。

甘应鑫的微型小说《野性》①，是继《狼叫》《酒吧外的猫》之后，他第三次在《小说选刊》上亮相。近年来，甘应鑫积极投身文学志愿服务，推动小小说事业发展，助力天峨乡村振兴。

大山诉不尽的故事：陈雪梅

陈雪梅，生于 1985 年，广西富川人。2022 年开始传统文学写作，处女作小说《到山上去》发表于《民族文学》，短篇小说《把你的舌头借给我》发表于《广西文学》，散文《锦上添花》发表于《三月三》。

陈雪梅发表的作品不多，但她的文字个性鲜明，清新脱俗，辨识度比较高。陈雪梅的家乡在都庞岭余脉（西岭山）的大山脚下，她有写不完的关于大山的故事。作为一个在城市努力扎根数十年的年轻人，故乡一直是一个放在灵魂深处偶尔思念的地方，年轻人以为热爱城市的繁华与车水马龙像鲤鱼跃龙门一样，从一个农村娃跃到城市森林做一名都市女郎，故乡会慢慢退至身后，成为远方，却又在而立之年回到了故乡。故乡重新接纳了她，并不介意她未达世俗的成功，不介意她带着不甚圆满的故事返乡。故乡的缓慢承接住了奔波的旅人。与之同频的慢节奏释放了年轻人对生命的多种畅想。

陈雪梅在幼年时期，所知道的世界只有两个：山上和山下。从城市返乡之后，她才仔细地深入地去了解自己的民族，知晓自己身份证上那个"瑶"字，竟也分了好几个支系数十个分支，从那一刻，她才似真正认识了自己的家乡。《到山上去》给大家呈现的是山上的

---

① 甘应鑫：《野性》，载《小说选刊》2024 年第 7 期。

过山瑶和山下的平地瑶两个女孩之间的故事,她们在清贫的少女时代相互温暖,都渴望到山下去,到城市去;花样年华时在同一座城市求学,与梦寐以求的城市认真相拥,而命运的大手推着她们,最终走向了不同又相同的人生。那个渴望到山下去的过山瑶女孩留在了城市,那个渴望留在城市的女孩却选择了到山上去,成了基层干部。故事好似很简单,却在简单中,记录了20世纪80年代那一辈人的人生轨迹。

如果《到山上去》是作者对自己家乡和民族的一次回望,《把你的舌头借给我》就是对家乡和民族的一次沉思。故事依旧简单,一个瑶族女孩为了认定小学语文教师资格证而努力考取普通话二甲证书,但因为从小的语言肌肉记忆,她浓重的口音让考证这件事情变得难上加难,由此她也想到了启蒙她的一群农村代课老师。那时的教育资源匮乏,一些操着"蹩脚"普通话的代课老师带着一群渴望知识的孩子们求学,为孩子们打开了知识的大门,也烙上了难以磨灭的语言肌肉记忆。但时代是一步一步前进的,边远山区的小学语文教师资格证也开始需要普通话二甲证书才能认定了,新时代的瑶族孩子们也开始能讲一口流利的普通话了。故事很温情,很积极,题材也新颖。

《锦上添花》则描写了瑶族的织锦作为嫁妆,在不同的瑶族女孩身上,流向了不同的命运。十七八岁便早早嫁人的瑶族女孩们,母亲们织的一床床色彩艳丽的锦被,随着时代的发展成了她们压箱底的"古董",这些早早嫁人的女孩,重复着母亲一辈的命运。而接受了大学教育的"我",带着原本觉得"土气"的锦被走向城市,才发现极具民族特色的锦被深受城市女孩的喜欢。走了出去的"我"才发现那些身边的寻常事物就是民族瑰宝。而"我"也相信会有越来越多的乡村女孩能随着时代的发展为自己的人生锦上添花。

后 记

  如果不是因为要编著这部《瑶族文学》，我想我不会特地从网上购买两个版本的《瑶族文学史》，不会静下心来埋头去查阅那么多的相关资料。其实，在很久以前，出于个人阅读的兴趣，我就从图书馆借阅过《瑶族文学史》，借阅过一些跟瑶族有关的民间文学、作家文学作品选。虽然大多数论述和大多数民间文学作品、作家文学作品都似曾相识，但时隔多年，再次静下心来阅读，还是带给我无数次的惊喜和新的发现。我不由得一次次在内心深处感叹，民间文学、作家文学的生命力真是长久，着实能带给读者常读常新的愉悦体验。在这个日新月异、惊喜不断的"山乡巨变"的新时代，这套《中国少数民族文学纵览丛书》真是及时雨。在编著的过程中，在独自享受精神大餐的过程中，我常常有意跳出编著者、瑶族作家的角色，把自己想象成是一名普通读者、一名机关公务员、一名大中小学的教师或者学生、一名车间工人、一名遥控无人机施肥的新型农民……想象这套丛书让他们久旱逢甘霖的内心感叹……

  我想象得最多的是我的家人。我在想，如何创造一个阅读契机，让他们酣畅淋漓地也享受一回精神上的大餐，接受一回这来之不易的文学的洗礼。是的，我多么希望有更多的人像我一样地热爱瑶族文学！

  跟《瑶族文学》结缘，源自2018年中国少数民族作家在北京国谊宾馆的培训班。《瑶族文学》陪伴我度过了艰难的三年。我感恩有

《瑶族文学》的陪伴和激励。如果没有《瑶族文学》，我不知道在那艰难的日子里该怎么办。2024年6月，我终于盼来《瑶族文学》也即将出版的好消息，身心特别振奋。

是的，太不容易了。杨玉梅、白崇人、叶梅、白庚胜……贵州民族出版社从总编到责任编辑，他们为此付出的心血比我更多，我由衷地感激他们。

在写下这些心里话的同时，我心里仍不免忐忑，深深愧疚于自己学识浅薄、孤陋寡闻，生怕对不住读者，对不住那些漏掉的民间文学经典作品、作家以及作家作品……是的，这部《瑶族文学》仅仅是抛砖引玉，对博大精深的瑶族文学，对人才辈出、佳作不断涌现的瑶族作家文学，只是蜻蜓点水般的简单介绍，仅仅是力图为读者打开小小的一扇窗。祈望能得到广大读者的喜爱和体谅！

莫永忠

2024年7月3日于广西富川